고양이 파견 클럽

2

HAKENNEKO NNNTO NORANEKONO KYOUJI by Kazuya Nakahara
Copyright © Kazuya Nakahara 2020
All rights reserved.
First published in Japan by Futami Shobo Publishing Co., Ltd.
This Korean edition is published by arrangement with Futami Shobo Publishing Co., Ltd., Tokyo
in care of Tuttle-Mori Agency, Inc., Tokyo through Eric Yang Agency, Inc., Seoul.

이 책의 한국어판 저작권은 에릭양 에이전시를 통한 저작권사와의 독점 계약으로 (주)시사북스(빈페이지)에 있습니다. 저작권법에 의해 한국 내에서 보호를 받는 저작물이므로 무단전재와 복제를 금합니다.

CAT CLUB

고양이 파견 클럽

2

나카하라 카즈야 지음

김도연 옮김

빈페이지

NNN
냥이 냥이 네트워크

인터넷을 떠도는 도시 전설. 고양이의 고양이에 의한 고양이를 위한 조직. 고양이를 좋아하는 인간의 집으로 최적의 타이밍에 고양이를 파견하는 수수께끼의 비밀결사. 길고양이가 평생 행복한 집고양이로 살아갈 수 있도록 오늘도 은밀하게 움직이고 있다.

일러두기
1. 모든 각주는 옮긴이 주입니다.
2. 본문에 등장하는 인명, 지명, 고유명사 등은 국립국어원의 외래어 표기법을 따랐으나, 일부 단어 및 일반에 널리 통용되는 단어의 경우 현지 발음이나 사용 관습을 반영하여 예외적으로 표기하였습니다.
3. 원작의 개성 있는 문체와 분위기를 최대한 살리고 독자에게 자연스럽게 전달되도록 고양이 용어와 일부 단어는 맞춤법을 지키지 않은 경우가 있습니다.
4. 도서명은 『 』, 영화와 방송 프로그램명은 《 》, 시나 노래 제목은 〈 〉로 표기하였습니다.
5. 고양이들의 대화는 " "로, 사람들의 대화는 「 」로 표기하였습니다.

차례

제 1 장　**신참**　　　　　　　　09

제 2 장　**희귀한 고양이**　　　73

제 3 장　**앙꼬 할매**　　　　　125

제 4 장　**유해 야생동물**　　　185

제 5 장　**유미와 차코**　　　　259

제1장

신참

우리를 둘러싼 냄새가 바뀌어 간다.

차가운 바람을 견디며 침묵하던 날들이 지나가고 세상은 환희에 가까운 생명의 숨결로 가득 차 있었다. 매화나무에 내려앉은 새는 제 나름의 서툰 몸짓으로 목청껏 다가오는 봄을 노래하고 있다.

언젠가 잡아먹어 주마. 그런 생각을 하면서도 배가 부른 지금은 놈이 지저귀는 소리를 듣는 게 마냥 성가시지만은 않았다.

오늘 아침은 쓰레기봉투에서 운 좋게 인간이 버린 생선을 찾아 해결했고, 점심 무렵엔 도마뱀 두 마리를 잡아먹어 배가 든든한 상태다. 이런 날은 볕 좋은 곳을 찾아 그루밍이나 하면서 따뜻한 햇살에 털을 말리며 낮잠 한숨 때리면 딱이다. 얼굴에 '八여덟 팔'자 무늬가 있는 치즈냥이. 그게 바로 나다. 흰색과 갈색이 기가 막히게 반반씩 어우러진 내 털은 요즘 들어 털빛도 한결 좋아졌다.

오늘은 그야말로 흠잡을 데 없는 하루였다.

진홍빛 태양이 서쪽 하늘로 서서히 저물어가고 나는 늘어지게 하품을 한 번 내뿜었다. 조용히 타오르던 해가 산마루 너머로 사라지자 기온이 뚝 떨어졌다. 좀 많이 잔 모양이다.

나는 앞발을 쭉 뻗고 엉덩이를 높이 쳐들어 기지개를 켠 다음 카포트⁺에서 담장 위로 폴짝 뛰어올라 걷기 시작했다.

「야옹아— 여기 좀 봐봐. 대장 고양이야, 여기!」

고양이를 부르는 인간의 목소리가 들려와 발걸음을 멈췄다.

소리가 나는 쪽으로 고개를 돌려보니 젊은 여자가 차 위에 웅크린 회색 고양이를 올려다보고 있었다. 여자의 손에는 캐리어가 들려 있다.

어이, 그놈은 대장 고양이가 아니야. 나는 그 자리에 앉아서 혀로 코끝을 가볍게 핥았다. 여자가 말을 건 상대는 툭하면 흘러나온 콧물로 코 풍선을 불어대는 늙은 외출냥이다.

「우리 집 고양이를 찾고 있어. 아직 어린 검은 고양인데, '히지키'라고 해. 혹시 본 적 있니?」

보아하니 집 안에서만 키우던 고양이가 집을 뛰쳐나간 모

⁺ 비와 눈으로부터 차량을 보호하는 덮개형 구조물

양이다.

'NNN', 즉 '냥이 냥이 네트워크'의 활약상은 고양이를 좋아하는 인간들 사이에서는 이미 도시 전설처럼 퍼진 지 오래였고, 나한테도 탈출한 집고양이의 행방을 물어오는 인간들이 종종 있다. 아무리 비밀리에 활동한다고 해도 새어나갈 건 새어 나가는 법인가 보다.

'NNN'이 정식 조직이라 할 순 없지만, 버려진 새끼 고양이나 크게 다쳐서 더는 길고양이로 살아갈 수 없는 녀석들을 고양이를 좋아하는 인간의 집에 알선해 온 건 사실이다. 인간들 사이에 소문이 날 정도면 나처럼 오지랖 넓은 놈들이 곳곳에 제법 있다는 뜻이겠지.

솔직히 이 여자처럼 절박한 얼굴로 부탁해 오면 못 들은 척 지나치기 힘든 게 묘지상정猫之常情이다. 대체로 인간은 믿음이 가지 않는 종족이라 여기지만, 고양이를 진심으로 좋아하는 인간한테는 나름 관대하게 대하려는 편이다. 우릴 제대로 이해하는 상대라면 그 정도는 협조해 줄 수 있다.

「저기, 대장 고양이야. 혹시 히지키를 보게 되면 우리 집으로 좀 데려다줄 수 있을까? 이 길 끝까지 올라가서 오른쪽으로 꺾으면 공터가 보이거든. 그 옆이 우리 집이야.」

아무 도움도 안 되는 고양이한테 물어봐야 찾게 될 리가 없지. 번지수를 잘못 찾아 부탁하는 게 어이없긴 해도, 그 간절한 눈빛이 싫지는 않았다.

기억해 두지. 혼잣말을 중얼거리며 나는 다시 걸음을 옮겼다.

밤의 장막이 내려와 생기 넘치던 세상을 부드럽게 감싸고 있었다. 땅거미는 우리를 자연스럽게 숨겨주는 더없이 좋은 은신처다.

오늘 밤에도 'NNN'이 어둠을 누비는 은밀한 시간이 시작된다.

익숙한 가게는 평소와 같은 모습으로 어두운 골목 끝에서 나를 기다리고 있었다.

익숙한 골목길을 한참 걷다 보면 수로 옆으로 인간은 지나가기 힘든 좁은 길이 나온다. 그 길을 따라 조금 더 간 다음, 창고 건물 옆 담장에 올라 또 다른 골목 안쪽으로 들어가야 비로소 가게가 모습을 드러낸다. 어둠 속에서 희미하게 떠오르는 작은 간판 하나.

CIGAR BAR, '마타타비'.

문을 열고 들어서자, 카우벨 소리가 재즈 선율과 겹쳤다. 발을 들여놓는 순간, 마치 전혀 다른 세계로 이끄는 듯한 분위기 있는 공간이 펼쳐진다. 먼저 와 있는 손님 하나가 눈에 들어왔다. 박스석에 앉은 수컷 냥이가 나를 힐끗 쳐다보더니 다시 보랏빛 연기를 피워 올렸다.

카운터 안쪽에 흰 바탕에 검은 얼룩무늬가 있는 마스터가 서 있다. 코언저리에 콧수염처럼 검은 무늬가 들어가 있어서 모두 그를 '콧수염'이라 부른다. 한창때라 하기엔 조금 이르고, 그렇다고 애송이라 하기엔 세상 물정에 밝은 남자다.

"오늘은 늦으셨네요, 잘린 귀 씨."

"어, 볼일이 좀 있어서."

사실은 아까 저녁에 본 인간이 애타게 찾던 고양이, 히지키를 집까지 데려다주고 오는 길이다. 집 안에서만 지내던 녀석들은 도망은 잘도 치면서 막상 바깥에 나오면 아무것도 못 하고 얼어붙기 일쑤다. 아니나 다를까 그 집 근처 풀숲에서 잔뜩 겁먹은 채 벌벌 떠는 녀석을 찾아냈고, 내가 앞장서서 집까지 데려다주었다.

"녀석들도 아직 안 온 모양이네."

우리는 코를 맞대고 서로의 냄새를 맡으며 인사를 나눴다.

카운터 앞에 자리를 잡은 나는 발바닥 젤리부터 손질하기 시작했다.

자, 오늘은 어떤 걸 피워볼까.

"오늘 기분에는 '코이냐'가 딱인데, 있을까?"

"네, 안 그래도 지금 꼭 알맞게 숙성된 게 있습니다."

마스터는 마타타비 덕후로 불릴 만큼 마타타비에 대한 열정과 고집이 있는 고양이다. 쿠바산은 물론, 좀처럼 보기 힘든 물건까지 갖추고 있는 데다 손님의 그날그날 기분에 맞춰 최상의 상태로 숙성된 마타타비를 내놓는 센스까지 겸비했다.

카운터 안쪽에는 온도와 습도를 철저히 관리하는 마타타비 전용 캐비닛이 설치되어 있는데, 잠을 자듯 숙성 중인 마타타비가 그 안에 산처럼 쌓여 제 순서를 기다린다. 내가 아는 한 완전히 신뢰할 수 있는 가게는 여기가 유일하다.

"자, 쿠바산 코이냐입니다."

마타타비가 나오자 나는 몸을 앞으로 숙이듯 내밀고 약간 으스대며 말했다.

"거스름돈은 됐네."

그러고는 카운터 위에 도마뱀 한 마리를 통째로 올려놓았다.

"괜찮으시겠어요?"

"받을 수 있을 때 미리 받아두게. 한겨울엔 아무래도 우리 지갑이 얄팍해지잖아."

마타타비 중에서도 가장 유명하다고 할 수 있는 쿠바산 코이냐를 코끝으로 문질러 향을 맡았다. 그것만으로도 품질이 얼마나 훌륭한지 대번에 알 수 있었다. 속이 단단히 들어차 있는 것은 물론이거니와 겉을 감싼 마타타비 잎 상태 또한 흠잡을 데가 없었다.

나는 발바닥 젤리로 거친 표면을 천천히 쓸어 그 감촉을 즐긴 뒤 앞발을 뻗어 시가 커터를 집어 들었다. 헤드를 잘라 흡입구를 만들기 위해서다.

커팅하는 방법에서도 저마다의 취향이 드러나고, 마타타비 맛도 달라진다.

V자 모양으로 자르는 V컷V-Cut, 일명 캣츠아이Cats Eye는 내가 즐겨 쓰는 커팅 방식으로, 단면이 넓게 벌어져 맛과 향 둘 다 부드러워진다. 하지만 입체적인 커팅이라 입문자일수록 요령을 익히기 전까지는 다룰 때 주의해야 한다.

그다음으로 자주 쓰이는 방법은 플랫 컷Flat Cut으로, 가장 기본적인 커팅 방식이라 할 수 있다. 직선으로 자르는 비교적 간단한 방법이지만, 헤드의 둥근 곡선을 살짝 남겨주는 게 핵심이다. 흔히 묵직하고 깊은 맛을 즐길 수 있다고들 하는데, 그건 어디까지나 냥바냥이다. 그다지 도움도 되지 않는 쓸데없는 지식을 쌓기보다 자기 감각을 믿는 것이 더 나을 것이다.

그 밖에도 헤드 중앙을 둥글게 잘라내는 펀치 컷Punch Cut이 있고, 피어서Piercer라고 해서 헤드에 구멍을 뚫는 방식도 있다.

나는 캣츠아이로 커팅한 마타타비의 풋Foot(불붙이는 쪽)을 시가 전용 성냥으로 굽듯이 불을 붙여나갔다. 불을 붙이는 데도 그만한 시간과 요령이 필요하다. 시가 전용 성냥은 길이가 길고 인 성분 냄새가 거의 나지 않기 때문에 마타타비의 섬세한 향을 해치지 않으면서 골고루 불을 붙일 수 있다.

마타타비는 섬세함이 요구되는 어른 냥이들의 향유물이다. 마타타비 세계의 룰을 모르면 그 즐거움은 반으로 줄어든다.

"외눈이 씨는 지금쯤 뭘 하고 계실까요?"

"글쎄, 마스터의 특제 마타타비를 피우고 싶어서 애간장이 탈지도 모르지."

"그럴까요? 그래도 마음이 통하는 주인과 다시 만났잖아요. 그 정도 불편은 참을 수 있겠죠."

나는 불이 제대로 붙은 마타타비 연기를 입안 가득 들이마신 뒤 혀 위에서 굴렸다. 마스터의 실력은 여전히 기가 막혔다. 눈을 감고 풋풋한 풀 내음과 은은한 단맛이 어우러진 풍미를 천천히 음미한다.

"마스터의 마타타비가 없으면 난 아마 못 살 거야."

외눈이는 이 가게 단골이자 내 오랜 악우惡友였다. 하얀 고양이지만 때가 잔뜩 껴서 멀리서 보면 흐린 회색으로 보였다. 원래는 집고양이였으나 복잡한 사정이 있어서 길 위로 나왔고, 삼 년 만에 주인과 극적으로 재회해 이 주택가를 떠났다.

이렇게 느긋하게 마타타비를 피우고 있을 때면 언제나 시야 한쪽에 들어오던 그 얼굴을, 이제는 빈자리가 대신하고 있었다. 녀석의 큰 얼굴이 좀 거슬리긴 했지만, 막상 사라지고 나니 괜스레 허전하다. 이렇게 마타타비에 취해도 발바닥 틈에 자갈 하나 낀 것처럼 마음 한구석이 껄끄러운 건 어째서일까.

어쩌면 외눈이가 떠나고 웬 어린 수컷이 녀석의 영역을 차지하겠다고 눈독 들이고 있기 때문인지도 모른다. 세력 판도가 안정되기 전까지는 젊은 놈들이 제 세상인 양 설쳐대는 법이고, 그런 시기엔 어딘지 모르게 살기가 감돌아 도무지 마음이 놓이지 않는다.

그때였다. 카우벨이 딸랑, 울리며 손님의 방문을 알렸다.

"어서 오십……"

마스터의 인사말이 중간에 끊기는 바람에 나는 무심코 뒤를 돌아보았다. 그리고 나도 모르게 두 눈이 커다랗게 떠졌다.

가게로 들어선 건 검정과 갈색이 뒤섞인 기골 장대한 젊은 카오스냥이 수컷이었다. 자동차 정비공장 근처를 영역 삼아 살아가는 녀석으로, 머리부터 기름때를 뒤집어쓴 듯한 얼룩무늬 때문에 '오일'이라는 이름으로 불리게 된 녀석이다.

근데 녀석의 꼴이 말이 아니었다. 왼쪽 눈이 심하게 부어오른 데다 피가 맺혀 있었다. 코끝엔 할퀸 자국이 적나라하게 보였고, 입가도 찢어져서 밥 먹는 일조차 쉽지 않아 보였다. 젊은 녀석들 사이에서 싸움 실력이 출중하기로 알려진 오일이 이 지경이라니, 대체 어떤 놈이 이렇게 만든 것인지 자꾸만 신경이 쓰였다.

"아재. 쪽팔리게 뭘 그렇게 뚫어져라 봐?"

딱 봐도 기분 더러워 보이는 녀석에게 그렇게 열 올리지 말라고 한마디 했지만, 오일은 코웃음만 치고는 스툴 두 개를 사이에 두고 내 옆자리에 털썩 앉았다. 다친 걸 들키고 싶지 않았을 텐데, 마스터의 마타타비 유혹은 끝내 뿌리치지 못했던 모양이다.

오일은 나와 같은 코이냐를 주문하고 통통하게 살찐 애벌레 한 마리로 값을 치렀다. 그러고는 평소보다 성급하게 불을 붙여 입에 물었다. 역시 상처 난 곳이 아팠는지 코를 있는 대로 찡그렸으나 곧 진정이 되는 듯했다. 취기가 통증을 녹여준 모양이다.

"어떤 놈한테 당한 거냐?"

"……처음 보는 놈이었어. 덩치가 더럽게 큰."

내뱉듯이 말을 뚝뚝 끊는 걸 보니 최고급 마타타비를 피워물어도 쉽게 화가 가라앉지 않는 모양이다. 그래도 묻는 말에 답할 정도의 침착함은 남아 있었다.

"도대체 어떤 놈인데?"

"상당한 내공이 느껴졌어. 아재 나이쯤 돼 보이는 놈이던데."

"잘린 귀 씨 또래라고요? 젊은 녀석들이 흘러들어오는 일은 흔해도 그런 경우는 좀처럼 보기 힘든데 말이죠."

마스터가 고개를 갸웃했다.

"그러고 보니, 사람들이 집 짓는다고 또 산을 깎고 있던데, 혹시……."

나는 그 말을 듣고 얼마 전 들은 이야기를 떠올렸다.

인간들이 '개발'이라는 이름으로 벌이는 파괴 행위는 우리 같은 길고양이들의 터전을 가차 없이 빼앗아 간다. 아니, 길고양이만이 아니다. 너구리나 족제비, 새들도 마찬가지다. 나무 위에 둥지를 틀었든, 굴속에 새끼가 있든, 인간들에게 그딴 건 전혀 상관없는 일이었다.

"그래서 놈이 그렇게 강한 모양이군. 산속을 활보하고 다니던 놈이라 이거지."

놈과 싸우던 순간의 기억이 되살아났는지 오일은 불만 가득한 얼굴로 콧김을 거칠게 내뿜더니 투덜대듯 한마디 덧붙였다.

"두고 봐. 다음에 또 보면 가차없이 쫓아내 버릴 테니까."

지독한 상처를 입고도 겁먹기는커녕 오히려 다시 붙을 생각을 하다니, 오일의 눈빛을 보자 문득 참 젊구나, 하는 생각이 들어 입가에 미소가 떠올랐다. 코끝이 간질거리고 왠지 쑥스러웠지만, 이런 녀석이 싫지 않았다.

나는 마음 한편으로 외눈이가 없는 자리를 의식하며 아직도 조금 신경이 날카로운 오일의 기운을 안주 삼아 마타타비를 피웠다. 길이가 절반쯤 줄어들었을 무렵, 이번엔 유난히 요란한 소리를 내며 카우벨이 울렸다.

문 열리는 소리만으로도 누가 왔는지 단번에 알아차렸다.

"안녀세요! 오늘도 차였습니다요—."

역시나.

나는 씁쓸하게 웃으며 고개를 절레절레 흔들었다. 하얀 바탕에 검은 복면을 쓴 듯 멋진 여덟 팔 자 무늬를 가진 이 젊은 수컷은 항상 들떠 있고 시끄럽지만 누구에게나 사랑받는 분위기 메이커다. 이름도 생긴 그대로 '복면'이다. '잘린 귀'인 내 이름도 남 말할 처지는 못 되지만, 고양이들이란 어쩌면 그렇게 작명에 창의성이 없는지 모르겠다.

"오늘은 맛있는 마타타비나 한 대……."

마스터에게 코 인사를 건네던 복면이 오일의 상태를 보고 그대로 얼어붙었다.

"형! 어, 어쩌다 그렇게 된 거야?"

"앉기나 해. 나한테 한마디라도 묻기만 해봐, 확 물어뜯을 테니까."

"아, 알았어……. 마스터, 오일 형이랑 같은 걸로 주세요."

주문을 넣은 복면이 슬금슬금 눈치를 보며 오일 옆에 조심스레 앉았다. 위세에 눌려 아무 말도 못 하고 있었지만, 힐끔거리며 곁눈질하는 통에 오일의 콧잔등 주름이 점점 더 깊어졌다.

"이 자식! 보지 말라니까!"

퍽! 오일이 발톱을 세우지 않은 앞발로 복면의 이마에 냥냥펀치를 날렸다.

"푸헉……!"

복면이 기묘한 소리를 내며 그대로 굳어버렸다. 고양이는 이런 식으로 당하면 몸이 말을 듣지 않아 힘을 전혀 쓰지 못한다.

"보지 말란 말은 안 했잖아, 형."

오일은 콧김을 거칠게 훅 내뿜고는 앞발을 거뒀다.

"형, 혹시…… 다리에 양말 무늬 있는 아재한테 당했어?"

"뭐야, 너도 아는 놈이야?"

"응. 엄청 세다고, 만나면 무조건 도망치라는 소문이 자자해."

"그딴 건 상관없어."

그놈 이야기는 더 듣고 싶지 않다는 듯 오일이 얼굴을 찌푸렸다. 복면도 그 뒤로는 입을 다물고 마스터가 내준 마타타비만 묵묵히 피워댔다.

밤은 점점 깊어가고, 마스터는 몇 번째인지 모를 BGM을 또 바꿨다. 애잔한 트럼펫 소리가 상처 입은 오일을 위로하듯 가게 안을 부드럽게 핥고 지나갔다. 우리는 그렇게 저마다 최고의 시간 속으로 깊이 가라앉고 있었다.

하지만 피우던 마타타비가 막바지에 접어들 즈음, 다시 카우벨이 울렸다. 고개를 돌리는 순간, 나도 모르게 등 털이 쭈뼛 섰다.

녀석이 나타났다.

양말을 신은 것처럼 검정과 흰색 털의 배색이 절묘한 다리. 검은 털로 덮인 몸은 턱밑과 가슴 언저리만 하얘서 마치 턱시도를 입은 것 같았고, 날카로운 얼굴은 위압감을 느끼게 하기 충분했다. 다리는 굵고 턱은 살짝 틀어져 있는 것이 거친 싸움으로 다져진 녀석임이 분명했고, 그건 눈빛만 봐도 알 수 있었다.

가게 안의 모든 시선을 한 몸에 받으며 녀석은 박스석에 엉덩이를 붙이고 앉았다. 곧이어 마스터가 주문을 받으러 다가갔다.

"자네가 이 바의 마스터인가? 이 집 마타타비가 끝내준다고 들었는데."

"네. 품질만큼은 어디에 내놔도 부끄럽지 않은 마타타비를 준비해 두고 있습니다. 단, 가게 안에서 싸움은 금지입니다. 그것만 지켜주신다면 언제든 환영입니다."

마스터가 긴장한 게 느껴졌다.

시야 한쪽으로 빠르게 흔들리는 오일의 꼬리가 눈에 들어왔다. 신경이 곤두서 있다는 증거다.

"가게 규칙은 알고 있네. 이런 데서 힘을 과시하는 촌스러운 짓은 안 해."

녀석이 마스터의 말에 답했다. 저음의 목소리와 말투도 어중간한 풋내기들과는 달랐다. 나는 마타타비를 피우면서 녀석이 무엇을 주문하는지 귀를 기울였다.

"'H. 업냥'으로 부탁하네."

놈은 익숙한 듯 짧게 주문했다.

업냥이라니. 나도 모르게 입가에 슬며시 웃음이 번졌다.

헤비급이라고 하긴 어렵지만, 숙성될수록 복잡하게 얽히는 풍미가 특징인 마타타비다. 그 얼굴로 업냥을 피운다니, 흥미롭군. 게다가 놈은 마타타비값으로 제법 큼직한 도마뱀

한 마리를 통째로 내놓았다.

　마타타비가 나오자, 냄새를 맡고는 시가 성냥에 앞발을 뻗었다. 불붙이는 솜씨까지 능숙해서 마스터도 꽤나 만족스러운 눈치였다. 평소에는 다룰 줄도 모르는 녀석이 괜히 잘난 척 굴면 마스터의 수염이 찌릿 반응했지만, 저런 표정을 짓는 걸로 봐서 충분히 합격이다. 마스터가 자부하는 마타타비를 내주어도 되겠다고 인정한 것이다.

　신참은 천천히 연보랏빛 연기를 뿜어냈다. 처음 온 주제에 단골들 사이에 섞여 저토록 여유를 부리다니, 배포 하나는 인정해야겠군.

　"어이, 카오스 꼬맹이. 아픈 데는 좀 가라앉았냐?"

　갑작스러웠다.

　적진 한복판에서 그런 말을 던지다니, 제법 멋지게 비뚤어졌는걸. 나이 깨나 먹은 아재지만, 아직 물러날 때는 아니다 이거겠지. 빈정대는 듯한 녀석의 말에 오일의 꼬리가 한층 더 거칠게 흔들렸다.

　나는 잠자코 상황을 주시했다.

　"다음엔 그렇게 당하고만 있진 않을 거야."

　"네 영역 뺏을 생각 없으니까 안심해. 난 5번길을 접수했거든. 앞으로 잘 지내보자고."

　"누가 그러자고 했냐."

　오일이 심통 난 듯 투덜거렸다.

그런 거였군. 외눈이 영역을 접수한 게 이 녀석이었어.

그 자리를 어떤 놈이 차지할지 내심 신경 쓰였는데, 나쁘지 않다. 애송이한테 빼앗겼다면 영 찜찜했을 텐데, 이 녀석이라면 수긍할 수 있다.

나는 피식 웃으며 들고 있던 마타타비를 입에 물었다. 불을 붙였을 때와는 또 다른 풍미가 퍼지면서 부드러운 취기가 올라와 쭈뼛했던 등 털도 차츰 가라앉았다.

어이, 외눈이. 제법 재미있는 녀석이 나타났어.

출산 시즌이 절정에 이르면 여기저기서 배가 불룩한 어미 고양이들을 자주 보게 된다. 젊은 암고양이부터 경험 많고 성숙한 암고양이까지 전부 뱃속에 새 생명을 품고 있었다. 향긋한 냄새를 풍기던 발정 난 암컷들의 수가 줄어들면 우리들도 서서히 차분함을 되찾는다.

그날은 뭔가 평소와는 다른 분위기가 느껴졌다. 화창한 날씨와 달리 불길한 기색이 감돌았고, 까마귀들이 유난히 시끄러웠다.

"이게 무슨 난리야……?"

불길한 예감이 든 나는 소리가 나는 쪽으로 발길을 향했다. 코끝을 핥고 냄새를 포착한다. 희미하게 풍겨오는 피비린내. 까마귀들이 먹잇감을 발견하고 몰려든 건가 싶었지만 그렇게 단순한 상황이 아니었다.

"저건……."

까마귀 놈들이 공터 구석에 버려진 나무 상자를 에워싸고 있었다. 안에서 뭔가가 움직인다. 고양이였다.

얼마 전까지만 해도 잡초가 무성했던 곳이 지금은 휑히 드러나 있었다. 아마 인간이 풀을 베어버렸을 것이다. 잡초 사이에 잘 숨겨져 있던 나무 상자가 드러나는 바람에 까마귀 놈들 눈에 띈 게 분명하다. 놈들은 눈이 밝다. 상자 안에 있는 고양이의 존재를 알아채고 몰려든 게 틀림없다. 저놈들은 떼로 달려들어서 성가신 데다 잔머리 굴리는 데도 능하다.

한 놈이 나무 상자에 머리를 들이밀자, 안에서 하아아악! 위협하는 소리가 들려왔다.

"안 돼, 그만둬. 상관하지 말라고."

나는 또다시 고개를 쳐드는 오지랖을 꾹꾹 눌렀다. 길고양이 세계는 냉혹한 법. 약한 놈 하나하나 모조리 신경 쓰다 보면 몸이 남아나질 않는다. 운이 없다거나 경험이 부족해서 일어나는 비극 따윈 이 골목 저 골목에 차고 넘친다.

그렇게 스스로를 타이르며 발길을 돌렸다. 하지만 까악! 하고 날카롭게 울어대는 소리에 뒷덜미라도 잡힌 듯 다시 걸음을 멈추고 말았다. 그리고 멀찍이서 놈들의 동태를 살피다가 곧 깨달았다.

까마귀 몇 마리가 바닥에 떨어진 간처럼 보이는 덩어리를 쪼아대고 있었다. 놈들이 먹고 있는 건 어미가 출산할 때 딸려 나오는 태반이었다.

이런 젠장.

상자 안의 고양이는 지금 막 새끼를 낳는 중이었던 거다. 그래서 저 새까만 놈들이 그토록 끈질기게 둘러싸고 있었던 거로군. 놈들이 노리는 건 곧 태어날 새끼 고양이다. 이런 상황이라면 어미는 제대로 반격조차 하지 못 할 게 뻔하다. 잡초가 베여 나가도 그 자리를 떠나지 못한 건 진통이 시작돼 몸을 움직일 수 없어서였을 것이다.

다시 샤아아, 위협하는 소리가 들리는가 싶더니, 고등어 무늬가 눈에 들어왔다. 아오옹, 어미는 간절한 울음소리로 놈들을 몰아내려 안간힘을 쓰고 있었다. 까아악, 까아악, 까마귀들의 쉰 울음이 더 높이 울려 퍼졌고, 끝내 한 놈이 새끼를 물고 날아갔다. 빌어먹을, 지독한 놈들 같으니라고.

정신을 차려보니 나는 이미 발길을 돌려 놈들 쪽으로 달려가고 있었다. 점프.

퍼덕퍼덕……. 날갯짓 소리와 함께 발톱 끝에 무언가 걸린 느낌이 들었지만, 목표물은 이미 전깃줄 위로 날아가 버린 뒤였다. 새까만 놈들이 눈을 희번덕이며 내려다보는 모습에 등골이 오싹하긴 했지만, 그렇다고 내가 겁먹을 거로 생각했다면 큰 착각이다. 덤벼봐라. 원한다면 전부 씹어 먹어줄 테니까.

나는 느긋하게 발가락 사이를 핥았다. 발톱에 깃털 하나가 걸려 있어서 털을 고르기 시작했다.

"뭐야, 한번 해보겠다는 거야?"

전깃줄에서 한 마리가 내려와 두 다리를 모은 채 총총거리며 다가왔다. 다시 한번 점프. 퍼덕이는 날갯짓 소리와 거의 동시에 듣기 싫은 울음소리가 울려 퍼졌다.

나는 까마귀가 죽을 만큼 싫다. 기분 나쁜 울음소리도 거슬리지만, 걸핏하면 길고양이를 장난감 삼아 괴롭히는 짓거리도 꼴 보기 싫었다.

놈들은 한동안 나를 내려다보다가 한두 놈씩 자리를 뜨더니, 몇 분 뒤에는 전부 사라졌다.

휴, 귀찮은 놈들. 나는 앞발로 귀 뒤를 씻은 다음 나무 상자 쪽으로 다가갔다.

"이봐, 거기."

말을 건네자, 예민해진 어미 고양이가 다시 샤아아, 하악질을 했다. 어쩔 수 없다. 어미의 엉덩이 쪽에 출산과는 상관없는 출혈이 있었다. 까마귀한테 쪼였을지도 모른다.

더 깊이 관여했다가는 괜히 신경만 긁을 것 같아 자리를 뜨기로 했다. 까마귀 놈들은 당분간 돌아오지 않을 것이다. 도망칠 시간은 벌어줬으니 이제 어미 스스로 안전한 은신처를 찾아야 한다.

또 괜한 짓을 해버렸군. 오지랖 부리지 말자고 몇 번이나 다짐했으면서 또 이 짓이다.

"안냐세요, 잘린 귀 아저씨!"

밝고 태평한 목소리가 들려 돌아보니 복면이 꼬리를 빳빳이 세우고 씩씩하게 걸어오고 있었다. 녀석의 얼굴이 가까워졌다고 생각한 순간, 나도 모르게 푸걱, 하는 콧소리가 나왔다. 인사할 때마다 얼굴을 들이박는 건 이 녀석의 고질병이다.
하여간 붙임성이 너무 좋아서 탈이었다.
"야, 너 말이야, 내가 몇 번이나……."
"아저씨, 완전 멋졌어요!"
녀석이 잔뜩 흥분한 걸 보니 아까 까마귀랑 맞붙는 걸 지켜본 눈치다. 평소엔 연한 벚꽃색을 띠는 코끝이 짙은 분홍빛으로 변해 있었다. 보나 마나 발바닥 젤리도 후끈 달아올랐을 것이다.
"뭐가 말이냐."
"까마귀요. 화끈하게 쫓아냈잖아요. 새끼 딸린 어미 고양이를 지켜내다니, 상남자 그 자체잖아요!"
"바보 같은 소리. 난 그냥 까마귀가 꼴 보기 싫은 것뿐이야."
"에이, 또 그러신다—."
내가 걸음을 옮기자 어쩐 일인지 복면이 따라붙었다. 고양이 주제에 떼로 몰려다니기라도 하자는 건지, 이 녀석은 정말 이해하기가 어렵다.
"그보다 괜찮을까요? 그 어미 고양이 말이에요. 다친 것 같던데."
나는 멈춰 서서 복면의 얼굴을 빤히 쳐다보았다. 그러자 녀석이 태연하게 오지랖을 떨어댔다.
"그 몸으로 잘 키울 수 있을까요? 우리가 알선해 줘야 하는 거 아닐까요?"
복면이 'NNN' 활동에 부쩍 관심을 보이기 시작한 건 지난해부터였다. 까마귀한테 습격당한 새끼 고양이를 인간에게 알선할 때 따라온 뒤로 녀석의 마음속에 사명감 같은 게 자라난 듯했다.
"정 그러면 네가 한번 알아보든가."
"그러면 좋은데, 어딜 가도 고양이 포화상태예요."
복면 말대로 마땅히 알선할 만한 곳이 없었다.
올봄만 해도 이미 몇 마리를 인간에게 맡겼다. 유기묘와 너무 어린 나이에 새끼를 낳은 어미 고양이가 버린 아깽이들이었다. 유기묘는 이미 고양이를 키우고 있는 집에 알선해서 다묘 가정으로 만드는 데 성공했다. 그건 명백히 우리 쪽의 승리였다. 어미에게 버려진 아깽이 중 절반은 기력을 잃어 죽고 말았지만, 남은 새끼들은 인간이 구조할 수 있게끔 미리 밥을 써두었다.
지금은 인간의 보살핌 아래 따뜻하게 살아가고 있을 것이다.
"이럴 때 외눈이 아저씨라도 있었다면……"
"없는 놈 얘기는 이제 그만 좀 해."
"하지만 의지할 데가 아저씨밖에 없으니까…… 어, 나왔어요!"
복면의 호들갑에 고개를 돌려보니 어린 어미 고양이가 휘

청이며 나무 상자에서 모습을 드러냈다. 전깃줄 위에 까마귀의 모습은 보이지 않았다.

"어디로 가는 걸까요?"

새끼를 입에 문 모습을 보자 마음이 복잡해졌다. 하체에 힘이 제대로 들어가지 않는지 긴 꼬리를 축 늘어뜨린 채 엉덩이를 바짝 낮춘 자세로 힘들게 걸음을 옮겼다. 겁을 먹어서가 아니다. 아파서 똑바로 걷지 못하는 거였다.

"너는 따라오지 마."

"엥, 잠깐만요. 저도…… 윽!"

거기서 멈췄으면 좋았을 텐데, 나는 복면을 남겨둔 채 어미의 뒤를 쫓았다. 어이, 그쪽이 아니야. 반대쪽이다.

이 일대는 새로 지은 집들이 대부분이라 마당에 흙이 그대로 드러나 있는 곳이 많다. 몸을 숨기려면 오래된 집들이 모여 있는 쪽으로 가야 했다.

나는 초조한 마음을 감출 수 없었다. 하지만 말을 걸어봤자 하악질만 돌아올 게 뻔했다. 그럴 바에야 그냥 내버려두면 될 것을, 나이를 먹어서인지 요즘은 어린 고양이가 고생하는 걸 보면 자꾸 마음이 쓰였다.

바로 그때, 새 날갯짓 소리가 귀를 때렸다.

"윽!"

시커먼 놈들이 돌아온 줄 알고 잔뜩 긴장했는데, 날아온 건 비둘기였다. 나답지 않게 이런 어처구니 없는 실수를 하다니.

까마귀가 날개 치는 소리는 바람을 가르듯 날카롭지만, 비둘기는 공기를 긁는 느낌에 가깝고 어딘지 모르게 무겁고 둔하다. 무슨 급한 일이라도 있는지, 녀석은 내가 있는 줄도 모르고 구구, 소리를 내며 땅을 쪼아댔다. 포동포동한 몸뚱이를 보고 있자니 점점 짜증이 치밀어 올랐다. 나는 결국 잡을 수 없다는 걸 뻔히 알면서도 놈을 향해 냅다 몸을 날렸다.

파다다닥……. 날갯짓 소리가 울렸다.

눈앞을 가로지르며 날아간 비둘기 덕분에 어미 고양이가 방향을 바꾼 건 바로 그 직후였다. 의도한 건 아니지만 결과가 좋았다. 어미 고양이는 덤불을 헤치고 낡은 집 마당으로 들어가 함석지붕으로 된 창고 안에 몸을 숨겼다. 나도 그 뒤를 따랐다.

창고 안에는 온갖 짐들이 수북이 쌓인 채 오랫동안 손길이 닿은 흔적이 없었다. 우리 고양이들이 딱 좋아할 만한 장소다. 몸을 숨기기에 그만일뿐더러 까마귀 놈들도 이 안까지는 들어오지 못한다.

어미 고양이는 틈새로 몸을 밀어 넣더니 옆으로 드러누워 새끼 고양이의 털을 핥기 시작했다.

"아가, 이제 괜찮아."

새끼는 다친 곳 하나 없이 어미 배에 얼굴을 파묻고 젖을 빨았다. 하지만 어미는 다시 진통이 시작됐는지 여러 번 몸을 뒤척였다. 새끼가 아직 다 나오지 않은 모양이다.

어미가 안전한 은신처를 찾은 걸 확인한 나는, 조용히 혀를 차며 또 바보 같은 짓을 했다고 후회하면서 밖으로 빠져나왔다.

그리고 뒤돌아서서 아직 서툴고 어린 어미 고양이를 향해 중얼거렸다.

고달프겠지만, 힘내라.

내가 앙꼬 할매네 집으로 향한 건 까마귀에게 습격당한 어미 고양이를 보고 열흘쯤 지난 뒤였다. 평소 다니던 길을 조금 벗어나 도로를 건너 담장 위를 한참이나 걸었다.

인간 노파들이 모여 한창 수다를 떨고 있는 개인 상점 옆집이 목적지였다. 앙꼬 할매는 베란다 창 바깥에 깔린 나무 데크에서 자주 낮잠을 즐기곤 했다.

마당으로 들어서자, 햇볕을 받으며 기분 좋게 낮잠을 자는 할매의 모습이 눈에 들어왔다.

"오냐, 잘린 귀 왔냐."

앙꼬 할매가 내 기척을 알아채고 눈을 떴다.

깔끔한 삼색 무늬, 끝이 열쇠 모양으로 꺾인 킹크드 테일[*]

---

[*] kinked tail, 끝이 구부러진 꼬리

꼬리가 두 개 달린 삼색냥이. 네코마타*가 되기 직전인 할매의 두 번째 꼬리는 요즘 더 형체가 또렷해져서 어느 쪽이 새로 난 꼬리인지 구별하기 어려울 정도였다. 하지만 인간들 눈에는 두 번째 꼬리가 보이지 않는 것 같다.

요즘 길고양이들 사이에서는 네코마타가 되면 요력도 쓸 수 있게 되는 거 아니냐는 이야기로 떠들썩했다.

"이 늙은이 얼굴 보겠다고 일부러 오다니, 무슨 일 있는 거냐?"

"뭐, 조금."

나는 나무 데크에 앉아 그루밍을 시작했다. 발바닥 사이에 낀 먼지를 혀로 훑어내고 발톱 뿌리까지 하나하나 정성스레 핥는다. 역시 앙꼬 할매를 위해 마련한 곳이라 그런지 볕도 잘 들고 포근하니 기분이 좋았다.

할매는 기회가 있을 때마다 집고양이 생활도 만족스럽다고 말하곤 했다. 자유를 잃는 대신 주인의 깊은 애정을 얻을 수 있다면서. 물론 어느 정도는 이해한다. 나 역시 오직 한 명뿐이긴 하나 마음을 열었던 인간이 있었으니까. 나를 위해 지쿠와**를 내주던 할머니와의 시간은 지금도 선명하게 마

---

* 猫又, 두 갈래로 갈라진 꼬리를 가진 고양이 요괴
** 竹輪, 생선 살을 다져 반죽한 뒤 막대기에 꽂아 굽거나 찐 원통형 어묵 요리

음속에 남아 있다.

"왜 이렇게 말이 없어, 징그럽게. 설마 나랑 같이 있고 싶기라도 한 게냐?"

"뭐, 그럴 수도."

사실은 그 뒤로 몇 번인가 어미 고양이의 상태를 살피러 갔었다.

다행히 아직 살아 있었다.

몇 번을 그 사실에 안도하며 낡은 창고를 빠져나왔는지 모른다. 하지만 날이 갈수록 어미 고양이의 상태는 눈에 띄게 쇠약해졌다. 까마귀한테 쪼인 상처가 곪은 게 분명했다. 그 몸으로는 사냥도 나가지 못했을 텐데. 새끼는 두 마리. 아무것도 먹지 못한 채 계속 젖만 물리다가는 머지않아 체력도 바닥을 드러낼 터였다.

"외눈이 녀석이 없어서 외로운 건 아니고?"

"그런 거 아냐. 그냥…… 그 녀석은 고양이들을 알선할 만한 괜찮은 집을 잘 찾아냈거든. 놈이 없는 덕분에 내가 요즘 고생 좀 하고 있어."

어디선가 휘파람새 울음소리가 들려왔다. 이른 봄만 해도 한참 어설펐던 그 노랫소리가 요즘은 말갛게 갠 너른 하늘에 곧잘 울려 퍼졌다.

"저기, 있잖아. 혹시 할매네 집에 아깽이 두 마리 더 들일 생각 없어?"

내가 뱉은 말에 스스로도 놀랐다. 별다른 생각 없이 할매 얼굴이나 보러 왔을 뿐인데, 사실은 나를 이쪽으로 이끈 무언가가 있었나 보다.

문득 까마귀 떼에 둘러싸여 필사적으로 으르렁대던 어린 어미 고양이의 모습이 떠올랐다.

그래. 어린 어미는 오래 버티지 못할 것이다. 새 보금자리 하나 찾아내는 일도 간신히 해냈는데…….

어렵게 목숨을 건진 새끼들도 어미가 죽으면 같은 운명을 맞을 거라는 건 불 보듯 뻔했다. 아무것도 모른 채 필사적으로 젖을 빠는 아깽이들의 모습이 자꾸만 마음에 걸려서 어떻게든 돕고 싶은 마음이 움텄다.

"갑자기 무슨 소리야?"

"안 될까?"

"내 보금자리를 나눌 생각은 털끝만큼도 없다. 이 나이에 새끼 고양이랑 같이 살라니, 스트레스로 더 빨리 죽고 말 게다. 더군다나 두 마리나?"

"역시 안 되겠지? 지금 한 얘긴 그냥 못 들은 걸로 해."

나는 내 어리석음을 곱씹으며 자조인지 조소인지 모를 웃음을 흘렸다.

애초에 도와주고 싶다는 마음 자체가 오만이었다. 그동안 'NNN' 활동을 하면서 그런 생각을 얼마나 많이 했던가.

"네 녀석도 세상을 알려면 아직 한참 멀었구나."

"할매에 비하면야 다 애송이지, 뭐."

"활동 반경을 좀 넓혀 보는 건 어떠냐? 산을 깎아서 주택지로 만들고 있는 건 알고 있지? 그쪽으로 가보면 의외로 괜찮은 집이 있을지도 모르잖아."

확실히 새로운 인간들이 이사를 오면 알선할 후보로 삼을 집이 있을지도 모른다. 내 영역에서 제법 멀긴 하지만 그 정도는 감수해야지.

"듣고 보니 그러네. 한번 가볼게."

"그래, 잘해봐라."

앙꼬 할매의 배웅을 받으며 나는 다시 걸음을 옮겼다.

차량 통행이 많은 큰길을 건너면 주유소가 하나 있고, 그 뒤로는 논밭이 쭉 펼쳐진다. 왼편은 오래된 주택가였고, 길 하나를 사이에 둔 오른편이 산을 깎아 만든 신규 택지 개발 구역이다. 제법 사람 사는 냄새가 풍기는 곳도 적지 않았다.

나는 담장 위로 폴짝 뛰어올라 주변을 둘러보았다. 새로 지은 집들은 마당에 나무 한 그루 심어져 있지 않아 삭막하기 그지없었다.

어느 집이나 다 비슷했지만, 그중 눈에 띄는 집 한 채가 있었다. 마당에 고양이 인형을 장식해 놓은 집이었는데, 막 심은 잔디가 푸릇푸릇 돋아나 있어서 다른 집들보다 그나마 나아 보였다. 나는 수도 아래 놓인 양동이에 담긴 물로 목을 축였다.

집 안을 들여다봤지만 사람 그림자도 보이지 않아서 집사 후보로 괜찮은지 어떤지 확인할 길이 없었다.

"젠장, 쉽지 않네."

빈손으로 돌아가려니 괜히 부아가 났다. 혼잣말을 중얼거리다 다리도 풀 겸 오래된 주택가 쪽도 둘러보기로 했다.

태양은 여전히 따사로웠고, 인간들이 내는 소리가 적막을 깼다. 땅을 울리며 지나가는 차들은 덩치도 큰 데다 흙먼지를 있는 대로 날렸다. 도로 한쪽에서는 신들린 듯 땅을 파는 인간도 있었다. 두두두, 두두두, 드르륵드르륵. 무척이나 진지한 얼굴이다. 그렇다고 개들처럼 신나 보이느냐 하면 그렇지도 않았다.

나는 눈에 들어오는 풍경을 힐끗 곁눈질해 가며 다시 발길을 돌려 오래된 주택가 쪽으로 향했다.

이상하게도 내가 아무리 당당히 돌아다녀도 처음 보는 얼굴이라며 시비 거는 길고양이가 없다. 다들 낮잠이라도 자나? 하긴, 이렇게 좋은 날 영역 싸움 따위를 하고 싶은 고양이는 없겠지.

그런데 어느 집 담벼락에 뛰어오르자 희미하게 고양이 냄새가 풍겨왔다. 나는 반사적으로 경계 태세에 들어갔다.

냄새를 쫓아 마당으로 시선을 돌리자, 내 생각과는 달리 고양이가 아닌 덩치 큰 잡종견이 눈에 들어왔다. 개는 제집 앞에서 낮잠에 빠져 있었다. 이건 좀 곤란하지. 개가 있는 집에 아깽이들을 데려올 수는 없다.

"틀림없는 고양이 냄새였는데, 거 참 이상하군."

개들의 나이는 잘 볼 줄 모르지만, 쭈글쭈글한 얼굴로 봐서는 나이 깨나 먹은 노견인 듯했다. 혼자 덩그러니 내팽개쳐져 있어서 그런지 표정이 시무룩하다. 딱한 녀석.

개란 놈들은 늘 인간한테 꼬리를 흔들어대며 사는 것처럼 보인다. 매일이 즐겁고 걱정이라는 건 평생 모르고 사는 속편한 놈들. 우리 고양이들처럼 마타타비 연기를 깊이 들이마시며 삶의 쓸쓸함을 곱씹는 일 따윈 없겠지. 고양이들 사정 같은 건 안중에도 없이 우릴 보기만 하면 반사적으로 짖어대는 놈들의 단순함은 기가 막히다 못해 감탄스러울 지경이었다.

그래도 인간에게 끝까지 충성하는 그 자세만큼은 인정하지 않을 수 없다. 그런 녀석이 이렇게 주인한테 외면당한 채 마당에 묶여 있는 걸 보면 아무래도 안쓰럽다는 생각이 든다.

"이봐, 개! 뭐 하고 있냐?"

큰맘 먹고 말을 걸어봤지만, 녀석은 대꾸조차 하지 않았다.

"주인이 이제 싫다고 하든? 그러니까, 인간을 그렇게 쉽게 믿으면 안 되는 거라고."

나는 마당으로 내려가 흐드러지게 핀 철쭉 냄새를 맡았다. 고양이가 들어왔는데도 짖지 않다니. 몸이 아픈 건지, 아니면 그냥 모든 걸 포기해 버린 건지, 도통 모르겠다.

너무 반응이 없으니 괜히 오기가 생겨서 철쭉나무 쪽으로 궁둥이를 들이대고 오줌을 찍 갈겼다. 이러면 반응이 오겠지. 준비 태세를 하고 개를 쳐다봤지만, 역시나 움직이지 않는다. 이번에는 마당 한쪽에 있는 나무에 발톱이라도 갈아볼까 했지만, 나보다 먼저 같은 생각을 한 놈이 있었는지 이미 발톱 자국이 나 있었다. 괜히 흥이 깨져서 그만두었다.

"뭐야, 개는 원래 고양이랑 원수지간 아니었나?"

슬쩍 도발해 봤지만, 녀석은 겨우 눈을 뜨고 나를 힐끗 보더니 이내 다시 감아버렸다.

"쳇, 더럽게 우울한 놈이네."

문득 나만 보면 항상 짖어대던 꼬리 없는 숏다리 개가 생각났다. 내 영역 근처에서 풀어놓고 키우던 놈인데, 요즘은 통 보이지 않았다.

시끄럽긴 해도 그 녀석은 나름 행복해 보였는데.

그때, 집에서 주인으로 보이는 인간이 나왔다. 거들먹거리며 걷는 머리숱 듬성한 중년 남자였는데, 내가 제일 싫어하는 부류다.

순간, 또다시 고양이 냄새가 코끝을 스쳤다. 개밖에 없는데 이상한 노릇이다. 영 수상했지만, 더 캐봤자 별 소득이 없겠다 싶어서 그냥 돌아가기로 했다. 오늘은 일찌감치 '마타타비'로 가서 끝내주는 놈으로 한 대 피우고 싶었다.

그런 생각에 빠져 있는 동안, 누군가 지켜보는 듯한 시선이 느껴져 주위를 둘러보았다. 아니나 다를까. 오일과 한판 붙었던 신참 녀석이 조금 떨어진 담장 위에서 날 주시하고 있었다. 발에 양말을 신은 듯한 턱시도냥이.

녀석이 택지 개발 전에 저 산에서 살았던 건 확실해 보였다. 지금은 외눈이가 다스리던 5번길을 새 영역으로 삼은 모양인데, 여긴 녀석이 원래 살던 곳에서 그리 멀지 않다. 이곳까지 오는 게 딱히 이상한 일은 아니었다.

나는 자리에 앉아 그루밍을 했다.

거리가 좀 있긴 했지만, 서로 상대를 의식하고 있는 것만은 명백했다. 근육질 몸과 당당한 태도는 멀리서도 한눈에 알 수 있었다. 만약 놈과 붙게 된다면 가볍게 끝나지는 않을 것이다. 언젠가 올지 모를 그날을 대비해 발톱은 늘 날카롭게 갈아두어야 한다.

녀석은 한동안 나를 지켜보더니 몸을 휙 돌려 담장 너머로 사라졌다.

"무슨 생각을 그렇게 골똘히 하세요?"
마스터가 바 안쪽에서 말을 걸어왔.

오늘은 손님도 뜸하고 오일과 복면도 보이지 않았다. 이맘때는 힘들게 사냥하지 않아도 공원에만 가면 간식 주는 인간들이 넘쳐난다. 나는 인간한테 아양 떠는 짓은 딱 질색인 고지식한 고양이지만 젊은 녀석들은 능청스럽게 굴며 먹을 걸 얻어냈다.

　장마철이 오기 전까지는 마타타비값을 치르는 데 큰 무리가 없는데도 단골 녀석들이 아직 나타나지 않는 걸 보면 발정 난 암컷의 뒤꽁무니를 쫓고 있을지 모른다. 가끔은 이렇게 조용한 분위기도 나쁘지 않다.

　"별것 아니네."

　마스터는 더 이상 묻지 않았지만, 뭐든 꿰뚫어 보는 고양이라 당해낼 재간이 없다. 내 마음속에 생긴 작은 틈새까지 들여다보니 말이다.

　"마스터, 요즘 정보통은 자주 오나?"

　"아뇨. 요즘은 통 안 보이네요."

　어울리지도 않는 한숨을 연기와 함께 훅 내뱉는다.

　오늘 고른 마타타비는 '오요 데 냥테레이'라는 놈이다. 불을 붙이면 과일 같은 단맛이 은은하게 퍼지는데, 그 안에 깊은 감칠맛과 크리미한 풍미가 어우러져 제법 피우는 맛이 좋다.

　"정보통 씨를 찾으시는 걸 보니 또 알선할 고양이라도 생긴 모양이죠?"

　"뭐, 그런 셈이야."

　"여전하시네요. 그냥 지나치지 못하는 성격은."

　"천성이 물러터진 놈이라서 그래."

　그렇게 말하며 입가에 슬쩍 웃음을 흘렸다.

　입양해 줄 만한 집을 찾으면 항상 우리에게 알려주는 정보통은 초봄에 반려묘를 떠나보낸 부부의 집을 소개해 주기도 했다. 막 떠나보낸 터라 다음 고양이를 들이기엔 이르다고 생각했는데, 의외로 흔쾌히 받아들여서 놀랐던 기억이 있다. 가끔은 조금 무리를 해서라도 억지로 떠넘기는 편이 나을 때도 있다.

우리가 하는 '알선(파견이라고도 한다)'이라는 일이 다시 고양이를 들일지 망설이는 인간들의 등을 살짝 밀어주는 계기가 되기도 하니까.

"괜찮다면 무슨 일인지 이야기만이라도 들어드릴게요."

마스터의 말에 나는 조금씩 운을 뗄 마음이 생겼다.

까마귀한테 쪼이면서도 기어코 새끼를 지키려 안간힘을 쓰던 어미 고양이에게는 살아남고자 하는 처절한 집념이 가득했고, 자연의 섭리 앞에서 나는 속수무책으로 무력함을 느낄 수밖에 없었다.

예전에는 당연시하고 지나쳤던 일들이 요즘은 이루 말할 수 없이 안타깝게 느껴지곤 했다.

"그런 일이 있었군요."

"외눈이 녀석이 알선할 집 하나는 정말 기가 막히게 찾아냈거든."

외눈이의 빈자리를 이런 식으로 실감하게 될 줄은 몰랐고, 그런 내가 우습기도 했다.

"그나저나 까마귀 놈들은 정말 성가시죠. 저도 어릴 때 놈들한테 당한 적이 있거든요. 아직도 그 울음소리만 들으면 소름이 확 끼친다니까요."

"그렇지? 나도 딱 질색이야."

"잘린 귀 씨도 싫어하는 게 다 있었네요?"

"당연하지. 보기엔 어떨지 몰라도 나, 겁 많은 놈이야."

입안에서 굴리던 연기를 내뱉자, 소리 없이 어둠 속으로 스며들었다. 한 모금 한 모금 빨아들일수록 마른나무 같은 풍미가 더해졌고, 황홀한 시간은 절정을 향해 치달았다.

단언컨대 마스터는 그 어디서도 찾아보기 힘든 명장名匠이다. 이토록 충만한 시간을 세상 어디에서 또 맛볼 수 있을까. 애잔하게 울리는 피아노 선율까지 내 영혼을 뒤흔들면서 기분 좋은 취기가 올라왔다.

그때, 가게 문이 열리며 카우벨이 손님이 왔음을 알렸다. 입으로 가져가던 앞발을 멈추고 곁눈으로 문 쪽을 힐끗 보고는 시선을 거둬들였다.

녀석이다.

신참은 카운터 자리가 아닌 박스석으로 향했다. 지난번에도 앉았던 그 자리다.

순간, 피식 웃음이 났다. 손님이 거의 없는 오늘 같은 날에도 굳이 그 자리를 고르다니. 단골들이 주로 앉는 카운터 자리에 무턱대고 앉을 만큼 눈치 없는 놈은 아닌가 보다. 어딜 가든 노는 법을 모르는 놈들이 있기 마련인데, 그런 녀석들은 주저 없이 가장 좋은 자리를 차지하려 든다.

 물론 어디에 앉든 자유지만, 이 가게를 오랫동안 지켜온 단골을 배려할 줄 아는 고양이라면 가장 좋은 자리는 비워 두는 게 예의다. 그게 바로 미학이다. 어디에 앉느냐 하는 것만 봐도 묘성이 드러나는 법. 이 녀석은 최소한의 예의는 아는 놈이다.

 오늘은 뭘 주문하려나. 놈이 뭘 고르든 나와는 상관없는 일인데도, 괜히 귀를 기울이게 된다. 내 고약한 버릇이다.

 "마스터, 여기 주문."

 "무엇으로 준비해 드릴까요?"

 "오늘은 '로메오 냐 훌리에타'가 좋을 것 같군."

 "준비해 드리겠습니다."

 괜찮은 선택이다. 아울러 마스터의 실력을 확인할 좋은 기회가 될 것이다.

 '로메오 냐 훌리에타(로미오와 줄리엣)'라는 로맨틱한 이름과 달리 사실 이 마타타비는 중급자 이상이 즐기기 좋은 진한 풍미가 특징이다. 윈스턴 냥칠이 사랑한 마타타비로도 유명한데, 제대로 숙성하지 않으면 쓴맛만 두드러지는 탓에 이름은 유명해도 꺼리는 고양이들이 종종 있다. 하지만 그건 진짜를 맛보지 못했기 때문이다.

 그런 녀석들에게 마스터가 숙성한 제대로 된 마타타비를 한번 맛보게 해주고 싶은 생각이 간절하다.

나는 거의 다 타들어 간 마타타비를 천천히 음미하며 조용히 깊어 가는 밤을 만끽했다.

안 좋은 예감이 들었다.

그날, 가슴을 스치는 왠지 모를 불길한 느낌에 나는 이제 완전히 익숙해진 그 길을 빠르게 걸었다. 요즘 내내 날씨가 좋아서 그런지 바싹 마른 땅에서 먼지 섞인 냄새가 훅 끼쳐 왔다. 더러운 쓰레기통, 텅 빈 화분. 언제나 보던 풍경이다.

석양을 등에 진 채 창고 근처에 다다르자 나는 우뚝 걸음을 멈췄다. 미이, 미이— 희미한 울음소리가 바람을 타고 들려왔다. 안을 들여다보니 어미 고양이의 모습이 보였다. 새끼를 소중히 품고 있는 모습도 평소와 다르지 않았다.

그런데도 새끼가 저토록 애타게 운다는 건 한 가지 이유밖에 없다.

"죽은 건가……."

어미 고양이는 젖 물리는 자세 그대로 옆으로 누워 있었다. 하지만 알 수 있었다. 그 목숨이 이미 다했다는 것을. 새끼가 아무리 울어도 어미는 두 번 다시 다정한 혀로 털을 핥아주지 못할 것이다. 눈앞에 있는 그 몸뚱이는 이제 아무것도 받아줄 수 없다.

어미의 몸은 이미 차갑게 식었을 터였다. 이대로 두면 새끼들 역시 체온을 빼앗겨 죽고 만다.

"할 수 없군."

나는 살며시 새끼에게 다가갔다. 가볍게 털을 핥아준 다음 상처 나지 않도록 조심스럽게 목덜미를 물었다. 차갑게 식어 버린 어미는 소중한 새끼를 데려가려 해도 아무런 반응을 보이지 않았다. 창고를 나서던 나는 딱 한 번, 뒤를 돌아보았다.

나는 이미 마음을 정한 뒤였다. 어차피 이대로 두면 죽는다. 그렇다면 일단 거기에 걸어보는 수밖에. 고양이 인형이 놓여 있던 새집. 그 집 인간에게 맡기는 수밖에 없다. 우선은 한 마리. 길러준다면 다행이다.

나는 걸음을 서둘렀다. 그런데 운 나쁘게도 저 멀리 앞서 걷고 있는 길고양이 한 마리가 시야에 들어왔다. 하필 이 타이밍에…… 기가 막힐 노릇이군.

발끝만 흰 검은 고양이. 근육질의 튼튼한 다리. 옆으로 넓은 몸집에 굵은 꼬리. 뒷모습만 봐도 놈이 누군지 짐작이 갔다. 놈이야말로 지금 상황에서 절대로 마주치고 싶지 않은 상대였다.

녀석은 내가 향하는 쪽으로 가고 있었다. 제 놈을 따라왔다느니 어쩌느니 괜히 시비 붙는 것도 피곤한 노릇이지만, 그렇다고 다시 돌아가자니 그것도 우스웠다. 나는 녀석을 앞지르지 않으려고 일부러 놈의 속도에 맞춰 걸었다. 그렇게 걷다 보니 어느새 목적지가 눈앞에 나타났다. 그런데 이상하게 가슴이 쿵쾅거렸다. 이쯤 되면 놈을 만난 걸 단순한 우연으로 넘기기 어려웠다. 아마도 녀석의 목적지는 나와 같을 것이다.
 하지만 왜?
 그때, 앞서 걷던 녀석이 우뚝 멈춰 섰다. 그러고는 마치 행등行灯 속 기름을 핥다 들킨 고양이 요괴*처럼 천천히 고개를 돌렸다. '이놈……! 몰래 다— 지켜보고— 있—었—구나!' 당장이라도 그렇게 말할 것 같은 눈으로 노려보는데, 나도 모르게 침이 꼴깍 넘어갔다.
 신참이었다. 게다가, 놈의 입에는 새끼 고양이가 물려 있었다.

"힌항. 어, 머 하으어야!"
 새끼 고양이를 입에 문 채 말하다 보니, 녀석이 내 말을 도통 알아먹지 못했다. 답답해진 나는 새끼를 바닥에 내려놓고 다시 한번 말했다.
 "신참! 너 뭐 하는 거야?"
 녀석은 그제야 내가 새끼를 데리고 있다는 걸 알아차리고 자기가 물고 온 새끼를 내려놓고 코끝을 찡그렸다. 나는 녀석 등 뒤로 불이 켜진 새집을 힐끗 보고, 다시 시선을 녀석에게로 돌렸다.

✦ 기름기 없는 식단이 주를 이루던 에도 시대에 고양이가 지방을 보충하기 위해 행등에 많이 쓰였던 정어리 기름을 핥았다는 데서 나온 말. 이때, 행등 불빛에 비친 고양이 그림자가 크게 보여서 요괴로 착각했다고 함.

"설마, 너……."

"설마가 고양이 잡는다고 하잖냐. 저 집, 내가 찾아낸 거거든."

이 녀석도 'NNN' 일원이었다니, 정말 놀랄 노 자다. 조직이 체계화되어 있는 건 아니라서, 전국에 얼마나 많은 고양이 공작원들이 활동 중인지는 나도 자세히 알지 못한다.

"운이 나쁘군. 이제 알았으면 다른 집 찾아봐."

"입 다물어, 신참. 그렇다고 내가 넘긴다고는 안 했다."

"당연히 내가 먼저지. 나는 여기가 산이었을 때부터 살았어. 은신처를 잃고 나서부터 이 주변을 이 잡듯 뒤지고 다녔다고. 네놈보다 먼저 찾아낸 건 분명해."

"그럼 하나 묻자. 이 집에 고양이를 좋아하는 인간이 이사 왔다는 건 언제 알았지?"

"네가 먼저 말해봐. 내가 먼저 얘기하면 보나 마나 나중에 딴소리할 거잖아."

"내가 그런 더러운 수나 쓸 놈으로 보이냐?"

"그리 보이니까 그러지요, 잘린 귀 양반."

놈이 도발해 오니 속에서 무언가가 부글부글 끓어올랐다.

설마 이런 데서 맞붙게 될 줄이야. 게다가 발정 난 암컷도 아니고 아깽이의 집사 자리를 두고 티격태격이라니, 모양 빠져서 원. 그래도 명색이 수컷이라면 싸워야만 할 때가 있는 법.

나는 각오를 다졌다. 어차피 이 녀석과는 언젠가 한 번은 맞붙게 될 운명이었을지도 모른다.

그때, 집 안에서 고양이 울음소리가 났다. 희미하게 들려오는 고양이 울음소리와 인간들의 웃음소리.

우리는 각자 새끼를 입에 문 채 나란히 그 집 마당으로 들어섰다. 그리고 덤불 아래에 조심스럽게 새끼를 내려놓고 베란다 창 너머로 집 안을 들여다보았다. 커튼 사이로 오붓하게 둘러앉아 시간을 보내는 인간들과 새끼 고양이 한 마리가 눈에 들어왔다.

「음, 이름은 뭐가 좋을까?」

「나는 '자두'가 좋은데, 유나는?」

「나도 아빠랑 똑같이 할래!」

「안 돼. 어릴 때 키우던 고양이 이름이잖아. 다른 이름으로 하자, 그치― 우리 고양이? 아, 그건 아니야. 장난감은 이거란다.」

「아, 유나 동생이니까, 유나가 할 거야! 이리 줘―.」

새끼 고양이와 인간 아이가 고양이 장난감으로 놀고 있었다. 신참이 짜증 섞인 목소리로 내뱉는다.

"젠장, 벌써 펫 숍에서 사 왔나 보군."

"한발 늦었네."

서로 으르렁대던 우리 둘은 순식간에 김이 빠져버렸다.

젊은 부부에 아이까지 있는 집이다. 이 집에서 새끼 고양이 둘, 아니 세 마리를 더 들일 가능성은, 거의 없겠지.

"신참. 네놈이 재수 옴 붙은 놈이라 그렇잖아."

"내가 할 말이다."

그나저나 이제 어쩐다.

지금은 으르렁대고 싸울 때가 아니다. 세 마리나 되는 갈 곳 잃은 새끼 고양이를 어디에 맡길지 해결책을 찾는 게 먼저였다. 이대로 젖먹이를 데리고 살아야 한다는 건가? 홀아비도 아니고, 기가 막히는군.

"쳇, 별수 없지. 따라와."

"이 판국에 결투라도 하자는 거냐?"

"내가 그런 한심한 놈으로밖에 안 보이냐?"

덤불에 숨겨둔 새끼를 물고 가는 녀석의 뒤를 따라 나도 새끼를 물고 걸음을 옮겼다. 아깽이의 체온이 떨어지고 있었다. 서둘러 인간의 도움을 받지 못하면 위험하다.

녀석은 오래된 주택가 쪽으로 향했다. 그리고 담장을 올라 걷다가 도로를 건너 낡은 대문 틈을 슬쩍 빠져나갔다. 그러자 눈앞에 잔디가 깔린 마당이 펼쳐졌다. 개 냄새가 코를 찌를 듯 물씬 풍겼다.

"야, 너 대체 무슨 생각이야?"

나는 잔디 위에 새끼를 내려놓고 따졌다. 이곳은 나도 아는 집이다. 전에는 반대쪽에서 보긴 했지만, 시무룩하게 누워 있던 늙은 개가 있는 바로 그 집이었다.

신참은 대꾸도 하지 않은 채 마당을 한 바퀴 둘러보더니 비어 있는 개집 안으로 새끼 고양이를 밀어 넣었다. 새끼는 곧 어미를 찾으며 울기 시작했고, 그 소리를 들었는지 집 안쪽에서 개 짖는 소리가 났다. 흥분한 기색이 역력했다. 분위기로 봐서는 새끼 고양이를 보자마자 물어뜯을 기세였다.

그걸 보고도 아깽이들을 개집에 둘 수는 없었다.

"뭐 하는 거야? 저 안에 덩치 큰 늙은 개 있는 거 안 보여?"

"미리 말해두는데 쟤, 늙은 거 아냐. 제법 젊다고. 이름은 '트레이'라고 해."

"이름 같은 건 관심 없어. 설마 이 집에 맡기겠다는 건 아니지?"

"그럴 생각인데? 정 싫으면 딴 데 알아보든가. 나중에 또 맡길 데 없다고 징징대도 난 모른다."

녀석 나름대로 생각이 있는 눈치였다. 나는 잠시 망설이다가 일단은 이 놈의 판단에 따르기로 하고 새끼를 개집 안에 내려놓았다. 나머지 한 마리는 안전을 확인한 뒤에 옮기자.

"물어뜯으려고 하면 바로 튀어나갈 줄 알아."

"그러시든지."

우리는 담장 위로 올라가 정원수 그림자에 몸을 숨긴 채 안을 살폈다. 집 안에서 인간의 목소리까지 들려오자, 불안은 점점 커졌다.

「트레이, 왜 그래? 시끄럽잖아. ……이 녀석 좀 보게. 조용히 하라니까?」

커튼이 열리고 개가 얼굴을 내밀었다. 주인이 창문을 열자, 녀석은 재빠르게 몸을 앞으로 내밀어 바깥을 두리번거렸다. 긴 혀가 축 늘어져 있었다.

사방은 이미 어둠에 잠겼고, 집 안 불빛을 등진 채 서 있는 개의 실루엣은 보기에 따라서는 고양이를 잡아먹는 괴물처럼 느껴졌다.

"새끼 고양이! 새끼 고양이가 우는 소리였다고! 분명히 들었다니까, 새끼 고양이 울음소리!"

우렁차게 울리는 목소리는 영락없는 개의 그것이었다. 전에 봤던 기운 빠진 늙은 개와 같은 녀석이라곤 도저히 믿기지 않았다. 눈은 초롱초롱했고 목소리에 생기가 넘쳤다. 꼬리도 마구 흔들어대고 있을 게 분명했다.

그 관심이 먹잇감을 발견한 육식동물의 본능이 아니기를 바랄 뿐이었다.

"밖에 새끼 고양이가 있어! 문 좀 열어줘! 빨리 나가게 해달라고!"

「왜 그래, 트레이? 알았어, 현관문 열어줄 테니까 잠깐만 기다려.」

개는 주인과 함께 잠시 안으로 사라지더니 곧 현관 밖으로 튀어나왔다. 그리고 마당을 이리저리 뛰어다녔다.

하는 꼴이 정말 물어뜯을 기세였다. 역시 잘못된 판단이었던 걸까.

"고양이! 고양이 냄새야! 새끼 고양이 냄새!"

흥분해서 마당을 뛰어다니는 개를 보자 나도 모르게 피가 거꾸로 솟았다. 미숙한 어미 고양이가 목숨 걸고 지켜낸 새끼다. 이렇게 그냥 내줄 수는 없다.

"야! 무, 물어뜯을 거야! 저놈, 틀림없이 물어뜯는다니까!"

"안 물어."

"어딜 봐서! 저 면상 좀 보라고! 딱 맛있는 거 봤을 때 나오는 표정이잖아! 저놈 눈이 완전히 돌았다니까!"

내가 아무리 소리쳐도 신참은 험악한 눈빛으로 나를 꼬나보기만 할 뿐이다. 비뚤어진 턱 때문에 안 그래도 살벌한 얼굴이 더 험상궂게 느껴졌다.

이놈을 믿는 게 아니었는데…….

뒤늦게 후회가 밀려왔지만, 녀석은 여전히 침착하고 낮은 목소리로 중얼거리듯 말했다.

"이 집은 말이야, 전에 고양이도 같이 키웠었어. 꽤 괜찮은 암고양이였지."

트레이와 함께 살던 고양이의 이름은 '루나'였다.

루나는 '래그돌Ragdoll'이라는 혈통 있는 고양이로, 트레이가 이 집에 들어왔을 때 이미 성묘였다고 한다. 래그돌은 대형종이다. 암컷이지만 몸무게가 7킬로그램에 달했고, 덩치만 따지면 트레이보다 훨씬 컸다. 게다가 반려동물이면서도 바깥출입이 자유로운 외출냥이였던 터라 암컷임에도 근육이 단단해서 강아지가 덤비는 정도로는 끄떡없었다.

트레이가 이 집에 처음 왔을 때도 루나는 놀라는 기색 하나 없이 느긋하게 자기 자리를 지키고 있었다고 한다.

「루나, 인사해. 새 식구야. 사이좋게 지내야 한다. 이 강아지 이름은 트레이야.」

그날, 소파 위에서 한가롭게 쉬고 있던 루나 앞에 검은색과 갈색 털이 뒤섞인 통통한 털 뭉치 하나가 나타났다. 태어난 지 얼마 안 된 잡종 강아지였다. 원래 말수가 적은 루나는 주인 품에 안긴 녀석을 힐끗 곁눈질하고는 못 본 척 무시했다.

「잠깐만요, 아빠. 지금 개라고 하셨어요?」

딸이 2층에서 허둥지둥 내려와 강아지를 보더니 눈을 동그랗게 떴다.

「아는 집에서 태어난 강아지인데, 한 마리 데려왔어.」

「아유, 정말. 왜 데려오셨어요? 엄마는 아세요? 고양이한테는 새로운 가족이 생기는 게 큰 스트레스라고요.」

「키운다는 사람이 없어서 어쩔 수 없었어.」

미안한 기색 하나 없는 아버지를 보며 딸은 머리를 감싸쥐었다. 이런 일이 한두 번이 아니었기 때문이다. 아버지는 험상궂은 외모와 달리 지나치게 정이 많은 사람이었다.

「또 그렇게 남 뒤치다꺼리나 하고…… 루나 상태도 잘 지켜봐야 한다고요. 나이도 많은데, 스트레스 받으면 병난다니까요.」

「그럼 더 큰 캣타워 하나 사자. 그러면 되겠지?」

소파에 내려진 트레이는 꼬리를 흔들며 루나 쪽으로 다가갔다.

"놀아줘, 놀아줘—."

갑자기 나타난 새 식구에게 루나는 무관심했다. 힐끗 보기만 하고 캣타워로 올라가 몸을 피했다.

고양이는 원래 어울리는 걸 좋아하지 않는다. 더군다나 오랫동안 외동묘로 살아온 루나가 자기 영역을 침범한 존재를 달가워할 리 없었다. 상대가 고양이라면 어떨지 몰라도 개라면 더 말할 필요도 없었다.

"나도, 나도! 나도 거기 올라가고 싶어!"

트레이는 안간힘을 다해 루나에게 가려고 했다. 결국 소파에서 데굴데굴 굴러떨어진 트레이는 캣타워 아래에서 루나를 올려다보았다. 아직 뒤뚱거리는 강아지에게는 역부족이었다.

루나는 안전한 캣타워 위에 누워서 가만히 트레이를 내려다보았다.

"놀아줘, 놀아줘! 제발, 놀아주라!"

「루나야. 조금만 상대해 주면 안 되겠냐?」

「아우, 아빠. 안 된다니까요. 고양이는 원래 단독 행동이 기본인 동물이라고요. 그냥 가만히 내버려두세요. 그렇지, 루나?」

"아빠는 정말 못 말린다니까. 나는 개가 싫단 말이야."

딸이 루나의 목을 쓰다듬자, 루나는 턱을 쭉 내밀고 눈을 감았다.

고양이를 잘 아는 딸을 둔 덕분에 아빠도 더는 강요하지 않았다. 루나는 끈질기게 자기를 부르는 트레이의 목소리를 무시하기로 마음먹고 늘 그랬듯 낮잠에 들었다.

이렇게 해서 루나의 '개와 함께하는 생활'이 시작되었다.

그 뒤로도 트레이는 루나를 엄마처럼 따르며 거의 매일 캣타워 오르기에 도전했다. 하지만 언제나 높은 곳에 있는 루나에게는 전혀 가까이 갈 수가 없었다. 그저 캣타워 아래에서 힘겹게 발버둥만 칠 뿐이었다. 그렇지만 식사 시간처럼 하루에 몇 번은 루나도 바닥으로 내려올 수밖에 없었고, 그럴 때면 트레이는 어김없이 꼬리를 흔들며 달려왔다고 한다.

"아, 내려왔다! 놀자, 놀자! 엄마—."

"나는 네 엄마가 아니야. 정말이지, 개들은 어쩜 이렇게 시끄러운지 몰라."

"엄마— 엄마. 놀아줘—."

트레이는 날이 갈수록 루나만 보면 반갑게 꼬리를 흔들었다. 심지어 화장실에서 볼일을 보는데, 따라 들어오려 할 때도 있었다. 이쯤 되면 정말 고역이다. 볼일 보는 옆에서 꼬리를 살랑살랑 흔들어댄다니, 상상만 해도 루나가 안쓰러웠다.

그러던 어느 날, 여느 때와 같이 캣타워에 도전하는 트레이를 향해 루나가 말을 걸었다. 과묵한 루나가 먼저 말을 꺼내는 일은 좀처럼 없는 일이었다.

　작지만, 처음으로 보인 변화였다.

　"이젠 포기해. 네가 올라올 수 있는 데가 아니야."

　"나도 거기 올라갈 거야!"

　"글쎄, 무리라니까."

　아무리 봐도 그 짧은 다리로는 불가능한 일이었지만, 트레이는 루나의 충고를 무시하고 어떻게든 기어오르려 애썼다.

　"잇차. 잇차. 우왓!"

　"봐, 내가 뭐랬어?"

　"왈왈, 엄마, 도와줘—."

　발라당 뒤집어진 트레이가 배를 위로 향한 채 네 발을 허우적거렸다. 통통하게 살이 붙은 배 때문에 트레이 혼자서는 일어날 수가 없었다. 그 꼴을 본 루나는 어이가 없어 웃음을 터뜨렸다.

　"도대체 뭐 하는 거야. 참 한심한 꼬맹이라니까."

　"못 일어나겠어—."

　자세히 보니, 높낮이가 다른 턱 사이에 몸이 끼어 있었다. 항상 활기 넘치던 트레이가 쿵쿵대며 서글픈 소리를 내자 루나도 슬슬 걱정되기 시작했다.

　"장난 그만 치고 얼른 일어나."

　"엄마—, 도와줘!"

　"여기! 트레이가 큰일 났어! 아무도 없어요?"

루나가 다급한 목소리로 주인을 불렀지만, 이럴 때는 꼭 집에 아무도 없는 법이다.

한동안 낑낑거리던 트레이가 간신히 자세를 바로잡고 다시 캣타워에 매달리는 모습을 보고 나서야 루나는 안도의 한숨을 내쉬었다. 한편으론 다행이다 싶으면서도 그 집요함에 질릴 지경이었다.

"위험해. 여긴 고양이만의 영역이라고."

"나도 올라갈 수 있어! 잇차, 잇차!"

무슨 말을 해도 도전을 멈추지 않는 트레이에게 루나는 결국 백기를 들고 말았다.

밥 먹을 시간도 아닌데 캣타워에서 내려온 건 그날이 처음이었다.

"넌 그런 걸 어떻게 다 아는 거지?"

어느덧 서쪽으로 기울던 해가 완전히 자취를 감추고 어둠이 주위를 덮기 시작했다. 한낮의 부드러웠던 바람도 지금은 제법 쌀쌀했다. 수염 끝을 스치는 바람이 우리의 시간이 왔음을 알려주었다.

"루나한테 들었어. 외출냥이라서 몇 번 이야기 나눌 기회가 있었거든. 귀찮다고 투덜대면서도 기분은 좋아 보이더라고. 트레이랑 같이 마당에서 일광욕도 자주 했어. 날씨가 따뜻해지면 밤에도 개집에서 같이 지내는 날이 많았고."

개 따위랑 사이좋게 지내는 고양이라니, 여간 별종이 아니군.

그때였다. 왈왈왈왈! 귀를 찢는 듯한 개 짖는 소리에 정신이 번쩍 들었다.

「왜 그래, 트레이? 뭐가 있어?」

인간 남자가 개집 쪽으로 다가가자, 개는 더 신이 나서 꼬리를 흔들었다.

"고양이야! 새끼 고양이가 있어! 봐봐, 고양이야! 새끼 고양이가 있다고!"

뭔가 알려주려는 듯 안간힘을 쓰는 모습에 시선을 뗄 수 없었다. 그걸 지켜보던 신참이 입을 뗐다.

"내가 뭐랬냐. 저 녀석은 괜찮다니까. 쟤, 고양이 엄청 좋아해."

확실히, 먹잇감을 발견해서 들뜬 짐승의 얼굴은 아니었다. 그렇다고 오랜 세월 고양이의 적이라고 믿어온 상대를 순순히 믿을 만큼 순진한 내가 아니다.

"근데, 쟤 말이야. 내가 전에 말 걸었을 땐 개무시하던데?"

"너처럼 묘상 더러운 놈한테는 관심 없나 보지. 하긴, 내가 지나가도 신경 안 쓰더라. 이 근처엔 길고양이가 많으니까. 트레이는 친구가 될 만한 고양이랑 그렇지 않은 놈을 본능적으로 알아봐. 상대를 골라서 사귄다고."

"내가 개한테 까였다는 거야?"

"글쎄, 지켜보라니까."

트레이는 개집 주변을 왔다 갔다 하며 짖어대다가 폴짝폴짝 뛰어오르더니 몸을 낮춘 채 꼬리를 흔들었다.
"빨리빨리!"
「안 돼, 트레이. 조용히 해야지. 이웃들한테 민폐야.」
주인이 개집 안으로 손을 집어넣어 새끼 고양이를 꺼내자, 트레이는 더욱 흥분해서 짖어댔다.

트레이가 온 지 한 달쯤 지난 무렵부터 루나에게 변화가 일어나기 시작했다.
처음엔 마냥 귀찮게 여기던 루나였지만, 어느새 자기만 졸졸 따라다니는 강아지를 귀여워하게 되었다. 털을 핥아주기도 하고 함께 누워 잠을 자고⋯⋯. 문득 깨달았을 때는 이미 트레이를 정성껏 돌보고 있었다.
"엄마, 나랑 놀자— 놀자—!"
"정말 시끄러운 녀석이라니까. 자, 이리 와봐."
처음으로 그루밍을 해주었을 때 트레이는 좋아서 꼬리가 떨어져 나갈 만큼 흔들었다. 어쩌면 그 모습이 이미 중성화 수술을 마친 루나 안에 남아 있던 모성 본능을 자극했는지도 모른다. 트레이의 털을 다듬고 있으면 마음이 평온해졌다.
그건 트레이도 마찬가지였던 듯하다. 주인 가족 모두 트레이를 예뻐했지만, 트레이가 가장 마음 놓고 기댈 수 있는 존재는 단연 루나였다. 루나는 트레이가 엄마의 온기를 아직 어렴풋이 기억하던 무렵에 만난, 마치 엄마처럼 포근한 털로 덮인 상대였다. 두 마리는 어느새 서로에게 없어서는 안 될 존재가 되었다.

"엄마, 엄마—."

"얌전히 있어야지. 얼굴도 깨끗하게 씻어야 해."

"놀자, 응? 놀자!"

"그래. 날씨도 좋은데, 밖에 나갈까?"

루나는 주인을 향해 몸짓으로 밖에 나가고 싶다고 말했다. 그 무렵엔 마당에 나가 노는 게 거의 일상이 되어 있었고, 베란다 창 근처에서 가볍게 울기만 해도 누군가는 꼭 문을 열어주었다.

「뭐야, 루나. 밖에 나가려고?」

"트레이도 같이 갈 거야."

"나도! 나도 밖에서 놀래!"

「트레이도? 그럼 그럴까. 날씨가 정말 좋네. 여보—, 차 좀 끓여줘!」

집 안에서는 담배를 피울 수 없기 때문에 아빠는 주방을 향해 소리치고는 재떨이를 챙겨 들고 마당으로 나섰다. 두 마리가 노는 모습을 주인이 가까이서 지켜보는 것도 이제는 익숙한 풍경이었다.

베란다 창이 열리자, 트레이가 기다렸다는 듯 마당으로 뛰쳐나갔다. 그 뒤를 천천히 따라 나온 루나는 정원수에 발톱을 갈고 잔디밭 위에 누워 이리저리 뛰노는 트레이를 흐뭇한 눈으로 바라보았다.

가끔은 루나도 사냥놀이를 하며 놀았고, 그럴 때면 어린 시절로 돌아간 듯한 기분이 들었다. 트레이를 돌보는 동안에는 엄마가 된 듯했고, 함께 놀다 보면 아이처럼 마음이 젊어지는 기분이었다.

"엄마, 봐봐! 저기 뭐가 있어!"

"사냥이라면 나도 지지 않지. 잘 보고 있어!"

루나는 잔디 사이에 조용히 몸을 숨기고 있던 메뚜기를 단숨에 덮쳐 멋지게 잡아냈다.

"우와! 대단해, 대단해! 그게 뭐야?"

"이래 봬도 제법 맛있어."

루나는 으쓱한 표정을 짓더니 그대로 꿀꺽 삼켰다.

트레이가 자라면서 둘의 유대는 점점 깊어졌다. 트레이는 빠르게 성장해서 몸집이 곱절은 커졌다. 그래도 응석은 여전해서 놀고 나면 어김없이 루나에게 달라붙어 어리광을 부렸다. 덩치가 커진 만큼 털을 핥아주는 것도 꽤나 고된 일이었지만, 루나에게는 그조차도 즐거운 일처럼 느껴졌다.

그리고 1년 후. 트레이는 루나보다 세 배는 더 큰 거구가 되었다.

루나가 자신이 알고 지내던 신참에게 속마음을 털어놓은 건 바로 그 무렵이었다.

"어이, 루나. 오늘은 웬일로 혼자야?"

그날, 신참은 마당에 놓인 야외용 의자 위에서 조용히 쉬고 있는 루나에게 말을 걸었다. 마치 낮잠을 자는 듯했지만, 루나는 눈을 뜬 채 가만히 먼 곳을 바라보고 있었다. 마침 주인이 트레이를 데리고 산책을 나간 참이었고, 평소엔 늘 함께였던 둘이 요즘 들어 따로 행동하고 있다는 걸 신참도 눈치채고 있었다.

"무슨 일 있어? 표정이 어둡네."

"내가 죽고 나면…… 홀로 남겨질 그 아이가 걱정돼서 그래."

갑작스레 꺼낸 우울한 말에 신참은 말없이 루나를 바라보았다. 트레이와 함께 맞는 두 번째 가을은 유난히 맑은 날이 많았고, 구름 한 점 없는 하늘은 살아 있는 모든 생명을 다정하게 내려다보고 있었다.

"난 이제 오래 못 살 거야. 신장이 안 좋다더라."

아, 그래서 요즘 주인이랑 그 시끄러운 개 둘만 산책을 다녔던 거구나. 신참은 그제야 모든 상황이 이해되었다. 병원에 자주 다니던 루나가 심각한 병에 걸렸다는 사실을 알았을 때는 뭐라 형용할 수 없는 복잡한 감정이 들었다.

특별히 친했던 건 아니지만, 개와 부모 자식처럼, 때로는 친구처럼 지내는 고양이가 신참에게는 늘 신기하고 흥미로운 존재였다.

"하아…… 맨날 병원만 다니니 진짜 재미없다."

"그 개는 알고 있어?"

"아직은 이해 못 할 거야. ……적어도 그 아이와 함께 있을 때 떠날 수 있으면 좋겠는데."

그게, 루나와 나눈 마지막 대화였다. 다가오는 죽음을 두려워하기보다 오로지 트레이만을 걱정하는 진심 어린 마음이 느껴졌다고 한다.

"루나도 트레이를 두고 죽고 싶진 않았을 거야."

신참의 말에 나는 개집 앞에 누워 있던 트레이를 떠올렸다. 처음엔 그 녀석이 늙은 개인 줄 알았다. 그 정도로 풀이 죽어 있었던 거다. 루나의 죽음은 트레이에게 더없이 큰 슬픔이었을 것이다. 어미와도 같던 루나를 잃은 슬픔의 깊이가 얼굴에 고스란히 드러나 있었다.

"그 고양이는 언제 죽은 거야?"

"이번 겨울이었어. 정말 끝까지 잘 버텼지……. 상태가 갑자기 확 나빠졌거든. 그래서 트레이도 루나의 죽음을 좀처럼 받아들이지 못했던 거야."

"왈왈!" 기쁨을 감추지 못하겠다는 듯 밝게 짖는 소리에 나는 그쪽으로 고개를 돌렸다. 생기 넘치는 그 목소리는 내가 지금까지 들은 어떤 개의 것보다 힘이 넘쳤다.

"이제는 저 녀석이 돌봐줄 차례야. 저 녀석이라면 틀림없이 해낼 수 있을 거야."

나는 어미 고등어냥이가 까마귀에게 덤비며 맞서던 모습을 떠올렸다. 비틀비틀 걷던 어미는 안간힘을 다해 은신처를 찾아냈고, 목숨이 다할 때까지 새끼들에게 젖을 물렸다.

끝까지 지켜내려 했던 작은 생명.

어미처럼 보살펴 주던 루나를 잃은 개라면 남겨진 새끼들을 반드시 지켜줄 것이다. 어린 어미 고양이도 저 녀석이라면 자기 새끼를 맡겨도 좋다고 허락할 게 분명하다.

"보여줘! 제발 보여줘!"

폴짝폴짝 뛰어오르며 조르는 트레이에게 주인은 조심스레 새끼 고양이를 보여주었다.

「트레이, 조심해. 아직 아기니까 살살 다뤄야 한다.」

트레이는 주인이 두 손에 올려 내민 조그만 고양이 두 마리를 킁킁거리며 냄새 맡더니 크고 두툼한 혀로 부드럽게 핥았다. 꼬리가 쉬지 않고 좌우로 세차게 흔들렸다.

「어때, 알겠어? 고양이야. 네가 이렇게 기운 넘치는 건 정말 오랜만에 보는구나.」

"고양이다, 고양이야! 같이 살고 싶어!"

「루나가 무지개다리 건너고 나서는 캣타워 쓰는 녀석이 없긴 했지. 얘네들, 우리가 키울까?」

"왈!" 더욱 기쁜 듯 짖는 소리가 울려 퍼지자, 집 안에서 사람 목소리가 들리더니 이번엔 젊은 여자가 나왔다.

「아빠, 아까부터 왜 그래? 와, 뭐야? 그 조그만 거!」

「트레이가 찾았어. 고양이잖아. 트레이가 엄청 좋아해.」
「우와, 쥐 같아. 설마 키우려고?」

딸은 진심이냐는 얼굴이었지만, 발치에서 트레이가 얌전히 앉아 꼬리를 파닥파닥 흔들고 있었다. 역시나, 하여간 개라는 놈들은 사람한테 아부하는 거 하나는 참 잘한다니까.

「에이, 말도 안 돼. 트레이 진심이야? 갑자기 두 마리나 더 키우겠다고?」

「루나가 죽고 나서 계속 기운이 없었잖아. 이러면 키워야지, 안 그러면 트레이가 더 풀이 죽을 거야. 이게 다 트레이를 위해서라고.」

완전히 마음을 굳힌 아버지와 트레이 앞에서 여자는 난감한 표정을 지었지만, 곧 환하게 웃었다.

「그러네. 트레이가 루나 가고 나서 도통 기운이 없긴 했지. 엄마도 걱정하고. 엄마! 여기 좀 와봐!」

그러자 또 다른 여자가 나왔다. 녀석들 가족이겠지. 앞치마를 두른 통통한 여자는 새끼 고양이를 보자마자 미소를 지었다.

「아이고, 또야? 내가 반대해도 어차피 키울 거잖아. 이 시간이면 생활용품점 영업 중일 테니까 당신이 고양이 우유 좀 사다 줘. 그리고 키튼용 사료도. 일단 이 애들 씻겨야겠다. 트레이도 이리 와. 곧 밥 먹을 시간이야.」

꼬리를 흔들며 집 안으로 들어가는 개를 보고 나서야 비로소 마음이 놓였다.

"이제 안심해도 되겠군."

"나한테 한 건 빚진 거다?"

"생색은. 그런데 너, 설마 지금까지 계속 알선해 온 거냐?"

"기분 내킬 때만."

"답례로 내가 마타타비 한 대 쏠게. 그 전에 할 일이 있어. 사실, 한 마리가 더 있거든."

"뭐? 한 마리 더? 너 제정신이야?"

나는 곧바로 남은 한 마리를 데리러 갔다. 돌아왔을 땐 모두 집 안에 들어가 있었지만, 개집에 새끼 고양이를 내려놓자마자 다시 개 짖는 소리가 났다.

"아직 고양이가 더 있어!"

커튼을 헤치고 나온 녀석의 얼굴을 보자 나도 모르게 웃음이 터졌다. 정말이지, 별난 녀석이다. 저 정도면 한 마리쯤 더 맡겨도 괜찮겠지.

"그럼, 슬슬 돌아가 볼까?"

등 뒤로 세 번째 고양이를 발견한 소리를 들으면서 우리는 맛있게 숙성된 마타타비가 기다리는 시가 바를 향해 발걸음을 옮겼다. 마당을 막 벗어나려는 순간, 정원수 하나가 시야에 들어와 잠시 걸음을 멈췄다.

나보다 먼저 발톱을 간 흔적이 있었다. 그건 분명 루나라는 고양이가 남긴 것이리라. 루나가 이곳에서 살았다는 증거다. 기운 없이 축 늘어져 있던 트레이를 말없이 지켜보던 그 흔적은 이제부터 고양이 세 마리와 마당에서 뛰노는 트레이의 모습을 바라보게 되겠지.

나는 가볍게 웃으며 다시 발을 내디뎠다.

"그건 그렇고, 신참. 여길 알고 있었으면서 왜 진작 이 집으로 데려오지 않은 거지?"

"솔직히 말하면, 트레이가 새끼 고양이들을 받아들일지 확신이 없었거든."

"뭐야, 그렇게 자신만만하더니. 허풍이었냐? 이 사기꾼 자식!"

이게 다 모 아니면 도라는 심정으로 벌인 도박이었다니. 어처구니없는 도박사 같은 놈.

"그렇게 말하지 마. 나 아니었으면 너, 지금쯤 애 줄줄이 딸린 홀아비 될 뻔한 거라고. 고마운 줄 알아야지. 그보다, 도대체 언제까지 날 신참이라고 부를 셈이야?"

틀린 말은 아닌 것 같아서 먼저 내 이름을 밝힌 뒤 녀석의 이름을 물었다.

"턱시도야."

생긴 그대로 붙인 이름에 나도 모르게 피식 웃음이 났다.

"기발함이라고는 십 원어치도 없는 이름이군."

"너야말로 '잘린 귀'라니, 그게 뭐야? 생긴 그대로잖아."

"뭐, 고양이 이름이란 게 다 그런 거 아니겠어?"

나는 마지막으로 그 집을 돌아봤다.

개란 놈들은 시끄럽기만 한 동물이라고 생각했는데, 오늘을 계기로 생각이 좀 달라졌다. 개라고 다 영 쓸모없는 건 아니군. 세상에는 고양이를 적으로 대하지 않는 개도 있었다.

뭐, 그렇다고 친하게 지내고 싶다는 건 아니지만.

어둠이 사위를 완전히 삼키자, 기온이 훅 떨어졌다. 밤공기가 코끝을 촉촉하게 적신다. 이런 날 피우는 마타타비는 풍부한 연기와 화려한 향이 살아 있는 쿠바산이 제격이다.

오늘도 CIGAR BAR, '마타타비'에서는 마스터가 시간이라는 마법으로 숙성한 최고의 한 개비를 준비해 두고 우리를 기다리고 있겠지.

제 2 장

희귀한 고양이

고양이 붐? 웃기고들 누워계시네.

나는 담장 위에서 공원에 모여든 인간들이 떠들어대는 소리를 가만히 듣고 있었다. 공원은 먹을거리를 얻을 확률이 높은 대신 그만큼 성가시게 구는 인간들도 많다. 낮잠을 자든, 가만히 쉬고 있든, 지나치게 관심을 보였다. 특히 요즘은 고양이 붐인지 뭔지, 부담 없이 고양이랑 놀면서 일일 집사라도 해보겠다는 인간들이 부쩍 늘었다.

어차피 금방 싫증 낼 것들이.

고양이가 변덕스럽다고들 하지만, 인간은 제멋대로라서 더 골치 아프다. 언제나 제 놈들 사정이 우선이다.

「야옹아, 이리 와, 이리 와봐―.」

담 위에서 졸고 있던 나는 젊은 여자가 부르는 소리에 눈을 떴다. 거, 시끄럽군. 좀 조용히 할 수 없나.

못 들은 척 무시하려 했지만, 끊임없이 말을 걸어대니 도무지 잠을 잘 수가 없다.

「이쪽 좀 봐봐―, 야옹아―.」

그때, 나는 여자가 스마트폰이라는 걸 내게 들이대고 있다는 걸 눈치챘다. 나도 안다. 저건 기분 나쁜 소리를 내는 물건이다. 청소기란 놈처럼 크고 요란하지는 않아도 귀에 거슬리는 건 매한가지이다. 게다가 끈질기게 따라붙기까지 한다.

찰칵, 찰칵, 찰칵.

아니나 다를까, 여자는 제멋대로 굴기 시작했다. 제발 눈치 좀 챙겨라.

「야옹아, 야옹아―, 자, 간식 줄게―.」

그딴 걸로 날 꾀려 들다니.

나는 귀찮게 구는 여자를 무시하고 자리를 옮길 생각으로 일어섰다. 앞발을 쭉 뻗고 엉덩이를 들어 크게 기지개를 켰다. 햇볕에 데워진 털은 따뜻했고, 더 이상 여기 머물 이유는 없었다.

「자, 잠깐만. 자, 이거― 맛있는 거야.」

풍겨오는 유혹적인 냄새에 나도 모르게 발을 멈췄다. 뒤돌아보니 길쭉한 파우치 하나를 내밀고 있었는데, 끝부분에 맛있는 냄새가 나는 걸쭉한 페이스트가 살짝 나와 있는 게 보였다.

큰일이다. 저건 그거다. 고양이를 망치는 치명적인 간식. 몇 번 먹어본 적이 있다.

나는 코를 씰룩이며 냄새를 맡았다. 진한 닭고기 향이 코를 찌른다.

하지만 나는 인간한테 먹을 걸 얻겠다고 아부 따윈 하지 않는다. 그게 바로 나의, 길고양이로서의 자존심이다. 고양이는 고독하기에 아름다운 존재다. 내가 마음을 허락한 인간은 단 한 명. 지쿠와를 건네주던 그 할머니뿐이다. 다른 인간에게 마음을 내주는 일 따윈 있을 수 없다. 절대 없다.

하지만—.

너무나도 유혹적인 그 냄새에, 홀린 듯 비실비실 인간 쪽으로 다가가고 말았다. 한 입 정도는 괜찮잖아, 하는 생각이 스멀스멀 고개를 들었다. 게다가 코를 가까이 대는 순간, 여자는 내 코끝에 재빠르게 페이스트를 묻혔다. 나는 하는 수 없이, 정말 어쩔 수 없이, 그것을 혀로 핥아냈다. 역시 기가 막히는 맛이다.

「꺄아! 귀여워—. 야옹아, 그대로 있어, 그대로!」

찰칵, 찰칵. 귀에 거슬리는 소리가 계속 들려왔지만, 지금은 그런 걸 신경 쓸 겨를이 없었다. 겨우 한입 맛봤을 뿐인데, 식욕이 터져버렸다. 이젠, 나도 멈출 수가 없다. 어서 그걸 내놔라, 인간.

나는 여자의 손을 향해 냥냥펀치를 날렸다.

「아얏!」

여자가 파우치를 떨어뜨리자, 나는 재빨리 담장에서 뛰어내렸다.

「앗, 뺏겼다!」

나는 파우치를 잽싸게 입에 물고 뒤도 돌아보지 않고 달아났다. 쌤통이다. 이건 받은 게 아니라 내가 훔친 거다. 즉, 사냥한 거란 얘기다.

입안 가득 퍼지는 닭고기 맛에 흡족해진 나는 인간의 눈이 닿지 않는 안전한 장소를 찾아 몸을 숨겼다. 자, 이제 천천히 맛을 음미해 볼까.

"대박! 뭐야, 이거……. 너무 맛있잖아!"

주르륵, 흘러나온 내용물에 나는 완전히 정신을 잃을 지경이었다. 전에 먹었던 것보다 훨씬 고급진 맛이다. 입안 가득 퍼지는 닭고기 맛, 진한 향, 흰살생선의 풍미까지 더해져 나를 황홀경으로 이끌었다.

빌어먹을, 아직 안에 잔뜩 남았는데 좀처럼 나오질 않는다.

나는 아스팔트 위에 떨어진 파우치를 앞발로 사정없이 누르고 씹어서 터뜨린 다음 삐져나온 내용물을 핥아먹었다. 그러고는 벌러덩 누워 앞발 사이에 파우치를 끼운 채 정신없이 물어뜯었다.

"아재, 그게 지금 뭐 하는 상황일까?"

오일이었다. 나는 꼴사납게 벌러덩 드러누워 인간에게서 빼앗은 고양이 간식을 정신없이 핥아대는 중이었다. 이 전리

품만큼은 절대 넘겨줄 수 없다.

"용건이 뭐야?"

"눈에서 레이저 나오겠네. 노려볼 거 없어. 난 저쪽에서 실컷 얻어먹고 와서 생각 없으니까."

"훗, 또 얻어먹은 거냐? 인간한테 어디까지 기댈 생각이야?"

"아재도 얻어먹은 주제에."

"나는 빼앗은 거다. 너희랑은 달라."

내가 이 간식을 처음 맛봤을 때 꼬리 세우고 졸라댔다는 건 이놈한테만은 절대, 절대 비밀이다. 솔직히 내가 생각해도 아깐 좀 꼴사나웠다.

"복면 녀석은 아직도 저기서 굽신거리고 있던데?"

오일의 말에 나는 복면이 있는 쪽으로 시선을 돌렸다. 인간들이 몇 명 모여 있는 공원 모래 놀이터 주변에 길고양이들이 어슬렁댔고, 그 틈에 끼어 있는 복면도 보였다. 고양이답지 않게 붙임성 좋고 익살스러운 녀석은 인간에 대한 경계심이 거의 없었다. 그러다 언젠가 인간한테 잡혀서 땅콩을 떼이게 될 거라고 경고도 해봤지만, 놈은 들은 척도 하지 않았다.

"아재도 고양이는 고양이네."

마음대로 지껄여라. 지금은 네놈이 뭐라든 상관없다.

나는 오일이 보든 말든 아랑곳없이 인간에게서 빼앗은 간식을 실컷 핥아댔다. 다 먹은 뒤에는 털 고르기에 돌입했지만, 입가도, 발바닥도 온통 간식 냄새가 배어 있어 여운이 쉽게 가시질 않는다.

"잘린 귀 아저씨!"

간식 냄새가 희미해져 갈 무렵, 복면이 인간들 틈에서 나와 우리 쪽으로 달려왔다. 주인에게 꼬리 흔드는 개처럼 나와 오일 앞에 다소곳이 앉아 앞발을 핥더니 얼굴에서 귀 뒤까지 정성껏 손질했다.

"맛있게 잘 먹었다—. 역시 요즘 같은 계절엔 공원에 사람이 바글바글하니까 다양하게 먹을 수 있어서 좋다니까요."

"요즘 고양이 붐이라잖냐."

"사진도 얼마나 찍어대는지 귀찮다니까."

"나도 찍혔어요. 아, 그러고 보니까 사람들이 오일 형을 찾고 있던데?"

"나를? 하긴, 나처럼 섹시한 수컷은 인간들 사이에서도 인기 폭발이니까."

"뭐라더라, 카오스냥이 수컷이 어쩌고저쩌고 하던데. 희귀하다나 뭐라나. 아무튼 보기 힘든 고양이라 그랬어."

희귀한 고양이라…….

보나 마나 또 인간들이 쓰잘머리 없는 생각이나 해대고 있겠지.

"어때, 복면? 내가 귀한 고양이라는 거 알고 나니까 좀 달라 보이냐?"

"멍청하긴. 인간들의 기준 따위에 휘둘리면 되겠냐. 우리가 귀하다고 치켜세워야 하는 건 향긋한 냄새 폴폴 풍기는 성숙한 암컷이지. 새끼를 많이 낳아줄 수 있는 건강한 암고양이 말이다."

바보 같은 녀석……. 나는 우쭐대는 오일에게 일침을 놓았다. 수컷한테 중요한 건 뭐니 뭐니 해도 어떻게 새끼를 남기느냐다.

어느 집인지 청소기 놈이 미친 듯이 고함 질러대는 소리가 들려왔다. 이 평화로운 한낮에 어떻게 그런 괴성을 지르며 미쳐 날뛰는지 참 신기할 따름이다. 놈에게는 낭만이라는 걸 찾아볼 수가 없다.

나는 여전히 시끄러운 인간들의 세상에 진저리를 치며 자리를 떴다.

오늘도 하늘은 눈부시게 푸르다.

흐느끼는 듯한 음색의 트럼펫 연주가 가게 안에 물결치듯 퍼져나갔다. 떨리는 그 음색은 내 영혼 깊숙한 곳까지 잔잔한 평온을 불러왔다.

그날도 나는 '마타타비' 카운터 자리에 앉아서 최고급 마타타비를 만끽하고 있었다. 내 앞발에 들려 있는 건 '냐 도르세'로 비교적 역사가 짧은 브랜드다.

흔히 쿠바산 5대 브랜드라고 하면 '코이냐', '로메오 냐 훌리에타', '냥테크리스토', '파르타냐스', '오요 데 냥테레이'를 꼽는데, 하나같이 숙련된 장인의 손길이 빚어낸 명품들이다. 지식만 많고 허세 부리기 좋아하는 애송이들은 으레 이런 유명 브랜드에만 발을 대기 마련이다. 하지만 굳이 유명 브랜드만 고집할 필요는 없다.

'냐 도르세'는 원래 프랑스 시장을 겨냥해 출시된 마타타비지만, 어느새 세계 각지로 퍼져나갔다. 마스터의 숙성 기술이 더해져 더욱 높은 경지에 오른 이 한 개비는 우리 고양이들에게 이루 말할 수 없는 황홀한 시간을 선사해 준다.

"맛이 좋군, 마스터. 자네 솜씨는 역시 최고야."

"감사합니다. 꿋꿋하게 가게를 지켜온 보람이 있네요."

입가에 피식 웃음이 번지고 나는 다시 마타타비를 입에 물고 눈을 감았다.

가벼우면서도 달콤한 향기 속에 가쓰오부시를 닮은 풍미가 희미하게 얼굴을 내밀었다. 그건 마치 풀숲에서 메뚜기를 발견했을 때처럼 가슴이 두근두근 설레던 순간을 떠올리게 했다. 빨아들일수록 스파이시한 풍미가 더해지고, 세상 모든 것이 신기하기만 했던 어린 시절과는 달리 내가 조금은 어른이 됐다고 자부했던 바로 그때로 나를 되돌려놓는다.

이런 기분을 맛보는 것도 나쁘지 않다.

가게 구석의 박스석에 턱시도가 앉아 있었다. 이제는 녀석이 저 자리에 있는 풍경도 제법 익숙해졌다. 새끼 고양이 알선 사건 이후로 우리는 너무 가깝지도, 그렇다고 멀지도 않은 적당한 거리를 유지 중이다.

"오늘은 오일 씨가 늦네요. 지난번엔 어떤 인간이 오일 씨 사진 찍는 걸 봤어요."

마스터의 말에 나는 스툴 하나를 사이에 두고 옆에 앉은 복면을 힐끗 쳐다봤다. 오늘은 녀석답지 않게 얌전히 앉아서 마타타비를 피우고 있었다.

"마스터. 카오스냥이 수컷은 진짜 보기 힘들대요."

"아아, 그래서였구나. 어떤 여자가 오일 씨를 무릎에 안고서는 아주 흐뭇해하더라고요."

"네? 무릎 위에요? 그럼, 오일 형은 이제 집고양이가 되는 건가요?"

녀석의 표정에 순간 불안이 스쳤다. 아무래도 이 녀석, 오일을 둘도 없는 친구로 여기는 모양이었다. 아까부터 시무룩해 있던 것도 다 그 때문이었군. 나는 복면의 어린애 같은 모습에 쓴웃음을 지었다.

"마스터에게 물어본들 알 리가 없잖아."

"그, 그러네요……"

복면은 멍하니 앞만 바라보다 깊은 한숨을 내쉬었다. 풀이 죽어서인지 지금껏 본 적 없는 완벽한 곡선을 그리는 새우등을 하고 있었다. 고양이는 고된 세월과 아픔을 겪어야만 비로소 그 아름다운 등을 갖게 된다. 안타깝지만 이별 역시 묘생의 일부다. 피한다고 피할 수 있는 일이 아니다.

"넌 오일이 그렇게 좋으냐?"

"저한테는 처음 생긴 친구거든요."

"친구라……."

순진한 소리를 늘어놓는 복면을 보니 피식 웃음이 났지만, 나도 남 흉볼 처지는 못 된다. 이렇게 앉아서 그런 복면을 걱정하고 있으니 말이다.

"너희 둘은 성격도 정반대잖아. 언제부터 그렇게 붙어 다닌 거야?"

"글쎄요. 생각해 보면 역시 그때부터인 것 같아요."

복면은 입안에서 굴리던 마타타비 연기를 천천히 뱉어냈다.

아침 안개를 닮은 보랏빛 연기가 복면의 기억 속 어딘가로 나를 이끄는 듯했다.

"조금 이상한 집고양이가 있었거든요."

시야 한쪽으로 바람에 흔들리는 잡초가 보였고, 복면은 좀처럼 보기 드문 광경을 마주하고 있었다.

흰 고양이 한 마리가 새끼 고양이를 물고 어딘가로 향하고 있었다. 수상쩍다고 느낀 건 며칠째 같은 장면을 목격했기 때문이다. 그날로 벌써 다섯 번째였다.

보통 어미 고양이는 새끼의 안전을 위해 일정 주기로 은신처를 옮긴다. 하지만 그 흰 고양이는 항상 똑같은 집 마당에서 나와 매번 같은 집 마당으로 들어갔다. 그 일이 매일 반복되자, 뭔가 평범하지 않은 일이 벌어지고 있다고 느낀 복면은 어느새 가슴이 두근거리기 시작했고, 약간의 기대감까지 품게 되었다.

"……역시 오늘도 옮기고 있어."

복면은 풀숲에 몸을 숨기고 마치 스파이라도 되는 양 조심스럽게 뒤를 밟았다. 일주일 가까이 관찰하고 나서야 눈치챈 사실이지만, 흰 고양이는 늘 같은 새끼 고양이들을 물고 다녔다. 검은색 한 마리와 치즈냥이 두 마리, 그리고 고등어냥이 세 마리.

복면은 흰 고양이가 집 안으로 들어가는 걸 확인한 뒤, 한 마리가 간신히 드나들 수 있을 정도로 살짝 열린 베란다 창 앞에 서서 잠시 망설였다. 저 안쪽에 사건의 진실이 숨어 있다. 궁금했지만 인간과 마주치는 건 무서웠다. 하지만 그래도 확인하고 싶었다.

호기심이란 놈은 참으로 성가시다.

"뭐 하고 있냐?"

등 뒤에서 불쑥 들려온 목소리에 깜짝 놀라 몸이 용수철처럼 튀어 올랐다. 돌아보니 카오스냥이 한 마리가 서 있었다.

"어, 그게……."

"너 요즘 이 근처에서 자주 얼쩡대더라. 뭘 그렇게 열심히 들여다보는 거야?"

기름때 묻은 치즈냥이처럼 생겨서 이름이 오일이라고 그랬지. 복면은 그제서야 기억이 났다. 자동차 정비공장 근처를 영역으로 삼고 있다는 것도.

"매일 새끼 고양이를 물고 다니는 고양이가 있어서요."

복면이 눈짓으로 흰 고양이를 가리키자, 오일은 수풀 사이로 몸을 낮추며 복면이 가리킨 쪽으로 시선을 옮겼다. 눈동자가 실처럼 가늘어졌다.

"쟤, 중성화 수술한 수컷이잖아. 땅콩 없는 거, 보이지?"

"뭐라고요?"

그때까지 전혀 눈치채지 못했는데, 오일 말대로 흰 고양이의 궁둥이에는 땅콩이 있었던 흔적만 희미하게 남아 있었다. 다시 말해 저 녀석은 원래 수컷이고, 아깽이들의 엄마가 아니라는 뜻이다.

의문은 점점 더 깊어졌다.

"우와, 진짜 대단해요. 전 전혀 몰랐거든요!"

"그게 바로 관찰력이라는 거다. 상황을 제대로 볼 줄 아는 눈. 야, 봐봐. 또 나왔다."

나무들 사이로 모습을 드러낸 흰 고양이는 1미터쯤 되는 블록 담장을 가볍게 뛰어넘더니 뒷집으로 들어갔다. 잠시 후, 이번엔 다른 새끼를 물고 나왔다.

"뒷집에서 데려오는 모양이군."

"맞아요. 심지어 매일 저런다니까요. 대체 왜 저러는 걸까요?"

"궁금하면 확인해 보면 되지."

말이 끝나기가 무섭게 오일은 흰 고양이를 따라 담장 아래까지 성큼성큼 걸어갔다.

"자, 잠깐만요! 오일 씨!"

"그냥 오일이라고 불러."

"정말 가려고요?"

"저 녀석도 들어갔잖아. 괜찮아. 설마 죽기야 하겠어?"

틀린 말은 아니었지만, 복면은 한 번도 인간의 집 안까지 들어가 본 적이 없었다. 궁금했지만, 그렇다고 인간의 영역 깊숙한 곳까지 발을 들일 생각은 없었던 것이다. 괜히 그런 짓을 했다가 갇히기라도 하면…… 자꾸 그런 생각이 맴돌았다.

"야, 너도 따라와. 직접 확인해 보자고."

"으, 응……."

오일이 재촉하자, 복면은 그 뒤를 조심스럽게 따랐다. 다행히 인간의 기척은 없었다. 흰 고양이는 새끼를 입에 문 채 방 안쪽 문틈으로 빨려 들어가듯 사라졌다.

"야, 쟤 지금 벽장 안으로 들어간 거, 봤어?"

"벽장? 그게 뭐예요?"

"정말 몰라? 포근하고 푹신푹신한 잠자리야. 좁고 어두워서 잠자기 딱 좋은 곳이지."

그런 게 있다니. 복면은 깜짝 놀랐다. 늘 잠자리 하나 마련하기도 힘든 생활이었기에 그런 공간을 가진 인간들이 부러웠다.

즐거웠던 기억을 되새기며 외로움을 달래는 건 어리석은 놈들이나 하는 짓이다.

나는 오일과의 추억을 이야기하는 복면의 얼굴을 복잡한 마음으로 바라보고 있었다. 이런 건 좋지 않다.

"대단하지 않아요? 옆집에서 태어난 새끼 고양이들을 데려와서 애지중지 돌봤던 거예요. 젖도 안 나오는 녀석이 말이에요! 나중에 주인이 눈치채고 계속 제자리에 데려다 놓았던 거고요."

"그래서, 새끼들은 결국 그 흰 고양이네 집에 입양된 거야?"

"아뇨, 그게…… 너무 커버려서 담장 위로 물고 올라갈 수 없게 됐어요. 결국 그대로 공터에 내버려둔 거예요. 아마 어쩔 수 없이 포기한 모양이에요."

나는 무슨 말을 해야 할지 몰라 잠자코 있었다. 마스터도 약간 난처한 표정이었다.

"오일 형이랑 치킨을 훔친 적도 있어요. 차고에서 자주 고기를 구워 먹는 집이 있거든요. 정찰 갔다가 마침 준비 중이길래 그 틈을 노려서…… 크흐흐."

못된 장난을 친 기억은 언제 떠올려도 즐겁고 절로 웃음이 나는 법이다. 특히 인간한테서 먹을 걸 훔쳤을 땐 가슴이 뻥 뚫린 것처럼 후련한 기분이 든다. 하지만 지금 복면은 그렇지 않았다. 그것만은 분명했다.

그때, 오일이 가게 안으로 들어왔다. 평소보다 늦은 시간이었다.

"오일 형!"

"왜 이래, 시끄럽게 굴지 마."

오일은 무심하게 복면 옆에 자리를 잡았다. 자신이 이야기의 중심이었단 사실도, 복면의 관심이 온통 자기에게 쏠려 있다는 것도 까맣게 모른 채 잔뜩 신이 나 있었다.

"오늘은 좀 늦으셨네요."

"어, 조금. 그래도 내가 오늘은 운이 좀 좋았거든. 마스터, 계산은 이걸로 부탁할게."

오일이 그것을 카운터 위에 스윽 올려놓았다.

"엇!"

"그, 그건……!"

우리는 놀란 마음을 숨길 수 없었다. 박스석에 앉아 있던 턱시도까지 무슨 일인가 싶었는지 고개를 돌려 이쪽을 쳐다보았다. 오일은 이 동네에 턱시도가 처음 나타났을 때 크게 혼쭐이 난 탓인지 일부러 들으라는 듯 큰 소리로 말했다.

"뜯지도 않은 새 걸 가져오는 건 나 정도는 돼야 가능하지."

녀석이 올려놓은 건 페이스트 타입의 고양이 간식이었다. 인간들은 늘 맛만 조금 보여줄 뿐 절대로 다 주는 법이 없었다. 언제나 찔끔찔끔 아까운 티를 팍팍 낸다. 천하의 나조차도 이미 뜯어진 걸 겨우 낚아채는 게 고작인데, 오일이 그 귀한 걸 봉지째 들고 온 것이다. 미개봉 상태라니, 그건 인간과 어지간히 가까운 사이가 아니고서야 불가능한 일이다.

"잔돈은 됐고, 대신 빈티지로 한 대 피워보고 싶군."

처음부터 세게 나오는군. 이 녀석, 아직 어린 주제에 빈티지를 고르다니, 참으로 약아빠진 놈이다.

"물론 내어드릴 만한 게 있죠. 잠시만 기다리세요."

마스터는 재미있다는 듯 안쪽 캐비닛으로 사라졌다. 자신의 안목을 시험하려는 애송이를 마주하니 마타타비 덕후의 피가 끓어오른 걸지도 모른다. 마스터 성격에 저렇게 노골적으로 도발해 온다면 입을 딱 다물게 만들 마타타비를 내놓지 않고는 못 배길 터였다.

이거, 제법 볼만하겠는데?

우리는 모두 숨을 죽인 채 과연 어떤 물건이 나올지 조용히 기다렸다.

다시 모습을 드러낸 마스터는 조용하면서도 어딘가 범접할 수 없는 기운을 풍기며 오일 앞에 상자 하나를 내밀었다.

"'쿠반 냐비도프'입니다. 평생에 한 번 만날 수 있을까 말까 한 물건이죠."

'쿠반 냐비도프라고?'

나는 마타타비에 진심인 마스터의 진면목을 확인한 기분이었다.

푸르스름하게 빛나는 마스터의 눈동자는 단순한 빛의 조

화로는 설명할 수 없는 색을 띠고 있었다. 그것은 소리마저 삼켜버린 마물魔物처럼 섬뜩하고도 고요했다.

나는 마스터에게서 눈을 뗄 수 없었다. 오일은 물론 다른 녀석들까지 모두 숨을 삼킨 채 시선을 내리깔고 마스터가 내민 그 한 개비에 주목했다.

'쿠반 냐비도프'는 1991년에 단종된 브랜드다. 이후에는 도미니카 공화국으로 생산지를 옮기며 비非 쿠바산 브랜드로 다른 길을 걷게 되었다.

즉, 쿠바산 냐비도프는 마타타비 애호가들 사이에서는 환상이나 다름없었다. 현재로서는 과거에 생산된 극소량의 재고가 시중에 풀리기를 기다리는 수밖에 없다. 워낙 귀해서 위조품도 많고 좀처럼 보기 힘들지만, 마스터가 들여온 물건이라면 가짜일 리가 없다.

"이름은 들어본 적 있어! 이야, 이걸 들여오다니!"

오일은 조심스럽게 앞발을 뻗었다. 표면을 부드럽게 쓰다듬고 미끄러뜨리듯 코를 움직여 냄새를 맡더니 엷은 미소를 흘렸다. 너무 황홀한 나머지 순막⁺이 눈알을 절반 가까이 덮을 정도였다.

흡입구 근처를 감싸고 있는 시가 밴드는 엠보스로 가공된

✦ 고양이의 각막을 보호하는 세 번째 눈꺼풀로 제3안검이라고도 함.

종이로 만들어졌고 명품답게 은은한 광택을 내며 냐비도프가 진품임을 증명하고 있었다.

오일은 신중하게 불을 붙였다. 굽듯이 천천히, 골고루 열을 전달했다. 균일하게 불이 붙지 않으면 이 귀한 한 개비가 허망하게 망가져 버린다. 캐비닛 안에서 오랜 시간 숙성된 마타타비가 드디어 진짜 얼굴을 드러내는 순간이었다.

냐비도프가 조용히 잠에서 깨어났다. 오일이 그것을 입으로 가져가자, 마치 잠들어 있던 맹수가 느릿느릿 고개를 들듯, 공기를 머금은 풍성한 갈기가 부드럽게 퍼지듯, 보랏빛 연기가 가게 안에 퍼져나갔다.

"……굉장해."

딱 그 한마디였다. 하지만 그 한마디면 충분했다. 표정이 모든 걸 말해주고 있었다.

"뭐야, 다들 나만 쳐다보고 있는 거야?"

"저기, 오일 형……. 형 이제 집고양이 되는 거야?"

"왜 그런 걸 물어?"

"그러니까, 사람들이 형을 희귀한 고양이라고 하면서 사진도 막 찍고, 뜯지도 않은 간식도 갖다주고…… 그거, 사람들이 준 거 맞지? 그래서 그, 혹시…… 진짜 집고양이 되는 건가 해서."

"뭐. 간절히 부탁하면 생각은 해볼 수도 있지. 카오스냥이 수컷이 귀하다는 말이 사실이라면 땅콩 떼일 일도 없을 테니까."

오일은 좀처럼 손에 넣을 수 없는 명품에 이미 흠뻑 취해서 복면의 감정을 헤아릴 여유 따위는 없었다. 희미하게 눈을 감은 채 오롯이 그 순간을 음미하고 있을 뿐.

그래. 땅콩만 지킬 수 있다면야 집고양이가 되는 것도 썩 나쁘지는 않겠지.

나는 복면에게로 시선을 돌렸다.

쿠반 냐비도프의 향기가 깊은 밤의 한가운데로 우리를 이끌었다.

그날은 별생각 없이 할배네 집으로 발길을 향했다.

할배는 내가 어릴 적 여러모로 신세를 진 고양이다. 한때는 이 일대를 휘어잡으며 잘나가던 대장 고양이였지만, 차에 치이는 바람에 하반신이 마비되는 심각한 장애를 얻었다. 천만다행으로 인간에게 구조되어 지금은 제법 그럴듯한 집고양이로 사는 중이다.

방충망 너머에서 졸고 있는 할배를 발견한 나는 발소리를 죽이고 살금살금 다가갔다. 하지만 늘 그랬듯이 금세 들켜 버리고 만다.

"난 또 누구라고. 잘린 귀 꼬맹이냐."

"뭐야, 깨어 있었어?"

"방금 깼다. 네놈 기척 때문에 말이지."

"홋, 길고양이 촉이 아직 녹슬지 않았나 봐."

나는 할배 말에 대꾸하며 바닥에 몸을 눕히고 발바닥 젤리를 손질하기 시작했다.

요즘 들어 갑자기 더워진 날씨에 나도 좀 지친 상태였다. 칼로 베듯 가차 없이 몰아치는 한겨울 추위도 고역이지만, 기세등등한 태양이 사정없이 열기를 내리쏟는 여름도 털옷을 입고 사는 우리에겐 만만치 않은 계절이다. 아직은 좀 이르다고 생각했는데, 올해는 더위란 놈이 예년보다 일찍 들이닥칠 기세다. 나는 털을 핥아서 몸을 식혔다.

"뭐, 딱히 할 말 있어서 온 건 아니고?"

"어? 아, 뭐……."

할배가 있는 방은 해가 들어오는 쪽을 향해 있었다. 창 앞에는 주인이 걸어둔 햇살 가리개가 비스듬히 드리워져 있었고, 덕분에 콘크리트 바닥엔 그늘이 생겨서 선선하니 기분 좋았다. 배를 바닥에 착 붙이자, 체온이 서서히 내려갔다.

"오일이라는 어린놈이 하나 있는데……."

나는 발바닥 젤리를 손질하며 말을 꺼냈다. 바의 단골인 젊은 고양이 두 마리. 그중 한 놈이 희귀한 고양이라는 이유로 인간들 눈에 띄기 시작했다는 것 등등.

"그랬단 말이지. 그 복면이라는 애송이가 걱정되는 모양이로구나."

"그 녀석은 아직 어리니까."

"네놈도 참. 그놈의 오지랖 때문에 고생이 이만저만 아니구나."

제2장 희귀한 고양이

굳이 그렇게 말 안 해도 내가 제일 잘 안다. 'NNN' 활동을 하게 된 것도, 한 번 신경이 쓰이면 그냥 지나치지 못하는 이놈의 성격 때문이었다.

"있잖아, 할배. 집고양이로 산다는 건 어떤 거야? 동네를 휘어잡던 할배가 인간한테 붙어 사는 게, 나한텐 아직도 좀 낯설거든."

"나쁘지는 않다. 한 번은 죽은 거나 매한가지였던 목숨이니까. 나를 살려준 인간에게 보답하는 것도 수컷의 도리지. 고양이가 의리와 정을 잊으면 그걸로 끝장이야. 집고양이로 산다는 건, 그런 거다."

할배가 자기만의 신념을 갖고 산다는 건 잘 알고 있다. 한 번은 주인한테 애교 부리는 걸 본 적도 있는데, 그 또한 할배 나름대로 고마운 마음에 보답하는 행동이었을 것이다.

"꼬맹아. 너 혹시 내가 편하게 산다고 생각하는 거냐?"

"뭐야, 갑자기……"

그때, 멀리서 들려오던 목소리가 점점 가까워졌다. 젊은 여자 둘이 뭔가를 먹으면서 새된 목소리로 이야기를 나누며 할배네 집 앞 도로를 지나갔다.

「야, 이거 개귀엽지 않냐? 완전 갖고 싶다!」

「미즈키, 얼굴 크기 미쳤네ㅡ. 근데 이거, 웬만큼 작은 얼굴 아니면 무리야. 네 머리가 들어가겠냐?」

「아…… 안 되겠다. 나도 미즈키처럼 되고 싶은데ㅡ.」

「감자 스낵 먹을래?」

「먹을래—.」

둘은 뭐가 그리 우스운지 길 한복판에 서서 깔깔대고 웃었다. 여자들은 인간 중에서도 특히 시끄러운 부류다. 갑자기 나타나 한낮의 평온한 공기를 갈기갈기 찢어놓고 지나가는, 말 그대로 소음 테러를 벌이는 괴한 같은 존재들이다.

소리가 멀어지자, 할배는 마음을 가다듬고 다시 말을 이어갔다.

"집고양이의 시련은 땅콩 떼이는 것만 있는 게 아니다. 결코 편하기만한 삶은 아니지. 그런 것들을 알려줘도 괜찮을 거다."

나는 애송이 시절의 기억이 되살아났다. 할배 덕분에 내가 몇 번이나 목숨을 부지했는지 모른다. 포획기에 잡히는 일 없이 지금까지 길고양이로 살아올 수 있었던 것도 다 할배 덕분이었다.

그 할배에게 또 뭔가를 배우게 될 줄이야…….

"그 오일이라는 녀석, 한번 데리고 와봐라. 집고양이 삶이 어떤 건지 직접 가르쳐주지."

"할배, 편하게 사는 거 아니었어?"

나는 빛을 내며 반짝이는 할배의 눈빛을 놓치지 않았다. 여유를 부리며 웃는 할배의 얼굴 너머로 오랜 무료함을 달래려는 속내가 슬쩍 엿보였다. 그래도 할배의 이야기는 분명 도움이 될 터였다.

"좋아. 내일 데려올게."

나는 일단 할배 집을 뒤로했다. 그리고 다음 날.

전날 밤 '마타타비'에서 오일 무리와 마주친 나는 할배의 말을 전했고, 해 질 무렵 녀석들을 데리고 할배네 집으로 향했다. 할배는 어제와 똑같은 자세로 자고 있었다. 발소리를 죽였지만, 역시나 금방 눈치챘다.

"다 모였냐?"

조금 높은 베란다 창에 할배가 자리를 잡았고, 우리 셋은 그 아래 바닥에 앉았다. 자연스럽게 가르침을 청하는 모양새가 되었다.

"자, 그럼 지금부터 집고양이가 겪는 수난이 어떤 건지 낱낱이 알려주마."

오일은 우리가 뭔가 꾸미고 있다는 걸 눈치챘는지 약간 경계하는 눈빛이었다. 할배도 오일의 심리를 간파하고 있었다.

"청소기 말하는 거지? 그 미친놈 소리는 밖에서 들어도 시끄럽긴 하더라."

뭐든 다 안다는 얼굴로 오일이 끼어들었다. 풋내기 같으니. 할배가 가볍게 비웃었다.

"그딴 건 애교지. 센스 있는 주인이라면 방을 옮겨주기도 하고, 몸이 성하면 놈이 일어나기 전에 눈치껏 피하면 그만이다. 기척만으로도 알 수 있으니까."

예상이 빗나간 게 억울했는지 오일이 살짝 짜증 섞인 어조로 되물었다.

"그럼, 뭐가 힘들다는 건데?"

"첫 번째는, 정기 검진이다."

"정기 검진?"

오일과 복면은 몸을 앞으로 쑥 내밀었다. 처음 들어보는 말에 호기심이 발동한 듯 두 눈을 동그랗게 뜨고 귀를 쫑긋 세웠다.

무슨 꿍꿍이인지 파악하려고 단단히 마음먹은 눈치였지만, 역시 본능은 이기지 못했던 모양이다.

"한 달에 한 번, 동물병원에 끌려간다. 거기에는 말이다, 하얀 옷 입은 인간들이 기다리고 있어. 진찰실이라는 데로 끌려가면 한동안은 못 나온다."

할배는 날카로운 눈빛으로 우리 셋을 천천히 훑어본 뒤 낮게 으르렁대듯 말을 이었다.

"제일 먼저, 엉덩이에 체온계를 쑤셔 넣지."

"엉덩이에…… 왜?"

오일이 목소리를 높였다.

"체온을 재야 하거든. 몸 상태를 확인한단다. 아무 문제없다고 해도 인간들은 못 알아들어. 그래서 엉덩이에 체온계를 쑤셔 넣으려고 하는 거다."

할배의 허무한 웃음은 피할 수 없는 현실에 대한 체념처럼 느껴졌다. 제아무리 할배라 해도 결코 피할 수 없는 현실. 그것이 할배로 하여금 무력감을 느끼게 했을 것이다.

"나는 몸이 이래서 통증은 못 느끼지만, 그건 정말 할 게 못 된다. 자존심이고 나발이고 다 짓밟히지. 그 짓을 당한 날엔 내가 한때 길고양이였다는 사실이 거짓말처럼 느껴질 정도다. 묘격猫格이라는 게 몽땅 부정당하는 기분이랄까."

할배의 이야기에 나도 어느새 넋을 놓고 있었다. 생각해 보면 집고양이 삶이 어땠는지 제대로 들은 건 오늘이 처음이었다. 주는 밥 받아먹고 집 안에 갇혀 살며 자유를 빼앗긴다. 내가 아는 집고양이의 삶이란 그 정도였다. 운 좋게 좋은 주인을 만나면 외출냥이로 살면서 바깥출입을 하기도 한다. 적이라고 해봐야 청소기 정도가 고작이었다.

하지만 할배의 이야기는 내가 알던 것보다 훨씬 가혹했다.

"그다음엔?"

오일이 재촉하는 걸 보니 할배 이야기에 완전히 빠진 듯했다.

"배를 꽉 붙잡고 주물러대거나 귀와 입안을 샅샅이 들여다보기도 하지. 하여간 몸 구석구석을 다 들여다본다. 전부 다……."

꿀꺽.

나는 마른침을 삼켰다. 갈증이 나서 나도 모르게 발바닥을 핥기 시작했다. 단 한 순간도 할배에게서 눈을 떼지 않은 채.

"후훗, 놀랐냐? 하지만 놀라기엔 아직 일러. 다음엔 '폿치'를 당한다."

"폿치? 그게 뭔데?"

오일이나 복면보다 먼저 내가 물었다.

"그건 그냥, 내 주인이 마음대로 붙인 이름이고, 정확한 이름은…… 뭐더라. 아무튼 벌레 퇴치하는 약*을 목덜미에 바르는 거야. 이게 또 얼마나 찝찝한지."

목덜미라 하면 우리가 스스로는 그루밍을 할 수 없는 위치다. 아깽이 시절에는 엄마가 핥아주지만, 다 큰 지금은 그럴 수도 없다. 생각만으로도 등골이 오싹해졌다.

"게다가 냄새는 상상을 뛰어넘을 정도로 독해. 나는 그 냄새를 한 달에 한 번씩 털에 묻히고 사는 처지다. 털만 뻣뻣해지고 좋은 건 쥐똥만큼도 없어."

"왜 그런 끔찍한 짓을 하는 건데?"

"예방이라고 하더구나."

할배는 허무함이 깃든 표정으로 기억을 더듬듯 가늘게 뜬 눈으로 허공을 바라보았다.

"처음 그 약을 묻혔을 때 있잖냐, 똥에서 회충이 어마어마하게 나왔거든. 그것도 죽은 채로 말이지."

"히이잇, 너무 끔찍해요! 집고양이로 사는 것도 쉽지 않네요!"

---

* 심장사상충과 외부기생충을 예방하는 액체 형태의 약품으로, 한 달에 한 번 목덜미에 발라줌.

복면이 몸을 부들부들 떨며 말했다. 목소리는 뒤집어지고 꼬리도 살짝 부풀었다. 할배는 이제 무대를 완전히 장악하고 있었다.

"아직 한참 남았어."

"더 남았다고?"

오일이 질린 표정으로 말했지만, 뒷이야기가 궁금해서 못 견디겠다는 듯 동공이 활짝 열려 있었다.

높은 하늘 위로 새들이 힘차게 울었다.

해가 구름 사이로 숨어들고 미적지근한 바람이 불어와 주위가 으스스한 기운에 감싸였다. 한낮의 열기는 아직 남아 있었지만, 어둠이 소리 없이 스며들었다.

"1년에 한 번 맞는 예방접종이 또 따로 있어. 우리 주인은 그걸 '3종 혼합백신'이라고 부르더군. 이것도 영 성가신 일이야. 폿치랑은 급이 다르지. 몸에 바늘을 꽂거든."

"인간은 진짜 잔인해!"

불현듯 어디선가 고양이의 절박한 울음소리가 들렸다. 우리는 귀를 바짝 세우고 소리가 나는 방향을 살폈다.

"때마침 잘 됐군. 바로 저거다! 저게 동물병원에 끌려가는 고양이의 울음소리다. 너희들도 한 번쯤은 들어봤겠지?"

오일은 젊은 고양이답게 민첩한 몸놀림으로 담장 위로 뛰어올라 주위를 둘러보았다. 복면과 나도 그 뒤를 따랐다. 소리는 새로 지은 집 쪽에서 났다.

인간이 문을 열고 나오자, 울음소리는 더욱 또렷해졌다. 공포에 떨고 있는 게 한눈에 보였다.

"살려줘―. 누가 나 좀 살려줘! 아이고, 나 죽어요!"

인간이 손에 든 이동장 안에 어린 고양이 한 마리가 들어 있었다. 이러지도 저러지 못하고 움츠린 채 그대로 끌려가고 있었다.

「괜찮아, 괜찮아. 착하지? 얼른 병원 가자―.」

"싫어― 싫다고! 누가 좀 살려줘요! 끌려가면 틀림없이 날 죽일 거야!"

「쉬야가 잘 안 나오니까 선생님한테 좀 봐달라고 하자. 갔다 오면 가쓰오부시 줄게―.」

"싫어, 싫어! 하얀 옷 입은 인간들 있는 데는 정말 가기 싫다고오오오―!"

어린 고양이의 절박한 외침도 인간의 귀엔 들리지 않는지 여자는 이동장을 차에 싣고 자기도 미끄러지듯 운전석으로 들어갔다. 차 문이 닫히고, 고양이를 태운 차는 그렇게 아무 일 없다는 듯 출발했다.

두근두근―. 심장이 빠르게 뛰었다. 이렇게 무자비할 수가 있나!

설마 이 타이밍에, 진짜로 하얀 옷을 입은 인간에게로 끌려가는 모습을 눈앞에서 보게 될 줄이야. 할배의 이야기는 오일에게 제대로 먹혔을 것이다. 나조차 쭈뼛 선 등 털이 쉽게 가라앉지 않았다.

"……결국 끌려갔네."

저렇게 실려가는 집고양이는 몇 번 본 적 있지만, 그 뒤에 어떤 일이 기다리고 있는지 알아버린 지금은 하얀 옷을 입은 인간에 대한 공포심만 커졌다.

다시 베란다 창 쪽으로 돌아가자, 우리 셋의 반응을 본 할배가 의기양양한 얼굴을 하고 기다리고 있었다.

"직접 보니까 어떠냐?"

"정말 무섭네요. 오줌 좀 안 나온다고 저렇게…… 나도 가끔 잘 안 나올 때 있거든요."

이 뒤로도 우리는 등골이 서늘해지는 이야기를 더 들었다. 특히 피를 뽑아간다는 이야기는 나에게도 상당히 충격적이어서 꿈에 나올 것만 같았다. 자루에 넣고 뒷다리 하나만 삐죽 빼서 바늘을 푹 꽂는다고 했다. 이제는 슬슬 할배가 걱정될 지경이었다.

"할배는 괜찮은 거야? 이대로 인간이랑 같이 살아도 되겠어?"

"건강 관리지, 건강 관리. 내가 오래 살 수 있도록 인간이 도와주는 거다. 하지만 때로는 그 사랑이라는 게 무겁게 느껴지기도 해. 나는 그냥 맛있는 밥과 푹신한 잠자리면 충분한데, 녀석들은 언제까지고 자기들 곁에 있으라며 내가 해줄 수 없는 걸 요구하니까 말이지."

그래도 어딘가 기뻐 보이는 걸 보면 집고양이만이 누릴 수 있는 뭔가가 있는 게 아닐까. 하얀 옷의 공포를 견딘 고양이만이 누릴 수 있는 특권 같은 거랄지.

「모찌! 다녀왔어—. 간식 사왔다!」

"오, 장 봐서 돌아왔나 보군. 오늘은 이쯤에서 해산이다."

방문 너머로 인간의 기척이 느껴지자 우리는 저녁 어스름에 섞여 흩어졌다. 이야기에 빠져 시간 가는 줄 몰랐는데 태양은 이미 완전히 잠자리에 든 모양이다.

"형, 완전 무섭지 않았어? 공포 체험하기엔 아직 좀 이른 계절 같은데."

오일은 뭔가 할 말이 있는지 복면 옆에서 나란히 발을 맞춰 걸었다. 내가 참견할 일은 아니니, 그냥 지켜보기로 했다.

"난, 집고양이는 안 될 거야."

"응?"

"너, 내가 집고양이 될 거라고 생각했지? 계속 신경 쓰고 있었잖아. 그러니까 잘린 귀 아재도 너 걱정돼서 일부러 그 할배까지 끌어들인 거고."

얄미운 녀석 같으니라고.

나도 모르게 씨익, 입꼬리가 올라갔다.

"그게 정말이에요, 아저씨?"

"딱히 말리려던 건 아니다. 어떻게 할지는 저 녀석 마음이니까. 그래도 이야기 듣고 나서 결정해도 늦진 않잖아?"

오일은 자기 말 한마디 한마디가 모두의 관심을 받는 게 즐거운 듯했다. 짓궂은 얼굴로 슬쩍 웃더니 딱 잘라 말했다.

"그렇게까지 안 해도 어차피 인간한테 빌붙어 살 생각은 없었어."

"오일 형……!"

복면의 코끝이 빨갛게 달아오르고 꼬리가 하늘로 힘차게 쭉 뻗쳤다. 좋아 죽겠다는 티가 너무 났다.

"워워, 그만해라. 딱히 너 때문에 그러는 건 아니니까."

"알아! 그 정도는 나도 안다고!"

잘됐구나, 복면.

나는 기뻐서 어쩔 줄 모르는 복면에게 속으로 말을 건넸다.

응석이 좀 과하긴 해도 싫지는 않았다. 길고양이 무리에 가끔은 이런 녀석 하나쯤 있는 것도 나쁘지 않다. 어차피 길고양이 세계는 자유롭게 살아가는 곳이니까.

"아— 마음이 놓이니까 마타타비가 당기네. 오늘은 제가 쏠 테니까 다 같이 가요."

"바보 같기는. 마타타비값은 낼 수 있고?"

"……외상?"

"한턱낸다면서 외상을 하겠다고?"

"금방 갚을 거야. 그렇죠, 아저씨? 가끔은 나도 한턱내게 해줘."

"뭐, 가끔은 괜찮겠지."

오일도 왠지 기분이 좋아 보였다. 이 녀석 코끝이 검지만 않아도 복면처럼 붉게 상기된 걸 볼 수 있었을 텐데. 어찌 됐거나 시끄러웠던 집고양이 소동도 이것으로 일단락이다.

하지만, 묘생은 때때로 예상치 못한 문제에 휘말리기 마련이다. 아무리 조심해도 피할 수 없는 일은 반드시 일어나고야 만다.

복면이 한턱낸 마타타비를 실컷 즐긴 다음 날, 오일은 가게에 나타나지 않았다. 한창 번식기라 암컷 뒤꽁무니라도 쫓아다니겠거니 생각하고 처음엔 크게 신경 쓰지 않았다.

하지만 복면은 그다음 날도 모습을 나타내지 않았다. 그리고 또 그다음 날도…….

이쯤 되면 웃어넘길 상황이 아니었다.

인간한테 빌붙어 살지 않겠다고 큰소리친 직후라 복면도 당황한 기색을 감추지 못했다. 그리고 불길한 예감은 언제나 빗나가는 법이 없다.

진실이 밝혀진 건, 오일이 자취를 감춘 지 나흘째 되는 날이었다.

요란한 카우벨 소리가 단숨에 정적을 깨뜨렸다.

내가 '마타타비'의 문을 열고 늘 앉는 곳에 막 자리 잡았을 때였다. 오늘은 뭘 피울까, 고민하던 찰나, 복면이 문을 박차고 뛰어 들어왔다. 코끝이 하얗게 질린 채로.

"큰일 났어요! 오일 형이……!"

"무슨 일인데 그래?"

"오일 형이…… 신사 도리이⁺ 위에……!"

복면이 멍하니 선 채 말을 잇지 못했다.

"그게 도대체 무슨 소리야?"

자초지종은 이랬다. 오일이 감쪽같이 사라진 게 수상했던 복면이 자기 영역을 훌쩍 벗어나 수소문한 끝에 조금 전 오일의 위치를 알아낸 것이었다.

"마스터, 좀 다녀오겠네. 오늘은 못 돌아올 수도 있어."

"네. 가게 문 닫으면 저도 곧장 갈게요. 신사 위치는 아니까요."

나는 복면과 함께 어둠이 깔린 도로를 질주했다. 사건의 전모를 들으면서 도로를 가로질러 주택가 담장을 달리고 또 달렸다.

"개한테 쫓겼대요. 놀라는 바람에 신사 나무 위로 올라갔는데, 그만 가지 끝까지 가버린 거예요."

그렇게 된 거군. 나도 비슷한 일을 수없이 겪었다.

그대로 가지에 바짝 붙어만 있어도 괜찮았을 텐데. 엉거주춤하더라도 발톱만 찍을 수 있으면 밑으로 내려올 수 있다.

⁺   鳥居, 신이 사는 영역과 인간 세상을 구분 짓는 의미로 신사 입구에 세우는 기둥 문

그러나 휘어진 가지 끝에 매달려 있던 오일은 허둥대다 중심을 잃고 결국 도리이 위로 떨어지고 말았다. 게다가 오일이 떨어진 도리이는 반들반들 윤이 나는 돌로 만들어져 있었다. 높이는 이층집보다도 높았고 바닥은 콘크리트였다. 그리고 바로 앞에는 도로가 나 있었다.

음식 냄새가 솔솔 풍기는 식당가 골목을 지나 안쪽으로 더 들어가자, 도리이가 모습을 드러냈다. 급한 마음에 속도를 더 올리려는데, 인간들의 목소리가 들려와 걸음을 멈췄다.

"아까 왔을 땐 아무도 없었는데."

손전등을 든 사람들이 도리이 위를 비추자, 어둠 속에서 오일의 모습이 떠올랐다.

「봐봐, 고양이야 고양이. 이틀인가 사흘 전부터 저기 있었대.」

「진짜네. 어떡하지? 저렇게 높은 데까지 닿는 사다리도 없는데.」

「동물 구조대에 연락해 볼까? 왜, TV에도 나오잖아. 그런데 그거, 어디로 연락하는 거지? 시청? 소방서?」

중년 여자 둘은 오일을 어떻게든 구해보려고 이리저리 머리를 굴렸다. 물이라도 마실 수 있으면 좋으련만, 어제도 그제도 쨍쨍하게 맑은 날씨였다. 저 위는 얼마나 더 더웠을까.

「일단 남편 좀 불러올게.」

「그래, 부탁해. 나는 구조해 줄 곳을 좀 찾아볼게.」

한 명이 자리를 뜨자, 남은 한 명은 자기 얼굴을 스마트폰 화면에 비추더니 뭐라고 중얼대며 화면을 여러 번 쓸어 넘겼다. 여자의 얼굴이 잔뜩 굳어 있었다.

「이 시간엔 어렵겠지. 나비야, 괜찮아—. 우리가 꼭 구해줄게.」

오일은 아무 말도 없었다. 지쳐서 그런 건지, 아니면 인간한테 들켜서 이미 체념해 버린 건지, 거의 움직이지 않았다.

우리는 도리이 근처 덤불 속에 몸을 숨겼다. 조용히 숨을 고르며 식빵굽기 자세를 했다.

"오일 형!"

복면이 뭔가 골똘히 생각하더니 절박한 목소리로 오일을 불렀다. 그러자, 오일이 아주 살짝 고개를 돌려 이쪽을 쳐다봤다. 우릴 알아본 것 같았으나 목소리를 낼 기운조차 없는 듯했다. 야옹, 하는 대답은커녕 다시 몸을 웅크리고 꼼짝도 하지 않았다.

「미토 씨, 남편 데려왔어! 고양이 아직 있어?」

「응, 있어. 거의 안 움직이긴 하지만. 아, 안녕하세요. 이런 늦은 시간에 번거롭게 해서 죄송해요.」

「어우, 아니에요. TV만 보고 있었는데요, 뭐. 아, 저 고양이인가요? 꽤 높네요. 혹시 신사 쪽엔 얘기해 보셨어요? 관리사무소에 누가 있으면 좋을 텐데.」

밤인데도 인간들이 하나둘 모여들더니, 순식간에 구경꾼

무리가 생겼다. 이제는 가까이 다가갈 수도 없게 되었다. 더는 우리가 할 수 있는 일이 없었다. 인간한테 맡기는 수밖에. 우리 둘은 숨을 죽이고 상황을 지켜보았다.

그때, 코끝에 뭔가 톡 하고 떨어졌다.

비였다.

"아저씨, 어떡하죠?"

"그런 얼굴 하지 마라. 오히려 잘된 거야. 물이라도 마실 수 있잖아."

"아, 그러네요……."

털가죽이 젖긴 하겠지만, 지금 같은 계절에 얼어 죽을 일은 없다. 우리는 덤불 속에 숨어서 한참을 더 기다렸다. 아이 손을 잡고 온 가족까지 합세해 현장은 점점 북적였다.

잠시 후 마스터가 숨을 헐떡이며 달려왔다.

"저기예요?"

"뭐야, 정말 온 거야? 가게는 어쩌고?"

"오일 씨가 걱정돼서 조금 일찍 닫았어요. 그나저나 꽤 높네요."

마스터는 위를 올려다보며 우리 옆에 웅크려 앉았다. 이대로라면 장기전이 될 수밖에 없다.

소동은 커져만 갔고 꽤 많은 인간이 몰려들었지만, 정작 뭘 어떻게 할지 결정하지 못한 채 시간만 야속하게 흘렀다. 결국 구조는 내일로 미뤄졌고 그래도 몇몇 인간이 자리를 뜨지 않아 우리는 계속 기다릴 수밖에 없었다.

겨우 조용해진 건 고양이들이 각자 은신처로 돌아갈 시간이 되어서였다.

"야, 오일! 괜찮냐?"

인간들이 모두 돌아가고 없는 걸 확인한 뒤 다시 불러봤지만, 여전히 대답은 없었다. 도리이 위로 뻗어 있는 나뭇가지로 건너뛸 수 있지 않겠느냐고 제안해 봤지만, 내 의견은 완전히 무시당했다.

"할 수 있는 건 이미 다 해본 것 같아요."

나는 길게 한숨을 내쉬었다. 고양이는 본래 높은 데서 잘 뛰어내리지만 한계는 있다. 도리이와 주변 지형을 살펴보니 실수로 떨어지면 크게 다칠지도 모른다.

"내일이라도 앙꼬 할매한테 조언을 구해봐야겠어."

"돌아가시는 거예요?"

복면의 얼굴에 걱정이 가득했지만, 아무 도움도 안 되는 우리가 여기 앉아 있다 한들 달라질 게 없었다. 마스터가 내 말에 고개를 끄덕이자, 복면도 마지못해 수긍했다.

도리이 위의 고양이 그림자는 몸을 동그랗게 만 채 여전히 꼼짝도 하지 않았다.

"다시 올 테니까, 너무 낙심하지 마라. 절대 포기하면 안 돼."

오일을 안심시키고 자리를 뜨려는데, 아주 희미하게 녀석의 목소리가 들려왔다.

"누가 그런대."

아직 툴툴댈 기운이 남아 있는 걸 보니 오늘내일 죽을 일은 없겠구나. 비도 조금 내렸겠다, 배는 고프겠지만 인간들이 움직이기 시작했으니 반드시 구조될 거다.

"얘기 들었다. 골치 아픈 일이 생겼다며?"

다음 날, 앙꼬 할매를 찾아간 나에게 할매가 건넨 첫마디였다. 내가 올 줄 알았다는 듯 나무 데크에서 기다리고 있었다. 날 보자마자, 오일이 동네 주민들 사이에서 화제가 됐다고 알려주었다.

"우리 주인도 어제부터 그 이야기만 하더구나. 고양이를 워낙 좋아해서 걱정이 이만저만이 아니야. 다들 모여서 궁리 중이래. 구조대도 불렀다더라."

"그럼 내가 나설 일은 없겠네."

할매 말이 사실이라면 오일은 곧 구조될 게 틀림없다. 서두를 것 없다고 생각한 나는 털썩 앉아 털 손질에 들어갔다. 오늘도 더위는 전혀 수그러들 기미가 보이지 않는다.

그때, 할매 주인이 빗자루랑 쓰레받기를 들고 현관에 나타났다. 쓱쓱, 아스팔트를 쓸어내는 소리가 들린다.

"카오스냥이 수컷이 원체 드물어서 더 화제가 되고 있다지 뭐냐."

"하여간 인간들은 희귀한 거라면 정신을 못 차린다니까."

"나도 꽤 희귀한 몸이라고. 인간 눈엔 안 보여도 슬슬 두 번째 꼬리가 자라고 있잖냐. 카오스냥이 수컷 따위랑은 비교가 안 되지."

"뭐, 오일이랑 경쟁이라도 하겠다는 거야? 할매답지 않게."

"그런 게 아니야. 꼬리가 이렇게 되기 전부터 나는 늘 특별한 고양이라는 말을 듣고 살았어. 진짜로, 단 하나뿐인 존재였지."

그 말을 듣는데 문득 하얀 옷 입은 인간들이 있는 곳으로 끌려갔던 할배의 모습이 떠올랐다. 앙꼬 할매도, 할배도, 주인한테는 분명 특별한 존재임이 틀림없다. 그리고 그런 둘은 누구보다 행복해 보였다.

「어머, 지카 엄마. 언제 봐도 청소 부지런히 하네. 우리 집도 좀 치워야겠다. 여기, 회람판이야.」

「아, 고마워.」

인간들 목소리가 들려와서 귀를 그쪽으로 향했다.

「그나저나 그 고양이는 구조됐대?」

「아직 도리이 위에 있다던데. 지카가 밤늦게 보러 갔었는데, 쉽지 않겠더래.」

「지카는 고양이를 워낙 좋아하잖아.」

「안 그래도 출근하기 전에 어떤지 보고 간다고 일찍 나갔잖아. 듣자 하니까, 카오스냥이 수컷은 삼색냥이 수컷만큼이나 드물다나 봐. 괜히 이상한 사람이 노릴까 봐 걱정하더라고.」

「세상에, 그렇구나. 그나저나 앙꼬는 암컷이지?」

「응, 평범한 암컷이야. 아주아주 평범한, 어디서나 볼 수 있는 평범한 고양이.」

'평범하다'라는 말을 연달아 하면서 웃고 있었지만, 할매는 기쁜 모양이었다. 나는 털 손질을 멈추고 슬그머니 몸을 일으켰다.

"나, 잠깐 좀 다녀올게."

"그래, 다녀와라. 마지막이 될지도 모르니까."

"그게 무슨 소리야?"

"인간한테 구조되면 입양될 확률이 높아. 그러니 작별 인사 정도는 하고 오라고."

오일은 집고양이는 되지 않겠다고 선언했었다. 그 말이 거짓은 아니겠지만 마음이라는 건 변하기 마련이다. 구조되어 살뜰한 보살핌을 받는다면 그 녀석도 마음이 바뀔지 모른다.

"그건 할매 말이 맞는 것 같네."

나는 고개를 끄덕이고 일단 녀석의 상태를 살피러 가기로 했다.

가는 길에 발정 난 암컷 한 마리를 마주쳐 슬쩍 말을 걸었지만, 보기 좋게 퇴짜를 맞았다. 하필, 이 동네에서 본 적 없는 수컷이 작업을 걸어왔기 때문이다. 내가 꼭 매력이 없어서 차인 건 아니라는 거다.

암컷은 근친교배를 피하려고 본능적으로 낯선 수컷에게 더 끌리게 되어 있다. 고양이 세계에서 새로 나타난 수컷이 인기가 많은 건 상식에 가깝다.

신사에 도착하자, 복면이 어제와 똑같은 자리에 웅크린 채 주변을 살피고 있는 게 보였다.

"아, 잘린 귀 아저씨!"

"상황은 좀 어떠냐?"

"그게…… 별로 안 좋아요."

복면 말로는 도리이 일부에 천을 걸어 늘어뜨린 다음 스스로 내려오게 하는 방법을 시도했지만, 실패했다고 한다. 천을 본 순간, 오일이 잔뜩 경계하며 뒷걸음질 치는 바람에 떨어질 뻔했고 결국 작전은 포기할 수밖에 없었다.

"진짜 간 떨어지는 줄 알았어요. 그대로 떨어졌으면 크게 다쳤을 거예요."

"오가는 차가 많은 도로 아니냐. 밑에서 받는다고 해도 위험하긴 마찬가지였을 거야."

그때, 인간이 내지르는 비명이 들려왔다.

「안 돼, 안 돼! 떨어진다니까!」

「조심조심! 서두르지 말고!」

구조대라는 인간들이 사다리 끝에 매달려 오일을 향해 손을 뻗고 있었다. 오일이 뒷걸음질 치다가 도리이 끝까지 내몰렸다. 자루를 씌우려는 것 같은데 저런 식으로 하면 안 된다.

캬아악! 비명이 울리더니 오일의 몸이 허공으로 튀어 올랐다. 멋진 점프였으나 이내 균형을 잃고 추락했다. 다행히 밑에 깔아둔 매트 위로 떨어진 오일은 그대로 쏜살같이 내달렸다.

"저쪽이에요!"

오일은 신사 안쪽으로 사라졌다. 하지만 다리를 다쳤는지 달리는 모습이 평소 녀석답지 않았다. 우리가 서둘러 따라가 보니 오일은 나무 그늘에 몸을 웅크린 채 온몸의 털을 곤두세우고 있었다.

"괜찮냐, 오일."

"……말 시키지 마."

온몸에 가시가 돋친 듯 잔뜩 날이 서서는 우리를 봐도 좀처럼 경계를 풀지 않았다.

"다쳤잖아."

고양이에게 뼈 하나쯤 부러지는 건 드문 일이 아니다. 심각하지 않다면 자연 치유도 되지만, 지금 오일의 상태는 그리 낙관할 상태는 아닌 듯했다. 오일을 찾는 인간들의 목소리가 가까워졌다.

"저기, 형. ……그냥 집고양이가 되는 게 낫겠어."

나는 복면이 그런 말을 꺼냈다는 사실에 적잖이 놀랐다. 오일이 집고양이가 되지 않겠다고 했을 때 가장 기뻐했던 건 다름 아닌 복면이었으므로.

이 일은 이제 복면에게 맡기자.

"미안해, 형. 사실은…… 외로워서, 형이 집고양이가 되는 게 싫었어. 형은…… 내가 처음으로 사귄 친구니까. 근데, 그러는 건 수컷답지 못한 거니까."

"……뭐야, 그게."

"동료의 행복을 빌어주는 게 진짜 수컷이니까."

복면도 오일의 상태가 심상치 않다는 걸 안 것이다. 인간의 손을 빌려 빨리 치료하지 않으면 먹이 사냥은 고사하고 살아가는 것조차 위태롭다. 수명도 줄어들 테고, 번식조차 제대로 할 수 있을지 장담하기 어렵다…….

「어디로 갔을까? 야옹아―, 나와봐―.」

「다친 것 같던데. 뛰는 게 이상했잖아요. 뼈가 부러졌을지도 몰라.」

「어디 숨어서 꼼짝 못 하고 있는 건 아닌지…….」

인간들의 대화는 오로지 오일을 걱정하는 내용뿐이었다. 희귀한 고양이라느니 하는 말 따위는 단 한마디도 없었다.

"가서 인간들의 도움을 받아."

나는 단호한 어조로 쐐기를 박았다.

며칠째 먹이는커녕 물 한 모금 마시지 못한 오일의 체력은 이미 한계에 달해 있을 게 뻔하다.

"뭐래, 나보고 집고양이가 되라고?"

"걱정할 것 없어. 너는 카오스냥이 수컷이다. 땅콩 떼일 일은 없을 거야. 안 그래?"

"아저씨 말이 맞아. 형이라면 집고양이가 되어서도 잘살 수 있을 거야. 하얀 옷 입은 인간쯤이야 우습지."

"누가 하얀 옷이 무섭대? 나한테 그딴 건 아무것도 아냐."

"그럼 그렇게 하는 거다?"

오일을 찾는 인간들의 목소리가 점점 더 가까워지고 있었다. 그늘진 구석이며 덤불 속까지 샅샅이 뒤지는 모양이다. 이제 더는 여기 있을 수 없다.

"형은, 틀림없이 사랑받을 거야."

"뭘 멋대로……."

"그럼, 잘 지내야 해. ……형."

복면은 웅크려 있는 오일에게 코 인사를 건넸다. 이 녀석이 남의 말을 자르며 대화를 끝내는 건 흔한 일이 아니다. 오일도 순순히 녀석의 인사를 받아주었다. 이제, 결심이 선 것이리라. 그렇다면— 나도 녀석에게 코를 가까이 댔다. 오일의 차가운 코끝이 살짝 닿았다.

"잘 가라, 오일."

"응."

또 한 번의 이별이었다.

나이가 들어서일까, 예전엔 아무렇지 않던 이별이 요즘은 뼈에 사무치게 힘들다.

나중에 집고양이가 된 오일을 놀리러 찾아갈 수도 있을 테지만, 꼭 이 동네에 살게 될 거라는 보장은 없다. 먼 곳으로 입양되면 다시는 못 볼지도 모른다. 카오스냥이 수컷이라면 입양한다는 인간들이 줄을 설 테니까.

"복면, 이제 돌아가자."

계속 자리를 뜨지 못하는 복면을 내가 먼저 불러냈다. 여자들이 바로 코앞에까지 와 있었다.

「아, 저기 있다!」

우리는 오일을 뒤로하고 달리기 시작했다. 인간 여자들이 다정한 목소리로 오일을 부르는 소리를 들으며 익숙한 주택가를 향해 발길을 서둘렀다. 나도, 복면도, 단 한 번도 뒤돌아보지 않았다. 내가 돌아보면 이 녀석도 고개를 돌릴 테니까. 인간 품에 안겨 떠나는 오일을 보기라도 하면 틀림없이 참았던 눈물을 쏟을 것이다.

익숙한 풍경이 눈에 들어오고 나서야 우리는 걸음을 늦췄다.

"'NNN'도 이제 차츰 규모를 줄여야겠네요."

웃고 있었지만, 그 웃음 너머의 쓸쓸함은 숨길 수 없었다. 오일과 함께 'NNN'의 미래를 이야기했던 녀석이다. 남몰래 은밀히 움직인다는 것만으로도 가슴이 설렌다던 녀석이다. 가장 든든한 동지이자 친구가 떠났으니 당연하다.

"괜찮은 거냐?"

"괜찮아요. 동료의 행복을 빌어주는 게 진짜 수컷이니까요."

"고양이가 '동료'라니, 그런 소리 함부로 하는 거 아니다."

"죄송해요. 그래도 전…… 오일 형은 동료라고 생각해요.

잘린 귀 아저씨도 그렇고 마스터도……."

목이 메어 말을 잇지 못하는 복면에게 나는 어떤 말도 해주지 못했다. 말이라는 건, 때로는 참으로 무력하다.

기온이 오르고 햇살이 눈부셔 눈을 가늘게 떴다. 마지막으로 본 오일의 모습이 어쩐지 쓸쓸해 보였던 건 다 내 기분 탓이겠지. 오늘도 더운 하루가 될 것 같다.

파란 하늘을 가르기라도 하듯 하얀 비행운이 길게 떠 있었다.

오일이 떠난 지도 어느새 삼 주 정도가 지났다.

CIGAR BAR, '마타타비'는 오늘도 고요한 밤을 우리에게 내어주고 있었다. 슬슬 녀석이 없는 나날에 익숙해진 나는 오늘은 어떤 마타타비를 피울지 고민 중이었다. '코이냐'가 끌리기는 했지만 '네코니다드'도 포기하기에는 좀 아까웠다. 얼마 전에 맛본 비교적 신생 브랜드인 '낭 크리스토발 데 라 아바나'도 나쁘지 않았다.

"정말 집고양이가 되어버렸네요. 좋은 손님을 잃어 무척 아쉬워요."

"마스터는 그 자리에 없었잖아."

"아, 그게…… 귀한 마타타비가 들어올 것 같아서 말이죠. 설마 집고양이가 되는 쪽을 택할 줄은 꿈에도 몰랐어요. 작별 인사라도 하고 싶었는데."

제2장 회귀한 고양이

그때, 힘없는 카우벨 소리가 손님의 방문을 알렸다. 요 며칠 매번 같은 소리를 내며 들어오는 손님 하나. 고양이라기엔 너무나 인간을 잘 따르는, 고양이답지 않은 고양이— 복면이다.

"안냐세여……."

복면은 풀 죽은 얼굴로 스툴에 앉더니 앞발을 카운터 위에 올렸다. 멋진 외모와 달리 쓸쓸한 기운이 짙게 배어 있었다.

"마스터. 제가 오늘은 가진 게 별로 없어요."

"괜찮아요. 외상으로 달아 둘게요."

오늘은 저녁까지 비가 내려서 사냥할 시간이 많지 않았다. 나 역시 오늘 계산은 꽤 궁색한 수준이었다. 뭐, 가끔은 이런 날도 있는 법. 일이 잘 안 풀릴 때는 안 풀리는 대로 받아들이는 것도 중요하다. 억지로 발버둥 치면 칠수록 불운은 다리를 칭칭 감아 더 깊은 나락으로 끌고 들어가려고 한다.

"뭘로 할까나…… 하아……."

옆에서 연신 한숨을 쉬어대니 신경이 쓰여서 못 견디겠다. 이제 적당히 떨쳐내고 일어나야지. 입을 떼려던 순간, 또다시 카우벨 소리가 울렸다. 박스석이 비어 있는 걸 보고 누군지 감이 왔다. 슬슬 턱시도가 올 시간이었다.

하지만 내 귀로 날아와 꽂힌 건, 뜻밖의 이름이었다.

"오, 오일 형!"

복면이 외치는 소리에 나는 반사적으로 고개를 돌렸다. 혹시 너무 외로워서 헛것을 본 게 아닐까 싶었지만, 내 눈에도 분명히 놈의 모습이 보였다.

 황당하게도 프릴 달린 물방울무늬 턱받이를 하고 있었지만……

 "오일, 너 어째서 또……."

 오일이 카운터 자리로 다가오길래 나는 본능적으로 놈의 궁둥이를 훔쳐봤다. 땅콩이 제자리에 있는지 확인하기 위해서다. 다행히 멀쩡하다. 그것도 두 개 다.

 "왜, 중성화 수술이라도 당했을까 봐?"

 오일은 뚱한 얼굴로 기분 나쁘다는 듯 내뱉더니 익숙한 자리에 털썩 엉덩이를 내려놓았다.

 "다친 데는……."

 "아, 다 나았어."

 "이 근처에 사는 사람한테 입양된 거야? 외출냥이로?"

 "아니. 도망쳤어. 하, 집고양이 노릇은 도저히 못 해 먹겠더라고."

 "주인이 예뻐해 주지 않든?"

 "예뻐해? 그건 고문이야, 고문."

 오일 말에 따르면 구조된 지 얼마 안 돼서 바로 새 주인이 나타났다고 한다. 사료며 화장실은 물론이고 캣타워까지 완비된 집. 그런데 하루가 멀다고 찰칵찰칵 사진을 찍어대는 데다, 가끔 머리에 이상한 걸 씌우는가 하면 어떨 때는 이동장에 넣어서 어디로 데려가기도 했다고. 그곳에서 또 인간들에게 둘러싸여 사진을 찍혔다고 한다.

"뭐 취재라나 뭐라나. 내 땅콩까지 찍으려고 들더라니까. TV에도 나갔어. 젠장, 이 꼴 좀 보라고. 벗겨지지도 않아."

프릴 달린 턱받이는 목걸이에 달린 형태였다. 기를 쓰고 떼어보려 하지만 잘되지 않자 바로 포기했다. 이미 여러 번 시도해 본 모양이었다. 잔뜩 지친 오일의 험상궂은 낯빛과 가슴팍의 귀여운 장식이 주는 괴리감에 나도 모르게 웃음이 터졌다.

"흰옷 입은 인간들한테는 안 끌려갔냐?"

"끌려갔지."

"그, 그럼…… 궁둥이에 체온계를…… 윽!"

오일이 앞발로 복면의 이마를 꾹 누르자 복면은 그대로 얼어붙었다. '더 이상 말하지 마' 하는 눈빛으로 한참을 쏘아보던 오일이 천천히 앞발을 거뒀다.

"오늘은 내가 쏜다! 마스터, 이걸로 모두한테 마타타비 부탁해."

"오오—!"

"대, 대박!"

모두 눈이 휘둥그레졌다. 오일이 꺼내든 건, 고양이를 못 쓰게 만드는 그 페이스트 간식. 게다가 이번엔 뜯지도 않은 새것을 세 개나 가져왔다.

"너 대체 얼마나 호강하다 온 거냐?"

"밥은 정말 포기하기 아깝더라. 그런 호사는 두 번 다시 못 누려볼 거야."

자세히 보니, 기분 탓인지 몰라도 녀석의 배에 군살이 좀 붙은 듯도 했다. 근육도 빠졌을 게 분명하다. 겨우 3주에 불과했지만, 자존심 강한 길고양이의 기를 꺾기에는 충분한 시간이었다. 그럼에도 오일은 다시 돌아왔다. 한번 따뜻한 물에 몸을 담갔으면서도 다시 길 위의 삶을 택한 것이다. 저런 우스꽝스러운 프릴 달린 장식을 달고서도.

"넌 애초에 집고양이가 될 그릇이 아니었어."

어떤 묘생을 살지는 고양이 스스로가 정하는 것.

그날 밤, 우리는 최고급 마타타비로 오일의 화려한 복귀를 축하했다.

제3장

앙꼬 할매

앙꼬 할매가 죽었다.

이 동네 길고양이들에겐 청천벽력 같은 소식이었다. 비보가 날아든 건 사흘 전이었다. 설마, 그 앙꼬 할매가……. 다들 믿기지 않는다는 얼굴로 입을 모아 말했다.

네코마타가 되기 직전까지 갔던 할매는 박식하고 듬직한 존재로 우리 길고양이들의 존경을 한 몸에 받았다. 곤란할 때는 앙꼬 할매만큼 믿을 만한 고양이도 없다고 말하는 고양이가 태반이었고, 나 역시 자주 도움을 받았다. 작년에 주택가를 떠난 외눈이 일 때도 할매한테 큰 신세를 졌다.

두 번째 꼬리가 첫 번째 꼬리와 구분이 안 될 정도로 뚜렷해져 있었고, 이제 네코마타가 되는 것도 시간문제라고들 했었는데……. 할매의 죽음은 너무나 큰 충격이었다.

"잘린 귀 씨, 괜찮으세요?"

"아아 뭐, 일단은……. 그래도 이 나이쯤 되니 이별이 더 쓰라리군."

나는 '마타타비' 바의 카운터 자리에서 앙꼬 할매를 떠올리며 연기를 길게 내뿜었다.

오늘 피우는 건 '냥 루이스 레이'다. 5대 브랜드에는 들지 못하지만, 숨은 명품인 것만은 틀림없다.

입에 무는 순간, 나무 특유의 고소한 향이 입안 가득 퍼지면서 마치 나무 그늘에서 나른하게 조는 듯한 부드러움이 나를 황홀한 세계로 이끌었다. 계속 피우다 보면 어느새 깊은 숲속에 들어선 것처럼 풍성한 자연의 내음과 수백 년을 살아온 고목의 고요함이 혀끝에 전해진다.

그리고 끝자락에 이르러서는 은은한 감칠맛이 더해져 넘쳐흐르는 수액 같은 달콤함과 희미하게 느껴지는 쌉싸름함이 혀를 자극했다.

뭐라 말로 다 표현할 수 없는 그 맛에 나는 앙꼬 할매의 얼굴을 떠올렸다.

"진짜로 돌아가신 게 맞을까요……?"

가시나무[+]에서 도토리가 떨어지듯 복면이 쓸쓸한 말을 툭 내뱉었다. 흥분하면 벌게지던 놈의 코끝도 지금은 거의 희끄

[+] 참나뭇과의 상록 활엽 교목으로, '가시'는 굳고 단단하다는 뜻.

무례한 연분홍빛이었다. 녀석의 코끝이 저렇게 차분한 색을 띠는 건 처음 있는 일이다. 무슨 말을 꺼내야 할지 선뜻 떠오르지 않았다. 나도 아직 이 사실을 어떻게 받아들여야 할지 모를 만큼 머릿속이 정리가 되지 않았다.

복면 건너편에 앉은 오일은 한마디도 하지 않았다. 입을 꾹 다문 채 앉아 있는 걸 보니 놈도 할매의 죽음을 쉽게 받아들이지 못하는 듯했다. 여전히 떼지 못한 놈의 프릴 달린 턱받이가 바보스러우리만치 태평해 보여서, 더 허무하게 느껴졌다.

'뉴욕의 한숨'이라는 평을 듣는 재즈 가수[+]의 애절한 목소리에 안겨 마타타비로 상실감을 달랜다.

"마스터. 음악 좀 바꿔주게."

"좀 신나는 곡으로 할까요?"

"그게 좋겠어. 부탁하네."

내 말이 끝나자마자 출입문 위에 달린 카우벨이 소리를 냈다. 마스터가 문 쪽을 보고 눈이 휘둥그레지길래 무슨 일인가 싶어 나도 고개를 돌렸다. 순간, 눈에 들어온 모습을 보고 나는 숨이 턱 막혔다.

"……!"

[+]   미국의 재즈 가수 헬렌 메릴(Helen Merrill)을 가리킴.

"아재, 왜 그……"

오일도 뒤돌아본 순간, 그대로 굳어버렸다. 박스석에 앉아 있던 턱시도 역시 분위기가 이상하다는 걸 눈치채고 시선을 우리 쪽으로 향했다. 녀석으로서는 처음 보는 얼굴이라 별다른 반응이 없었지만, 평범한 손님은 아니라는 건 짐작한 듯했다. 턱시도는 가만히 상황을 주시했다.

"으악!"

복면이 알아보자마자 갈라질 듯 뒤집어진 목소리를 냈다.

문을 열고 들어선 손님은 모두의 시선을 한 몸에 받으며 가게 안을 스윽 훑었다. 커다란 동공은 끝없이 깊은 동굴 같았고, 그 눈길이 스치자 마치 붓으로 꼬리 끝을 간질이듯 장난스러운 바람이 지나간 기분이었다.

오늘따라 처음 온 손님이 많아서 박스석은 만석이었다. 빈 곳은 카운터 자리뿐이다.

"여기, 앉아도 될까?"

"네? 네!"

마스터의 목소리가 떨렸다.

"아, 아, 아, 아, 앙꼬 할머니!"

복면이 내지르는 기묘한 비명이 가게 안을 뒤흔들었다. 시야 한쪽으로 턱시도가 흐음, 하며 뭔가 짐작이 간다는 표정을 짓는 게 보였다. 우리가 왜 시무룩한 얼굴로 마타타비를 피우고 있었는지, 흘러나온 대화로 얼추 파악한 모양이다.

할매가 나와 복면 사이에 자리를 잡자, 복면은 의자에서 굴러떨어질 뻔하다가 간신히 오일 쪽으로 몸을 기댔다.

"귀, 귀, 귀신! 냐, 냐미타부을— 관세음냐앙—!"

앙꼬 할매는 주저앉을 뻔한 복면을 차갑게 흘겨보다가 어이없다는 듯 코웃음 치며 뒷다리를 살랑살랑 흔들었다.

"덩치 큰 수컷이 왜 그리 겁을 먹어. 자, 똑똑히 봐라. 내가 정말 귀신인지."

확실히 네 다리가 멀쩡히 있었다. 그리고 꼬리는 뿌리부터 두 갈래로 나뉘어 있었다. 그렇다는 건 죽은 게 아니라 네코마타가 됐다는 건가.

"앙꼬 할매. 우린 할매가 죽었다고 들었는데?"

"그래 맞아. 한 번은 확실히 죽었지."

"그, 그럼, 진짜로 귀신이라는 건가요?"

복면이 등 털을 잔뜩 세우고 말했다. 꼬리까지 부풀어 있었다.

"아니, 그건 아닐 거야. 난 귀신이 아니라고. 보다시피 다리도 있잖아. 너희 눈에도 이렇게 보이고, 말도 하잖아?"

"그럼, 네코마타가 됐다는 건가?"

"어쩌면 그럴지도 모르지. 분명한 건 인간은 날 볼 수도, 만질 수도 없다는 거야. 주인도 내가 죽은 줄 알고 있더구나. 화장장까지 끌려갔었지 뭐냐. 불붙기 직전에 눈을 떴는데, 뭐더라, 관이라던가? 그 안에 있더라고. 스윽 빠져나와서 밖으로 나왔더니…… 이 모양일세."

도대체 무슨 귀신 씻나락 까먹는 소린지. 나는 코끝을 찡그렸다. 이게 다 말이 되는 얘긴가.

"아무튼 호들갑 떨 거 없다. 일단 마타타비나 한 대 줘보게. 집에서 챙겨온 바삭바삭한 사료가 좀 있는데, 이걸로 계산해도 되겠나?"

앙꼬 할매의 말에 마스터는 긴장한 듯 등을 한껏 웅크렸다.

"그, 그럼요. 어떤 걸로 드릴까요?"

"내가 가루 마타타비밖에 몰라서 말이야. 평생 집고양이로만 살아서. 괜찮은 게 있을까?"

솔직하게 털어놓는 모습이 역시 할매다웠다. 괜히 허세 부리며 아는 척하는 녀석들이 얼마나 많은데. 나도 처음 왔을 땐 뭘 좀 아는 양 콧김부터 뿜어댔으니까. 모르는 걸 모른다고 말할 수 있는 놈은 의외로 많지 않다. 게다가 할매는 네코마타가 되느냐 마느냐로 온 동네 고양이들의 주목을 받을 만큼 연륜 있는 묘르신이었다. 애송이들 앞에서 모양 빠지는 꼴은 더더욱 보이고 싶지 않을 터였다.

앙꼬 할매를 존경하는 마음이 더욱 깊어지는 순간이었다.

"그럼, 그걸로 부탁하네."

할매가 고른 건 쿠바산 '코이냐'. 명실상부한 마타타비계의 제왕이다. 내가 가장 자주 피우는 것이기도 하다. 할매는 마타타비가 나오자마자 울퉁불퉁한 표면을 발바닥 젤리로 만져보고 코끝으로 부드럽게 냄새를 맡았다.

굳이 가르쳐주지 않아도 즐기는 법을 잘 아는 것 역시 앙꼬 할매스러웠다.

"흐음, 이렇게만 해도 향이 아주 훌륭하구먼. 마스터, 자네 솜씨가 대단해."

"감사합니다. 직접 커팅해서 피우시면 됩니다만, 혹시 불붙이는 법은 아시나요?"

"아니. 잘린 귀 꼬마야, 좀 도와주겠니?"

마스터가 부탁한다는 눈짓을 해왔다. 나는 몸을 앞으로 숙이며 할매에게 말했다.

"할매, 잘 봐. 먼저 이 전용 커터로 흡입구를 만드는 거야."

내가 앙꼬 할매한테 뭔가를 가르쳐줄 날이 올 줄이야……. 괜히 묘한 기분이 들었다. 그래도 차근차근 방법과 요령을 알려주었다. 커팅을 마친 후에는 골고루 불을 붙이면 된다. 그런데 여기서도 할매는 다른 고양이들한테서는 찾아볼 수 없는 침착함과 위엄을 보여주었다.

서두르지 않고 느긋하게, 좋은 향이 퍼져도 안달복달하지 않고 완전히 불이 붙을 때까지 기다렸다. 초보는 보통 감도는 마타타비 향에 끝까지 참지 못하고 덤벼드는데, 할매는 이미 몇 년쯤 다닌 단골처럼 시가 성냥의 불빛을 바라보면서 차분히 기다렸다.

마침내 마타타비가 잠에서 깨어나자, 할매는 눈을 감고

혀끝으로 천천히 연기를 굴린 후 보랏빛 연기를 뿜어냈다.
"음, 마스터. 실력이 정말 굉장하군."
"부끄럽습니다."
다들 할매 입에서 다음엔 어떤 말이 나올지 궁금해서 눈을 떼지 못했다. 쏟아지는 시선을 느꼈는지 앙꼬 할매는 여유롭게 웃더니 코끝을 날름 핥았다.
"그렇게들 빤히 쳐다보고 있으니 당해낼 수가 없네. 다들 궁금한 게 있는 거지? 마타타비 불도 잘 붙었겠다, 앉아서 천천히 얘기나 나눠보자꾸나."
"할매가 죽었다는 소리를 들은 게 사흘 전이었어. 그동안 뭘 하고 있었던 거야?"
나는 엉겁결에 제일 먼저 질문을 던졌다. 할매는 '역시 젊구먼' 하는 눈빛으로 나를 보며 웃었다.
"그게 말이다……."
앙꼬 할매 말로는 처음엔 자기도 무슨 일이 일어났는지 몰랐다고 한다. 분명 화장장을 나와서 주인과 함께 무사히 집에 돌아왔는데, 아무리 말을 걸고 무릎 위에 올라가도 주인이 알아채지 못하더라는 것. 할매는 만지는 감각도 있고 목소리도 다 들리는데, 모든 게 일방통행이었다. 집에 머무는 사흘 동안 아무리 발버둥 쳐도 달라지지 않는 현실을 온몸으로 느꼈다고 한다.
그리고 또 하나 깨달은 사실이 있었다.

"배가 안 고프다는 거?"

"바로 그거야! 이상하게 배가 하나도 안 고프더라고."

"그거 괜찮네. 겨울엔 딱이겠어."

"요, 요력도 쓸 수 있나요?"

복면이 이제는 익숙해졌는지 타고난 붙임성을 발휘했다. 눈을 반짝이며 코끝까지 벌게져서 물었다.

"아직은 안 돼."

"아, 그런가요. 보고 싶었는데……."

"너무 실망하지는 마라. 내가 아직 초짜 네코마타라 그런 거니까. 언젠간 쓸 수 있는 날이 오겠지. 그리고 요력은 없어도 지혜는 있단다. 거기, 목걸이 찬 친구. 오일이라고 했던가?"

오일은 자기가 왜 불린 건지 어리둥절해하더니, 복면 너머로 할매를 거만하게 쳐다보았다.

"그런데?"

"예쁜 목걸이를 하고 있구나. 마음에 드냐?"

"하, 농담하는 거지?"

"떼어줄까?"

오일은 잠시 믿기지 않는다는 얼굴을 하다가, 이내 마타타비를 재떨이에 두고 스툴에서 내려왔다. 그러고는 순순히 머리를 내밀었다.

"그럼 부탁할게, 할매."

"응? 뭐라고 했냐?"

"아, 앙꼬 누님. 부탁드립니다—."

할매는 '착한 녀석이구나' 하는 눈빛으로 살며시 웃고는 목걸이 뒤쪽으로 앞발을 뻗었다. 고양이가 스스로 핥을 수 없는 딱 그 위치였다.

"이 '훅'이라고 하는 고리를 풀면 되는 거야."

말이 끝나기 무섭게 탁, 하는 소리를 내며 오일의 프릴 달린 턱받이가 목걸이와 함께 바닥에 떨어졌다. 그걸 본 오일이 눈을 동그랗게 떴다. 갈라진 목덜미 털 사이로 목걸이 자국이 선명했다.

"휴, 살 것 같네. 이거 진짜 거슬렸거든."

오일은 다시 자리로 돌아가 마타타비를 한 모금 빨아들였다. 그러고는 스툴에 앉은 채 뒷발로 목걸이가 걸려 있던 곳을 벅벅 긁어대며 황홀한 표정을 지었다.

"오일 씨, 카운터 자리에서는 좀 참아주시겠어요?"

"오우, 미안."

카운터 위로 털이 흩날리고 있었다. 오일이 민망한 얼굴로 서둘러 다리를 내렸지만, 기분은 날아갈 듯 좋아 보였다.

"별짓 다 해도 안 떨어지던데, 할매 정말 대단해."

"그 정도는 아니야. 그보다 아직 적응도 안 된 애한테 이런 걸 채우다니, 그 인간도 참 제멋대로네. 저 녀석 발톱에 낀 때라도 달여 먹여야⁺ 정신을 차리려나."

"할매는 목걸이 안 찼어?"

"난 딱 잘라 거절했지. 갑갑한 건 질색이거든. 개중엔 방울 달린 것도 있어. 인간한테야 작은 소리겠지만, 우리 귀엔 엄청난 소음이지. 다른 데도 아니고 가슴팍에서 딸랑딸랑 울려대니까 말이야."

할매의 말 한마디 한마디에서 주인이 얼마나 할매를 정성껏 보살폈는지가 고스란히 느껴졌다.

그날따라 가게는 평소보다 한층 더 들뜬 분위기였다.

네코마타라는 미지의 존재에 대한 호기심이 넘쳐났고, 복면은 요력을 쓸 수 있다면 제일 먼저 뭘 해볼까, 상상하면서 혼자 신이 나서 설레발을 쳤다. 앙꼬 할매도 젊은 고양이들 사이에서 꽤 즐거운 모습이었다. 빅밴드의 경쾌한 사운드가 들뜬 분위기를 더욱 끌어올렸다.

하지만 주인에게 받았던 사랑을 이야기할 때만큼은 할매의 옆얼굴엔 즐거움만은 아닌 다른 감정의 빛이 떠오르곤 했다.

다음 날, 나는 앙꼬 할매의 집을 찾았다.

⁺ 손톱의 때를 달여 마시다(爪の垢を煎じて飲む)'라는 일본 속담에서 나온 말로 그 사람의 손톱의 때라도 달여 마셔서 본받고 싶다는 뜻.

오늘은 볕이 강하지도 않고 포근하니 딱 좋았다. 예전 같으면 이맘때쯤에는 항상 나무 데크 위에서 낮잠 자는 할매 모습을 볼 수 있었을 텐데.

익숙한 삼색냥이의 뒷모습이 눈에 들어온 순간, 뭐라 형용할 수 없는 기분에 휩싸였다. 할매는 담장 위에 앉아 있었다. 나는 앞발로 얼굴을 씻은 다음 앞발부터 귀 뒤, 얼굴까지 꼼꼼히 손질하고 할매 옆으로 뛰어올랐다.

"앙꼬 할매, 뭐해?"

"뭐야, 잘린 귀냐?"

할매는 나에게 눈길 한 번 주지 않고 앞을 보며 말했다. 그 시선을 따라가 보니, 할매가 늘 있던 그 자리에 한 여자가 앉아 있었다. 여자는 옆에 둔 방석 위에 조심스레 손을 얹어 더듬었다. 마치 잃어버린 무언가를 찾듯이. 그녀가 무슨 생각을 하고, 누구를 떠올리고 있는지, 말하지 않아도 알 것 같았다.

"저 사람이 할매 주인이야?"

"맞아. 원래는 출근해 있을 시간인데, 오늘은 쉬는 모양이야. 꼼짝도 안 하고 저기 앉아 있구나."

한가롭게 빛나는 태양과 대조적으로 여자의 얼굴은 슬픔으로 가득했다. 울었는지 두 눈이 퉁퉁 부어 있었다.

"너 혹시, '펫 로스 증후군'이라고 들어봤냐?"

"뭔데, 그건?"

"사랑하는 반려동물이 죽으면, 주인의 마음에도 병이 드는 걸 말하는 거다."

"저게 그런 상태라는 거야?"

"저렇게 슬픈 얼굴을 하고 있는 건 처음 보는구나. 나는 여기 이렇게 있는데, 어째서 인간의 눈엔 안 보이는 걸까."

앙꼬 할매도 펫 로스 증후군일지 모른다. 그렇게 말했더니 할매가 웃었다.

"바보 같긴. 펫 로스 증후군은 인간이 걸리는 거란다."

집 안쪽에서 희미하게 TV 소리가 들려왔다. 일상에서 나는 소음은 변함이 없었지만, 앙꼬 할매는 그 일상 밖으로 밀려나 있었다. 분명히 여기 있는데, 돌아갈 수 없다. 답답해하는 할매의 마음이 느껴졌다.

"왜 아무 말이 없냐?"

"아니…… 뭐, 그냥……. 아무것도 아니야."

"동정하는 거냐? 나한텐 여기가 마음 편히 지낸 유일한 집이었으니까?"

할매의 말이 한없이 나약하게 들리는 건 내 기분 탓이었을까.

"집으로 돌아가. 어차피 인간 눈에는 안 보인다며."

"그것도 방법이긴 하지. 그렇지만 저 아이가 저렇게 슬픈 얼굴로 있는 걸 계속 지켜보는 게 너무 괴롭구나."

집엔 부모와 딸, 세 식구가 살고 있었고, 그중 앙꼬 할매를 제일 아꼈던 건 외동딸 지카였다. 아깽이 시절의 할매는 지카네 집에 업둥이로 들어와 지카와 함께 자랐다. 그때 지카는 일곱 살이었다. 갓 태어난 앙꼬 할매를 살린 건 엄마였지만, 할매를 돌보는 건 줄곧 지카의 몫이었다.

"나는 눈도 못 뜬 채 마당에 있었다더라. 어쩌면 너처럼 오지랖 넓은 고양이가 중간에서 발을 썼던 걸지도 모르지."

"'NNN'에 얽힌 도시 전설은 인간들 사이에서도 꽤 오래전부터 돌았던 소문이니까. 적어도 나보다 먼저 활동한 선배 냥이들이 있었던 건 확실한 거네."

"업둥이로 들어온 날의 기억은 거의 없지만, 저 아이한테 수도 없이 들어서인지 마치 내가 본 것처럼 그때 광경이 눈에 선해. 철이 좀 들었을 땐 저 아이가 내 엄마나 마찬가지였어. 내가 금방 커버려서 나중엔 동생 같아졌지만 말이야. 지금은 뭐, 귀여운 손녀 같달까."

옛날이 그리운 듯 눈을 가늘게 뜬 할매의 시선 끝에 있는 건 분명 따뜻한 추억일 것이다. 이십 년을 넘게 함께 살아온 그 사람은 할매 스스로 마음을 허락한 인간이다. 자신이 여전히 여기 있다는 걸 전하고 싶지만, 그 마음은 닿지 못한 채 할매 영혼 속에 조용히 고여갔다.

"저렇게 우는 건 정말 오랜만에 보네. 다 큰 아가씨가 말이야……."

할매는 나를 상대로 그녀와의 추억을 풀어놓기 시작했다.

앙꼬 할매가 업둥이로 들어온 건 탯줄도 채 떨어지지 않은 생후 사흘쯤 됐을 때였다. 꽃을 막 피우기 시작한 목련나무 밑동에서 할매는 홀로 울고 있었다고 한다.

「얘, 지카! 아기 고양이야, 고양이! 이리 와서 봐!」

가장 먼저 발견한 건 엄마였다. 그때 지카는 아직 침대 안에 있었다. 아침잠이 많던 아이가 손바닥만 한 작은 생명체를 보는 순간, 벌떡 일어났다는 이야기는 지금도 가족들 사이에서 단골 화제였다.

「우와, 귀여워!」

「마당에서 데려왔어.」

「생쥐 같아. 진짜 고양이 맞아?」

「그럼, 고양이지. 아직 귀가 안 선 걸 보니까, 태어난 지 일주일도 안 됐을 거야. 안아볼래?」

너무나도 작은 존재에 지카는 두 손으로 조심스럽게 그릇 모양을 만들었다. 보들보들한 털 뭉치를 살포시 받아 들고는 부서질세라 볼에 살짝 대고 비볐다.

「따뜻해. 엄마, 이 고양이 키워도 돼?」

「물론이지. 계속 고양이 키우고 싶다고 했잖아. 대신 잘 돌봐줘야 해.」

「응! 이름도 내가 지을래.」

「그래. 뭘로 할 건데?」

「앙꼬!」

「어머, 고풍스러운 이름이네.」

그렇게 앙꼬 할매는 이름을 얻었다.

어린 지카는 엄마와 함께 어린 할매를 돌봤다. 우유를 먹이고, 스스로 배변을 못 하는 할매의 엉덩이를 휴지로 톡톡 두드려 오줌과 똥이 잘 나오도록 도왔다. 밤이 되면 머리맡에 바구니를 두고 그 안에 수건을 깔아 할매를 눕히고 함께 잠들었다.

틈날 때마다 쓰다듬어 주고 다정한 말을 건넸다. 이유식을 먹기 시작하면서부터는 고양이용 캔 음식에 우유를 섞는 게 지카가 할 일이었다.

「앙꼬는 내 동생이야.」

앙꼬 할매의 가장 오래된 기억은 지카와 함께 놀기 시작했을 무렵이다. 뛰고 구르고. 지카가 흔들어주는 쥐 장난감의 움직임은 꼬맹이였던 할매를 푹 빠지게 했다. 살랑살랑 궁둥이를 흔들어대는 장난감 쥐는 진짜로 착각할 정도였고, 덮치는 순간 슉, 점프해 앞발 사이를 쏙, 빠져나갔다.

그래도 늘 놓치기만 하는 건 아니었다. 타이밍만 잘 맞추면 제대로 잡을 수 있었다. 사냥놀이에서 성공한 경험은 자신감으로 이어졌고, 덕분에 앙꼬 할매는 사냥놀이를 무척 좋아하게 되었다. 할매는 지카가 학교에 가 있는 동안에는 늘 심심했다. 지카가 놀아주는 장난감만큼 재미있는 건 세상에 없었으니까.

봄, 여름, 가을, 겨울. 시간은 순식간에 흘렀다.

특히 고양이는 태어난 첫해의 성장 속도가 인간보다 훨씬 빨라서 사람 나이로 치면 열여덟 살 정도까지 자라므로, 업둥이가 된 다음 해 봄엔 지카보다 언니가 된 느낌이었다. 지카도 점점 자라서 친구들과 노는 시간이 많아졌지만, 그렇다고 해서 둘 사이의 유대가 느슨해진 적은 한 번도 없었다. 해가 지면 반드시 집에 돌아와 함께 놀고 함께 잠들었다.

지카 다리 사이의 오목한 자리가 앙꼬 할매의 침대였다.

어느새 지카는 초등학교 5학년이 되어 수련회 시즌을 맞이했다. 지카로서는 처음으로 집 밖에서 자는 날이었고, 그건 앙꼬 할매한테도 처음 겪는 일이었다.

「앙꼬, 지카는 말이지, 수련회 갔어.」

그날 저녁, 밥 먹을 시간이 되어도 지카는 보이지 않았고, 항상 저녁을 챙겨주던 지카 대신 엄마가 밥이 든 그릇을 들고 왔다. 그제야 오늘은 지카가 돌아오지 않는다는 걸 깨달았다.

밤이 깊어져 침대에 올라갔지만 지카의 오목한 침대 자리는 없고 바닥은 평평하기만 했다. 그래도 이불에는 희미하게 지카의 냄새가 남아 있어서 늘 눕던 자리에 동그랗게 몸을 말고 잠을 청했다.

다음 날, 집에 돌아온 지카는 엄마에게 그 이야기를 듣고 감동한 나머지 눈물을 글썽이며 할매를 꼬옥 안아주었다고 한다.

「앙꼬, 앞으로는 절대 혼자 두고 어디 안 갈게!」

「무슨 소릴 하는 거니. 수학여행도 있을 텐데?」

「그럼 데려갈 거야!」

「고양이를 데려가는 사람이 어디 있어? 그러면 안 돼. 그리고 괜찮아. 앙꼬는 집에서 잘 기다릴 수 있지—?」

쓰다듬어 주니 대답은 했지만, 할매는 사실 지카가 계속 집에 있어주길 바랐다. 그만큼 지카가 좋았다. 엄마에게 고양이는 시끄러운 걸 싫어하고 기분에 따라 행동하는 동물이라고 배운 지카의 배려 덕분이기도 했다.

지카가 중학교에 입학해 동아리에 들어간 뒤에도 둘의 유대는 점점 더 깊어졌다. 입시를 앞두고는 밤늦게까지 책상 앞에 앉아 있는 지카를 곁에서 묵묵히 지켜보곤 했다. 책장 위에서 꾸벅꾸벅 졸면서도 지카가 빨리 침대로 오길 기다리는 그 시간이 참 좋았다.

가끔 뻗어오는 손이 몸을 살살 어루만져 줄 때면 항상 골골송을 불렀다.

앙꼬 할매는 나무 데크에 멍하니 앉아 있는 지카를 말없이 바라보았다.

"대학이라는 데에 가서도, 회사라는 데를 다니게 되어서도, 한결같이 나를 소중히 대해줬어. 남자 친구를 데려왔을 땐 조금 긴장했지. 어떻게 되려나 싶었는데, 다행히 고양이를 좋아하는 녀석이더라고. 고양이 낚싯대 다루는 건 영 서툴렀지만 말이야. 그래도 나쁜 녀석은 아니더구나. 지금도 가끔 그 녀석 냄새를 묻히고 돌아와."

기온이 오르기 시작했다. 태양은 어느새 하늘 높이 솟아오르고, 넘실대는 빛 속으로 다정한 추억들이 스며들었다. 그 풍경을 바라보는 앙꼬 할매의 마음은 어디로 흘러가는 걸까.

단 한 번도 집고양이가 되어본 적 없는 나로서는 짐작조차 할 수 없었다.

"매일이었어. 날마다 '사랑해'라고 말해주었단다."

바람이 뚝 그쳤다. 흔들리던 잡초도, 계수나무도, 할매의 이야기에 귀를 기울였다. 버려진 양동이에 고인 물 위로 장구벌레만이 바쁘게 몸을 움직였다.

"발바닥 마사지도 정말 기분 좋았지. 알기나 하냐? 발바닥 마사지."

나는 잠자코 듣고만 있었고, 앙꼬 할매의 입에서는 지카를 향한 마음이 끝도 없이 흘러나왔다.

"이쯤에 뭐라더라, 혈 자리인가 하는 게 있어서 자극해 주면 건강해진다는구나."

나는 내 앞발의 발바닥을 들여다보았다. 손질할 때 보면 늘 뭐가 묻어 있곤 했다. 앞니로 긁어내며 털을 고르기는 해도 그게 정말 건강에 도움이 되는지는 모르겠다.

"그리고 역시 최고는 등 마사지야. 견갑골 주위를 손끝으로 슬슬 문질러서 근육을 풀어주는 건데, 정말 끝내주지."

쓰다듬어 주는 인간은 있었지만, 마사지라니. 그런 걸 받아본 적 없는 나로서는 감조차 오지 않았다. 따뜻한 양지에서 볕을 쬐는 것이나 그루밍을 하는 것과는 다르단다. 인간만이 해줄 수 있는 고양이를 위한 봉사. 그게 정말 그렇게 기분 좋은 걸까.

"언제부턴가 '사랑해'라는 말이 '오래 살아줘'로 바뀌더구나. 매일 나를 쓰다듬으면서 '계속 내 곁에 있어 줘', '늘 건강해야 해'라고 하지 뭐냐."

매일같이 들었던 그 말들이 얼마나 소중했을까.

애정 표현이었던 말들이, 어느새 간절한 바람이 되어 있었다.

"그래서 그 아이가 죽을 때까지 곁에 있고 싶었어."

"두 번째 꼬리는 할매의 간절한 소원 때문에 생겨난 건지도 모르겠네."

"네코마타의 징조가 보이기 시작했을 땐 정말 기뻤지. 이제 저 아이 곁에 영원히 있을 수 있겠구나, 하고. 그런데 그만 방심하고 몸을 망가뜨리는 바람에……."

그토록 간절히 바랐지만 앙꼬 할매는 헛되이 죽고 말았다. 죽었다가 되살아난 것인지, 사실은 죽은 게 아니라 네코마타가 되어 인간의 눈에 보이지 않게 된 것인지 알 수 없지만, 적어도 지카에게 앙꼬 할매의 죽음은 현실이었다. 두 번째 꼬리가 생겨날 만큼 강했던 마음도 결국 한 사람과 고양이 한 마리의 이별은 막지 못했다. 현실이라는 건 참 무정하다.

"어쩌다가…… 이렇게 되어버린 걸까."

이를 악물듯 쥐어 짜낸 목소리에서 아쉬움이 배어 나왔다. 가지런히 모은 앞발에 힘이 잔뜩 들어가는 게 보였다.

"……좋아. 그렇게 하자."

낮고도 작게 중얼거리는 할매의 목소리에 온몸이 부르르 떨리고 털이 확 곤두섰다.

"결심했어! 저 아이에게 아깽이를 찾아주는 거야!"

그 기세에 눌려 숨이 막힐 뻔했다. 아쉬움은 순식간에 넘치는 에너지로 바뀌어 있었다. 앙꼬 할매의 마음을 움직이게 하는 건 지카를 향한 깊은 애정이었다.

"잘린 귀, 'NNN'이 나설 차례다. 너, 아직 활동 중이지? 나는 이번 한 번만 참여해서 지카한테 새끼 고양이를 찾아줄 거야. 나와 똑같은 삼색냥이 새끼를 찾아서 지카에게 데려다 주자. 그러면 틀림없이 다시 웃게 될 거야."

"삼색냥이 새끼를 찾겠다니……."

"뭐, 불만이라도 있는 거냐?"

"아니, 그게 아니라……."

나는 말끝을 흐렸다. 괜히 있다고 했다가는 그 눈빛에 맞아 죽을 판이었다.

공터에 모인 건 나와 마스터, 오일, 복면, 그리고 정보통이었다. 정보통은 오랜만에 가게에 얼굴을 내밀었다가 붙잡히는 바람에 마지못해 끌려온 모양새였다. 턱시도 녀석한테는 마스터가 연락을 넣었다고 했는데, 코빼기도 보이지 않았다. 매정한 놈.

앙꼬 할매는 높은 블록 담장 위에 올라서서 그 아래 일렬로 나란히 앉아 있는 우리를 빙 둘러보았다. 이건 무슨 야밤 집회도 아니고, 고양이들이 이런 곳에 떼로 모여 있으면 인간들한테 무슨 소릴 들을지도 몰랐다. 그래도 이번만큼은 순순히 따르는 게 상책이다.

"귀 쫑긋 세우고 잘들 들어라. 이제야말로 나를 위해 움직여 줄 때가 왔다!"

앙꼬 할매의 연설이 시작되자, 끌려온 정보통이 내 귀에 대고 소곤거렸다.

"삼색냥이 새끼를 찾으라니요……. 그건 좀 무리한 요구지 말입니다."

그럴 만도 했다. 줄무늬가 들어간 삼색냥이는 흔해도 앙꼬 할매처럼 세 가지 색이 선명하게 나뉜 삼색냥이는 좀처럼 보기 힘들기 때문이다. 게다가 조건도 까다로워서 부모를 잃었거나 버려져서 갈 곳 없는 새끼여야 했다. 부모가 있는 아깽이를 억지로 데려오는 건 고양이 유괴다. 나는 그런 비열한 범죄로 내 발을 더럽힐 생각이 없다.

길고양이에게도 넘지 말아야 할 선이라는 게 있는 법이다.

"어이, 거기! 뭐 불만이라도 있는 거냐?"

"아니지 말입니다……."

정보통은 잔뜩 풀이 죽어 입을 다물었다.

"너희들, 내 생전에 크든 작든 신세 진 적 있지?"

"생전이라니……. 그럼, 진짜 죽었다는 거예요?"

"그건 그냥 내 입버릇이야. 수컷이 돼서 쩨쩨하게 말꼬리 잡는 거 아니다."

할매의 호통에 기가 죽은 복면은 뒤로 바짝 누운 마징가 귀가 되었다. 그와는 반대로 오일이 귀를 쫑긋 세우고 말했다.

"좋아, 목걸이 떼준 빚은 갚아야지."

드물게 협조적인 태도였다. 하긴, 이 녀석 성격에 빚지고는 못 배길 테지. 폼에 살고 폼에 죽는 놈이니까.

"저 아이를 위해서 나와 똑같은 무늬를 가진 새끼 고양이를 찾아라! 자, 가라!"

우리는 일제히 흩어졌다. 한참을 가다 발을 멈추고 혹시 할매가 보이나 하고 뒤를 돌아보았다. 이거야 원……. 긴 한숨이 나왔다. 나는 햇살 좋은 자리를 찾아 천천히 걸음을 옮겼다.

모처럼 날씨가 좋았다. 햇볕에 털 좀 말린다고 해서 늦을 건 없다. 나는 그 자리에 털썩 앉아 다리 사이 털부터 그루밍을 시작했다.

불과 얼마 전까지만 해도 아깽이 대란이라서 알선할 집이 모자라 죽을 맛이었는데, 이번에는 되레 백방으로 새끼 고양이를 구하러 다닐 판이니. 이런 아이러니가 또 있을까.

"어이!"

그때, 누군가가 부르는 소리에 고개를 들었다. 턱시도가 넉살 좋은 얼굴로 나를 쳐다보고 있었다. 어쩐지 비웃는 것처럼 보이는 건 왜일까.

"골치 아픈 일에 말려들었다며?"

"너도 좀 도와."

"난 할매 생떼에 휘둘릴 생각 없어. 한번 잘해봐라."

놈은 그 말만 던지고 유유히 사라졌다. 굳이 여기까지 와서 말 걸었다는 건, 날 놀려먹으려고 온 게 확실해.

"빌어먹을 놈……"

나는 몸을 일으켜 천천히 걸음을 옮겼다. 우선은 정보를 모아야 한다.

낮잠 자는 고양이를 깨워 말을 걸었다. 꽝이다. 다음 놈을 찾았다. 또 꽝. 그 과정을 몇 번 반복하는 동안 내가 얼마나 얼토당토않은 짓을 하고 있는지 자각하게 되었다. 그래도 꿋꿋하게 계속하다 보면 운 좋게 괜찮은 정보가 얻어걸리기도 한다.

"새끼 중에 삼색이가 있는지는 모르겠는데, 이 근처에 젖이 불어서 다니는 어미 고양이가 있어요."

"새끼를 키우고 있다는 말이지?"

"그런 것 같아요. 눈에 자주 띄는 걸 보면 은신처도 가까이 있을 거예요."

"알려줘서 고맙다."

정보를 준 젖소냥이한테 인사를 하고 길고양이들이 은신처로 삼을 만한 곳을 찾아다녔다. 인간한테 쉽게 새끼를 맡기리라고는 생각 안 하지만, 말해볼 가치는 있다.

낡은 집의 창고 문이 조금 열려 있는 게 보여서 가만히 안을 들여다봤다. 어렴풋이 새끼 울음소리가 들렸다. 어미의 모습은 안 보였지만, 새끼 다섯 마리가 한데 엉겨 있었다. 모두 푹 잠들어 있는 걸 보니 젖을 배불리 먹은 모양이다. 새끼들은 다 튼튼해 보였지만, 아쉽게도 삼색냥이는 없다.

"그럼 그렇지. 일이 그렇게 쉽게 풀릴 리가 있나."

괜히 혹시나 하고 기대했던 내 어리석음을 비웃었다. 발길을 돌리려는 순간, 등 뒤에서 엄청난 살기가 느껴졌다.

"거기! 우리 애들한테 지금 뭐 하는 거야!"

"으악! 오, 오해야! 나, 난 아무 짓도……."

"뭐가 오해라는 거야! 멋대로 남의 잠자리나 훔쳐본 주제에!"

"그러니까, 정말 오해라고……. 아악, 아프다!"

날카로운 발톱이 내 콧등을 스치더니, 곧이어 하악질과 함께 냥냥펀치가 번개처럼 날아들었다. 나는 눈을 꼭 감고 폭풍이 지나가기를 기다렸다. 그리고 틈을 노려 잽싸게 암컷 옆으로 빠져나가 출구 쪽으로 내달렸다.

"……허억!"

궁둥이에 쏟아지는 날카로운 통증에 눈이 번쩍 떠졌다. 이 여편네가 발칙하게도 뒤에서 나를 공격한 것이다.

"또 얼씬대기만 해, 가만 안 둬!"

나는 뒤통수로 날아드는 욕지거리를 들으며 간신히 창고에서 도망쳐 나왔다. 그냥 좀 들여다봤을 뿐이거늘, 새끼를 둔 암컷은 신경이 곤두서 있어서 곤란하다. 조금은 너그러워도 될 텐데 말이지.

"휴—, 살벌해서 원."

발톱으로 할퀸 자리가 따끔거렸다. 궁둥이도 제대로 물어뜯겼다. 상대가 수컷이라면 얼마든지 상대해 주겠지만, 암컷에게는 앞발을 들지 않는다는 게 내 신조다. 신사 노릇도 쉬운 게 아니다.

그 후로도 나는 다리가 뻣뻣해질 때까지 백방으로 뛰어다녔다. 탐문도 하고 고양이가 숨어 지낼 만한 곳은 샅샅이 다 뒤져봤지만, 부모 잃은 삼색냥이 아깽이는 어디에도 없었다.

도중에 오일 녀석과 마주치게 되어 서로 갖고 있는 정보를 교환했다.

"아재, 뭐 좀 건졌어?"

"다 꽝이다. 조건이 너무 까다로워. 성묘라면 또 모를까.

년?"

"나라고 별 수 있어? 하다못해 유기묘 소식도 없는데 뭘."

"그럴 거다. 그렇게 딱 들어맞게 삼색냥이 새끼가 나타날 리가 있냐."

빚을 갚겠다던 오일의 불타는 의지는 푹푹 찌는 더위에 모조리 증발해 버린 듯했다.

우린 그늘을 찾아 잠시 쉬기로 했다. 원래 고양이는 해가 중천에 떠 있는 낮에는 낮잠을 자는 게 기본이다. 고양이를 가리키는 일본어 '네코'도 '자는 아이'라는 뜻의 '네루코寢る子'가 '네코寢子'로, 그리고 다시 지금의 '네코猫'로 불리게 된 것이라고 한다. 낮잠을 안 자는 고양이는 고양이도 아니다.

"이야, 날씨 죽인다."

"그러게. 일 년 내내 이러면 살맛 날 텐데."

점점 눈꺼풀이 무거워졌다. 우리는 나란히 앉아 꾸벅꾸벅 고갯방아를 찧었다. 기분 좋다. 가끔 불어오는 산들바람이 우리를 더 깊은 꿈속으로 이끌었다.

"이놈들아! 지금 뭐 하는 거냐!"

갑자기 앙꼬 할매 목소리가 날아들어 우리는 캭! 하고 소리치며 화들짝 튀어 올랐다. 그리고 꽁무니가 빠지도록 달려서 공터 담장 위로 뛰어올라 뒤를 돌아봤다.

"아놔! 있지도 않은 애, 떨어지는 줄 알았네! 그냥 잠깐 쉰 것뿐이잖아?"

"오일 말이 맞아. 심장 멎는 줄 알았다고."

고양이는 원래 큰 소리에 약하다. 그런데 머리 위에서 불쑥 고함을 지르다니, 이건 고문에 가깝다. 등 털이 쭈뼛 서는 게 느껴졌다. 오일은 꼬리가 빗자루처럼 부풀어 있었다.

앙꼬 할매가 담장 위로 올라오는 동안 우리는 놀란 가슴을 달래느라 그루밍에 돌입했다. 아직도 가슴이 두근두근했다.

"게으름 피울 생각은 접어둬."

"잠깐 쉬면 좀 어때서. 진짜, 고양이 막 부려 먹는 할매네. 아얏, 아프다니까!"

할매가 휘두른 냥냥펀치가 오일의 뒤통수를 강타했다.

"네 목에서 그 귀여운 프릴 턱받이랑 목걸이 떼준 게 누구였더라?"

"아, 알았어. 알았다고!"

오일은 서둘러 대답하고는 담장을 내려가 후다닥 사라졌다. 나는 다시 그루밍을 시작했지만, 느껴지는 따가운 시선에 더는 계속할 수가 없었다.

"그렇게 보지 마. 가면 되잖아, 간다고!"

"알아들었으면 됐다."

그 뒤로 나는 하루 종일 새끼 고양이를 찾아다니다 낮잠을 자고, 일어나면 또다시 새끼 고양이 찾는 일을 반복했다. 그러나 결국 허탕을 치고 평소보다 조금 이르게 '마타타비'로 향했다. 낮잠 잘 시간까지 반납한 터라 졸음이 밀려왔다.

크게 하품을 하며 가게 문을 열었다.

"어서 오…… 아, 잘린 귀 씨. 고생하셨어요."

"마스터……. 오늘은 외상 좀 해도 될까?"

"그럼요, 말씀만 하세요."

이미 예상했다는 듯 마스터는 흔쾌히 수락했다. 이런 고마울 데가.

종일 새끼 고양이를 찾느라 녹초가 된 나는 카운터 자리에 거의 눌어붙듯 앉았다. 배도 고팠다. 어디 내놔도 뒤지지 않을 멋지게 굽은 내 등이, 오늘은 남한테 보여주기 민망할 지경이었다. 마스터도 카운터 안쪽에서 지친 얼굴로 서 있었다.

"삼색이 아깽이만 콕 집어서 찾아내기는 어렵죠, 아무래도."

"내 말이 그 말이야. 할매도 참 너무 무리한 요구를 한다니까. 이거야 원……."

잔뜩 투덜대는 말을 내뱉기가 무섭게 가게 문이 벌컥 열리며 앙꼬 할매가 들어섰다. 그 뒤로 오일과 복면, 정보통이 줄줄이 따라 들어왔다. 할매와 정보통은 박스석에 자리를 잡았다.

"뭐냐, 잘린 귀. 벌써 포기한 거야?"

"말처럼 쉽게 찾을 수 있는 게 아니야. 그리고 네코마타인 할매랑 다르게 우린 체력에도 한계가 있어. 좀 보라고! 이놈들도 죄다 파김치가 됐잖아."

오일과 복면은 맥이 빠진 얼굴로 카운터 자리에 잔뜩 웅크려 있었다.

"마스터…… 죄송한데요, 우리도 오늘 계산은……."
"압니다. 오늘은 다들 고생하셨으니, 그럴 생각이었어요."
"어라, 오일 너도 외상이냐?"
"참나, 젊은것들이 이렇게 물러터져서야. 정신 차려! 마타타비값으로 사료도 괜찮다면 내가 한꺼번에 내주마."

앙꼬 할매가 자리에서 벌떡 일어나더니 고소한 냄새가 폴폴 나는 고양이 사료를 카운터 위에 올려놓았다. 마스터가 앞발을 뻗으려다 말고 어라? 하고 코를 킁킁댔다.

"자네, 이 맛을 알아보는 거야? 바삭바삭 사료 중에서도 최고급이라네. 너희들, '겉바속촉'이라고 들어봤냐? 이건 겉은 바삭하게 씹히고, 속은 촉촉하게 녹으면서 치킨 향이 확 퍼지는 고급 사료라는 거다."

꿀꺽.

우리는 동시에 침을 삼켰다. 배고픈 건 나만이 아니었던 모양이다. 침을 줄줄 흘리며 바삭바삭한 그것을 바라보는 우리를 향해 마스터가 센스 있게 말했다.

"역시 오늘은 외상으로 할까요? 이건 다 같이 나눠 드시죠."
"정, 정말 그래도 될까요?"

마스터가 조용히 고개를 끄덕이자, 복면이 쭈뼛거리며 조심스레 앙꼬 할매를 쳐다보았다.

"마스터가 괜찮다는데 내가 뭐라 하겠냐. 복면, 꼼수 부리지 말고 똑같이 나눠. 마스터 몫도 꼭 챙기고."

"당연하죠!"

복면은 신중하게 사료를 다섯 군데로 나눴다. 한 알, 한 알. 그렇게 두 바퀴, 세 바퀴 돌며 균등하게 배분했다. 완벽하게 같지는 않았지만, 그런 건 따지지 않기로 했다.

"그럼, 염치없지만 잘 먹을게. 그나저나 할매는 어디서 이런 걸 구한 거야?"

"지카가 아직도 내 밥을 챙겨 두거든. 늘 먹던 자리에 말이지. 거기서 슬쩍 가져온 거다."

"그럼, 할매가 살아있다는 걸 눈치채지 않을까?"

"길고양이가 먹고 가는 줄 알더라. 그래도 밥그릇이 비어 있는 걸 보면 기분이 좋대. 앙꼬가 아직 살아 있는 것 같다고 하면서. 내가 바로 옆에 있는데도 말이야. 우스운 얘기지."

그 말을 듣고 알 수 있었다. 지카는 아직도 할매의 죽음을 받아들이지 못하고 있다는 것을. 그리고…… 앙꼬 할매 역시.

얻어먹은 겉바속촉 사료는 예상보다 훨씬 맛이 좋았다.

박스석은 단골손님들로 만석이었다.

오늘은 마스터가 일찍 문을 닫은 덕에 가게에 남은 건 나와 오일, 복면, 앙꼬 할매, 그리고 정보통뿐이었다. 나와 앙꼬 할매는 나란히 카운터 자리에 앉아 박스석 쪽을 바라보았다.

젊은 녀석들은 지쳐서 곯아떨어진 지 오래였다. 정보통은 흰자위를 드러낸 채 입을 헤 벌린 데다 혀까지 내밀고 있었고, 오일은 푸우, 푸우 코를 골며 자고 있었다. 복면도 오일의 배를 베개 삼아 입을 벌린 채 잠들어 있었다. 마스터가 박스석의 재떨이를 정리하기 시작했다.

"마스터, 문 닫을 생각이면 이놈들 슬슬 깨울까?"

"괜찮아요. 조금 더 쉬게 두세요. 저도 안쪽에서 잠깐 눈 좀 붙일게요. 뭐 하나 피우실래요?"

"잘린 귀. 나랑 한 대 피우자꾸나. 내가 내마."

오늘 두 번째 마타타비 권유에 나는 군말 없이 고개를 끄덕였다. 숙녀의 제안을 뿌리칠 순 없지.

"가벼운 걸로 괜찮은 게 있을까?"

할매의 요청에 마스터가 권한 건 '냐 도르세'였다. 프랑스 시장을 겨냥해 만든 마타타비였다. 나도 같은 걸로 주문했다.

얼마 전까지만 해도 가루 마타타비밖에 모르던 할매가 지금은 완전히 달라져 있었다. 캣츠아이 컷으로 흡입구를 만들고, 시가 전용 성냥으로 천천히 불을 붙였다. 입에 물자, 봄을 알리며 한꺼번에 피어나는 꽃들처럼 화사한 향이 퍼졌다.

적막한 가게 안에서 피우기에는 조금 멋을 부린 느낌이 들었지만, 나쁘지 않았다.

"정말, 젊은 놈들이 어찌 저리 야물지 못한지……"

앙꼬 할매는 박스석의 풍경을 안주 삼아 마타타비 연기를 피워올렸다. 겹겹이 쌓인 시체처럼 널브러진 꼴이라니. 그중에서도 특히 정보통의 자는 얼굴은 그 꼴이 심하다 못해 가게 분위기를 한 방에 박살낼 만큼 처참했다.

"할매답지 않게 좀 의외야."

"뭐가 말이냐?"

"젊은 애들 데려다 마구잡이로 부려 먹는 거 말이야. 그런 건 할매 스타일이 아니잖아."

내 말에 할매는 훗, 하고 살짝 웃었다. 그러고는 말없이 바닥을 내려다보았다.

살짝 젖은 눈동자는 막 길어 올린 우물물처럼 맑았지만, 그 안에 비친 건 맑은 하늘이 아니라 어슴푸레한 불빛과 쓸쓸함을 머금은 어둠이었다. 그 어둠은 말없이, 그러나 곁을 내어주듯 번져나갔다.

"그건 미안하게 생각해. 내가 억지 부리는 거니까."

"그래서 밥까지 챙겨온 거야?"

"그렇다고 해야겠지. 놔둔 사료가 줄어들면 지카가 나를 더 못 잊을 거라는 것도 충분히 알고 있어. 그런데도 말이다……."

"도대체 그렇게까지 하는 이유가 뭐야?"

물어도 될지 잠시 망설였지만, 도저히 궁금해서 참을 수가 없었다. 무리라는 걸 알면서도 억지를 부리는 데엔 반드시 이유가 있을 터였다.

"나 말이야, 입원해 있던 병원에서 죽었어. 그게…… 저 아이를 벼랑 끝으로 몰아가고 있더구나."

씁쓸한 마음을 보랏빛 연기 속에 감춘 채 할매는 속마음을 털어놓았다.

늙은 고양이의 가장 흔한 사인은 신부전이다. 본디 고양이는 인간보다 신장 기능이 약하다.
앙꼬 할매가 급성 신부전에 걸린 원인은 끝내 밝혀지지 않았다. 흰 가운을 입은 인간들이 있는 곳으로 데려갔을 때는 이미 상태가 심각했다. 그래도 최선을 다해 치료한 덕분에 한 차례 기력을 되찾아서 지카가 쓰다듬으면 고개를 들 수 있을 정도로 회복했다.
「선생님, 앙꼬는 괜찮은가요?」
「일단 안정을 찾았습니다. 링거도 놨고요. 이제부터는 앙꼬 체력에 달렸어요. 하지만 나이가 많아서 안심하기는 어렵습니다.」
「앙꼬, 미안해. 내가 좀 더 신경을 써야 했는데……」
「고양이는 아픈 걸 잘 숨기는 동물이라, 보호자도 상태가 나빠질 때까지 알아차리지 못하는 경우가 많아요. 당분간은 입원시키는 게 좋을 것 같기는 한데, 앙꼬가 병원을 워낙 싫어하니……」
병원에 데려오는 것만으로도 스트레스를 받는 고양이가 있다. 앙꼬 할매도 그런 경우였다. 진료대에 올리기만 해도 잔뜩 긴장해서 털이 한 움큼씩 빠질 정도였으니까.

「앙꼬, 어떻게 할래? 집에 가고 싶어?」

이대로 입원시킬지, 아니면 데리고 돌아갈지 결정해야 했다.

지카가 망설이고 있다는 걸 앙꼬 할매도 느낄 수 있었다. 입원시키는 게 가장 안전하다는 사실은 알고 있다. 수의사는 병이나 상처에 관해서는 제일가는 전문가다. 병원에서는 무슨 일이 생기면 곧바로 대처할 수 있고, 케이지에는 호흡을 편하게 해주는 산소 장치도 달려 있다. 실내 온도도 늘 적절히 유지되어 쾌적했다.

그런데도 쉽게 결정을 내리지 못하는 건, 앙꼬가 자신이 버려졌다고 생각할까 봐, 그게 싫어서였다. 낯선 곳에 갇혀 있기보다 주인 곁에 있기를 바랄지 모른다는 생각도 들었다. 그리고 정말 그런 거라면 입원시키는 건 주인의 욕심일 뿐이었다.

사람은 선택의 갈림길에 설 때면 수도 없이 망설이게 되는 모양이다.

「오늘은 다른 환자가 없으니 조금 더 고민하고 결정하셔도 됩니다.」

「네, 감사합니다.」

수의사가 자리를 비우고 나서도 지카는 한참을 고민했다. 입원을 시킬까, 아니면 익숙한 집으로 데려가 마지막까지 곁을 지켜줄까.

「아직은 같이 있고 싶어. 앙꼬도 포기한 거 아니지?」

"걱정하지 마. 나도 다 알아. 날 여기에 버리려는 게 아니라는 거……. 날 살리려고 그런다는 거, 다 알고 있단다."

목소리를 내는 것조차 괴로웠지만, 할매는 있는 힘을 다해 대답했다. 물론 인간은 고양이 말을 알아듣지 못한다. 그저 할매가 '날 두고 가지 마'라고 애원하는 것처럼 들렸을 뿐이다.

「나랑 집에 가고 싶은 거야?」

"가고 싶지, 당연히. 그래도…… 잠깐이라면, 참을 수 있어."

「내 냄새 배어 있는 담요를 두고 갈까? 그러면 좀 편하겠지?」

"그거 괜찮겠네. 지카 냄새가 듬뿍 밴 담요라면 견딜 수 있을 거야."

「그래, 그래야겠다. 아무래도 병원에 있는 게 낫겠어. 여기선 숨쉬기도 편하고, 온도 관리도 해주니까, 아무래도 여기 있는 게…….」

지카는 그렇게 몇 번이고 스스로를 타일렀다. 살리려고 애쓰는 앙꼬를 자기 마음대로 데려갈 수는 없다는 게 지카가 내린 최종 결론이었다.

「앙꼬. 야근 안 하고 곧바로 퇴근해서 보러올게.」

"그래, 나도 포기하지 않을게. 더 오래, 네 곁에 있고 싶으니까 여기서 버텨볼게. 조금 더 좋아지면 데리러 올 거지?"

「얼른 나아야 해.」

지카는 언제나처럼 손가락으로 할매의 얼굴을 쓰다듬고 이마에 입을 맞춘 뒤 다시 두 손으로 얼굴을 감쌌다. 그리고는 그대로 이마며 코끝, 위스커 패드+까지 천천히 어루만졌다. 할매가 그걸 얼마나 좋아하는지 지카는 너무도 잘 알았다.

그럴 때면 할매는 두 손에 머리를 맡긴 채 지카의 냄새를 맡았고, 지카가 얼굴을 쓰다듬어 주면 어김없이 골골송을 불렀다.

말이 통하지 않아도 서로의 마음을 전하는 방법이었다.

결심을 굳힌 지카는 수의사를 불러 입원시키겠다고 말했다.

「혹시 무슨 일 있으면 바로 연락드릴게요. 직장 다니시죠? 진료 시간 아니어도 언제든 면회 오셔도 됩니다.」

「정말 그래도 될까요?」

「물론이죠.」

「선생님, 잘 부탁드릴게요. 앙꼬, 선생님께 잘 말씀드려 놨어. 절대 버리고 가는 거 아니야. 매일 올게.」

지카는 몇 번이고 몇 번이고 그렇게 말했다.

알고 있다니까—. 이럴 때 말을 할 수만 있다면 얼마나 좋을까.

아쉬운 듯 돌아서는 지카를 바라보면서 앙꼬 할매는 한

+ Whisker Pad, 고양이 수염이 나는 부분으로, 일명 '뽕주둥이'라고 함.

번도 느껴본 적 없는 격한 감정이 가슴 깊숙한 곳에서 솟구쳐 오르는 걸 느꼈다.

"이제 더는 못 먹겠어요……."
가게 안에 흐르는 BGM 위로 복면의 잠꼬대가 겹쳤다.
할매가 가져온 사료가 얼마나 맛있었으면 저럴까. 복면다운 잠꼬대가 우스워서 나는 코끝으로 웃음을 흘렸다. 남들은 진지하게 대화 중인데, 저 녀석은 참 태평이군. 앙꼬 할매도 어이가 없는지 씨익 웃는다.
"정말 걱정이라고는 없는 녀석이구나."
"그게 저 녀석 매력이긴 하지."
늙은 개의 발걸음처럼 무겁고 지친 콘트라베이스 음색이 가슴 깊숙이 스며들었다. 천천히, 깊게 스며드는 그 울림은 지카 곁에 마음을 두고 온 앙꼬 할매의 미련 그 자체였다.
"살고 싶었던 거야?"
"살아 있잖니."
"그런 뜻이 아니잖아."
알면서도 그렇게밖에 대답할 수 없는 할매의 마음을 생각하니, 발바닥에 아주 작은 가시 하나가 콕 박힌 듯한 아픔이 느껴졌다.
안타깝고 애달프지만 그럼에도 가슴에 묻고 가야 할 마음도 있는 거다. 마치 얼어붙은 연못 속의 물고기를 들여다보는 것과도 같았다. 눈앞에 분명히 있고, 거기 살아 숨 쉬고 있는데, 발톱으로 아무리 긁어도 만질 수 없다.

"그 아이 곁에 있고 싶었어?"

"그랬었지. 하지만 이루어질 수 없는 바람일 뿐이야."

할매는 체념 섞인 연기를 어둠에 풀어놓으며 말을 이었다.

"하지만 내가 집착하는 건 그런 게 아니란다. 한때는 정말로 그러고 싶었지. 네코마타가 되어서라도 그 아이 곁에 있고 싶었다. 하지만 이렇게 돼버린 지금은 미련하게 그 꿈에 매달릴 생각이 없어."

조금 뜻밖이었다. 하지만 그렇게 말하는 할매의 옆얼굴에 거짓이라곤 없었다.

"그럼, 뭣 때문에 그렇게 괴로운데?"

"그 아이 말이다……. 내가 눈 감을 때 곁에 있어주지 못한 걸 아직도 마음에 두고 있거든."

나는 깜짝 놀랐다. 할매가 꺼낸 말이 자신의 고통이 아닌, 지카의 괴로운 마음을 걱정하는 말이었기 때문이다.

"내 상태가 급격히 나빠졌을 때 흰옷 입은 인간들이 그 아이한테 연락을 했어. 곧장 달려온다고 했다더군. 나도 기다렸지. 이제 얼마 못 버틴다는 건 알았지만, 마지막으로 그 아이의 손길을 느끼고 싶었거든. 그리고 그 손을 핥아주고 싶었어. 그런데 그만…… 방심했던 거야. 지카가 도착하기도 전에 힘이 다해버렸지."

앙꼬 할매의 마지막을 지켜주지 못했다는 지카의 후회는 깊고도 무거웠다. 조금만 일찍 회사에서 나왔더라면······. 입원시키지 않았더라면······.

한번 그렇게 생각하기 시작하면 지금까지의 선택이 전부 후회스럽게 느껴지기 마련이다. 그리고 지카가 가장 후회하는 게 무엇인지, 나도 얼추 짐작이 갔다.

"병원에 버리고 갔다고, 내가 그렇게 생각했을 거라 여긴 모양이야. 이렇게 될 줄 알았다면 입원시키지 말고 익숙한 집에 두는 게 나았을지도 모른다면서······. 그런 말까지 해가며 울지 뭐냐. '미안해, 앙꼬' 이러면서 거의 매일 말이다."

아아, 인간이란 녀석들은 정말······.

인간쯤 별거 아니라고 늘 스스로에게 일러왔던 나지만, 놈들은 배신이라도 하듯 가끔 허를 찌르며 깊은 사랑을 드러낸다. 이런 이야기를 들을 때면 나도 모르게 옛 기억이 떠오른다. 내가 마음을 내준 단 한 사람. 지금은 이 세상에 없는 할머니. 나는 할머니의 마지막 순간을 함께 했다.

다시는 할머니 같은 인간을 만날 수 없겠지. 그래서 더 깊이, 더 오래도록 마음에 남는 것이리라.

엇갈린 둘의 마음을 이어줄 수 있다면, 나는 기꺼이 그렇게 해주고 싶었다.

"그게 그렇게 할매 마음에 걸렸던 거구나. 난 또, 마지막으로 한 번 더 같이 있고 싶어서 그런 줄 알았지."

바보 같기는……. 앙꼬 할매는 어이없다는 듯 웃어 보였다.

"물론 마지막 순간에 만나고 싶긴 했지만, 상관없었어. 내가 마지막으로 본 얼굴은 흰 가운을 걸친 물렁팥죽 같은 남자였지만 그걸로 충분했거든."

할매는 그때를 떠올리듯 눈을 살짝 내리감고 말을 이어갔다.

"왜냐하면 그 아이 냄새가 가득 밴 부드러운 담요에 폭 싸여 있었거든……."

거기서 할매는 말을 멈췄다.

마타타비를 다 피울 때까지 우리 둘은 아무 말도 하지 않았다. 전에 없이 부드러운 표정은 아마 지카와의 추억을 되새기고 있기 때문이리라. 눈빛 너머로 비치는 숱한 추억들.

추억이란 놈은 한없이 다정해서 쉽게 놓을 수 없지만, 그러면서도 손에 잡히지 않는 신기루와도 같다. 그래서일까, 때로는 가슴을 꽉 움켜쥐는 것처럼 고통스럽다.

나는 결심했다.

반드시 삼색냥이 새끼를 찾아서 그 아이에게 보내주겠노라고.

그것이 지금껏 'NNN' 활동을 해온 수컷으로서의 책임감이다.

그날부터 나는 죽기 살기로 새끼 고양이를 찾아다녔다.

젖이 불은 어미처럼 보이면 졸졸 따라붙었고, 배가 불룩한 암컷을 보면 슬쩍 다가가 새끼를 입양 보낼 생각 없냐고 말을 걸었다. 별 미친놈 다 보겠다며 날 선 발톱으로 사정없이 할퀴는 암컷도 있었다. 야생의 세계에서는 도무지 말이 안 되는, 너무나 부자연스러운 짓이었지만 그래도 상관없었다. 자연의 이치를 거스르더라도 꼭 이루어주고 싶은 바람이었다.

그리고, 일주일 뒤—.

"할매, 드디어 찾았어!"

마타타비도 피우지 않은 채 박스석에서 목을 빼고 기다리던 앙꼬 할매한테 오일이 다가왔다. 그 뒤에서 복면이 태어난 지 한 달 반쯤 된 삼색냥이 새끼를 데리고 있었다.

새끼 고양이를 찾아낸 건, 뜻밖에도 턱시도였다. 자기처럼 묘상 더러운 놈이 가면 도망칠 게 뻔하다며 바로 다가가지 않고 은신처를 먼저 알아낸 뒤 내게 알려왔다. 놈은 우연히 봤을 뿐이라고 둘러댔지만, 나는 그 말을 액면 그대로 믿지 않는다.

정말, 얄밉게도 미워할 수 없는 놈이다.

묘상 험악하기로 치면 나도 턱시도 못지않다. 그래서 오일과 복면을 보내 설득에 나서게 했더니, 생각보다 쉽게 일을 성사시킨 모양이다. 꼬맹이는 낯선 바의 분위기에 잔뜩 움츠러든 채 복면 뒤에 몸을 숨기고 우리를 경계했다.

"엄마를 잃어버렸다고?"

목소리를 최대한 부드럽게 낮췄지만, 꼬맹이는 완전히 얼어 있었다. 긴장한 탓인지 풍성한 털이 더 부풀어 올랐다. 나는 앙꼬 할매한테 넘기기로 했다.

"안녕! 나는 앙꼬라고 한단다."

"앙꼬 할머니?"

"그래. 자, 이거 한번 먹어볼래? 아직 어려서 딱딱할 수도 있지만, 이 정도는 괜찮을 거야."

앙꼬 할매가 바삭한 사료를 내밀자, 꼬맹이는 덥석 달려들어 먹기 시작했다.

"맛있어요. 얌얌. 너무 맛있어요!"

아드득까드득 소리까지 내며 허겁지겁 먹는 걸 보니 꽤 굶었던 모양이다. 솜뭉치처럼 몽실몽실한 겉모습과 달리 몸은 앙상했고 털은 엉망진창이었다. 눈곱이 말도 못 하게 껴 있었고 귀밑털은 다 벗겨져 딱지가 앉아 있었다. 피부병이다. 치료가 시급했다.

녀석은 순식간에 사료를 먹어치우고 그루밍을 하기 시작했다.

"늘 배가 고팠겠구나? 집고양이가 되면 배곯을 일은 없단다."

"근데, 엄마가 인간한테 가까이 가면 안 된다고 그랬는데……."

"혼자선 살 수 없단다. 넌 아직 너무 어리거든."

"그럼, 앙꼬 할머니랑 같이 있을래요."

"그건 안 돼. 밥을 주는 건 이번 한 번뿐이야. 그 대신 따뜻한 잠자리랑 맛있는 밥을 줄 사람한테 데려다주마. 나도 거기 있었거든. 가볼래?"

꼬맹이는 잠깐 고민하더니 고개를 들어 앙꼬 할매를 올려다봤다. 그리고 머뭇머뭇 입을 열었다.

"……응, 갈래요."

"착하구나. 이리 오렴."

앙꼬 할매가 먼저 걸음을 떼자, 꼬맹이가 종종거리며 그 뒤를 따라갔다. 꼬리를 꼿꼿이 세운 뒷모습이 귀여워서, 나도 모르게 끝까지 지켜보고 싶어졌다. 따라나서려는 복면과 오일을 문 앞에서 막아섰다.

"너희들은 여기 있어."

"엣? 저랑 오일 형이 데려온 건데요? 같이 가면 안 돼요?"

"줄줄이 몰려가면 눈에 띄잖아."

"그럼, 아재는 괜찮고?"

나는 비아냥대는 오일을 무시하고 둘을 따라갔다.

낮의 따스함이 거짓말처럼 느껴질 만큼 바깥 날씨는 선선했다. 조금만 지나면 장마였다. 장마철엔 먹잇감 구하기도 힘들어지고, 그러면 꼬맹이는 또 굶게 되겠지.

앙꼬 할매 집에 도착한 나는 뒤에서 둘을 지켜보았다. 나무 데크와 면한 베란다 창에 커튼이 드리워져 있었다. 그 틈새로 방 안 불빛이 새어 나왔다.

"여기야. 여기에 널 소중히 돌봐줄 사람이 있단다."

"할머니, 나 무서워요."

"괜찮아. 날 믿으렴. 틀림없이 행복해질 거야. 자, 얼굴 좀 내밀어 볼래? 예뻐 보이게 털 좀 다듬어주마."

앙꼬 할매는 새끼 고양이의 얼굴을 핥기 시작했다.

처음엔 부드럽게 시작하더니 이내 앞발로 꼬맹이 머리를 누르고 들러붙은 때까지 떼어냈다. 조금 거칠기는 했지만, 얌전히 앉아서 참고 있는 꼬맹이의 모습에 웃음이 났다.

"자, 이제 됐다. 눈곱 떼고 나니 예쁜 얼굴이 보이는구나. 이 정도면 틀림없이 예뻐해 줄 거야."

"정말요?"

"그럼 지금부터 잘 들어야 한다. 이제 저 나무 데크에 앉아서 울어야 해. 그래서 사람이 나오면 '배고파요' 하고 말하는 거야."

"정말 그것만 하면 돼요?"

"그래. 널 무사히 데리고 들어갈 때까지 저쪽에서 지켜보고 있을게. 자, 난 숨어 있을 테니 넌 여기 있으렴."

"응, 알았어요."

나와 앙꼬 할매는 덤불 속으로 몸을 숨겼다. 꼬맹이는 한동안 그대로 앉아 있었다. 역시 바로는 용기가 나지 않는지, 털 손질을 했다. 배, 뒷다리, 발바닥 젤리, 발가락 사이, 발톱 뿌리까지. 고양이는 긴장하면 그루밍을 하는 습성이 있다.

이제 그만하면 됐다고, 덤불 밖으로 뛰어나가 말해주고 싶은 걸 간신히 참는데, 꼬맹이가 마침내 자세를 고쳐 앉고 작은 소리로 "냐아" 하고 울었다.

"저렇게 울어서는 안 들리겠는데?"

"조용히 보기나 해."

그냥 예전에 한 것처럼 복면이나 오일한테 아깽이 울음소리를 흉내 내게 할 걸 그랬나 하는 후회가 들었지만, 이미 두 녀석은 마타타비에 취해 쓸모가 없을 터였다. 지금은 묵묵히 기다리는 수밖에.

꼬맹이가 다시 "냐아" 하고 울었다. 힘내라. 조금만 더 하면 돼.

몇 번째 울었을 때였을까.

「어? 새끼 고양이 소리가 들린 것 같아.」

집 안에서 목소리가 들렸다. 앙꼬 할매의 귀가 그쪽으로 쫑긋 솟았다. 동공이 커지고 사냥을 하는 것도 아닌데 수염이 앞으로 뻗어 있었다. 코를 씰룩이는 건 무의식적으로 냄새를 맡으려는 행동일지도 모른다.

꼬맹이가 또 한 번 울자, 이번에는 집 안에서 사람 그림자가 움직이는 게 뚜렷하게 보였다.

「역시 새끼 고양이 소리야.」

베란다 창이 열리고 여자가 모습을 나타냈다.

"지카……." 앙꼬 할매가 중얼거리는 소리에 내 가슴이 또 조여왔다.

지카는 데크로 나오자마자 발밑에 있는 털 뭉치를 보고 깜짝 놀라 두 손으로 입을 틀어막았다.

「새끼 고양이……? 말도 안 돼……. 앙꼬랑 무늬가 똑같잖아.」

꼬맹이는 사람 모습을 보고 놀랐는지 나무 데크 끝까지 후다닥 도망쳤다. 이 녀석. 얌전히 구조되라고 그렇게 신신당부했건만.

나는 꼬맹이가 어디로 달아나 버릴까 봐 가슴이 조마조마했다. 앙꼬 할매도 초조한 기색을 감추지 못했다. 간절한 마음을 담아 보내듯 그대로 가만히 있으라고 중얼거렸다.

하지만 우리의 걱정과 달리 지카는 꼬맹이에게 억지로 다가가지 않고 그 자리에 천천히 쪼그려 앉아 손을 내밀었다. 그리고 검지를 내민 채 그대로 있었다. 꼬맹이가 먼저 다가와 인사하기를 기다리는 행동이었다.

「……자, 이리 와. 괜찮아. 꼬마야, 이리 오렴.」

어찌나 다정하게 말을 거는지.

듣고 있는 것만으로도 마음이 편안해졌다. 앙꼬 할매는 그 모습을 한없이 부러운 눈빛으로 바라보고 있었다. 당연하다. 익숙한 그 목소리가 이제는 자신이 아닌, 자기와 닮은 새끼 고양이를 향해 있었으니까…….

「자, 이리 와. 괜찮아.」

다정한 목소리에 꼬맹이도 경계심이 풀렸는지 살금살금 다가가 지카가 내민 손가락을 킁킁거리며 냄새 맡았다. 인사까지 성공했다면 이제는 안심해도 된다.

지카는 조심스레 꼬맹이를 안아 가슴에 품었다.

「우와, 귀여워. 엄청 작다. 엄마는 없니?」

주위를 둘러보며 어미 고양이가 없는 걸 확인하더니 손가락으로 목을 쓰다듬었다. 가슴팍에 매달린 꼬맹이는 이제 완전히 안심한 표정이었다.

「어쩌다 여기까지 온 거야? 어디서 왔니?」

"앙꼬 할머니가 데려다줬어. 나랑 같은 무늬를 한 할머니야."

「귀가 아픈가 보네. 불쌍해라.」

"할머니가 여기 오면 행복해질 거랬어. 앙꼬 할머니, 알아?"

「배 안 고프니? 밥 줄까?」

"배고파!"

「밥 먹을래?」

"응, 먹을래!"

미련을 끊어내기 위해서였을까. 앙꼬 할매는 그 모습을 처음부터 끝까지 눈에 새겼다. 지카가 꼬맹이를 안고 집 안으로 들어갔다. 그리고 곧이어 기쁨에 차서 외치는 목소리가 들려왔다.

「마당에서 새끼 고양이를 데려왔어!」

할매는 지카가 사라진 베란다 창을 하염없이 바라보며 꼼짝도 하지 않았다.

"괜찮아?"

"뭐가 말이냐?"

"뭐가, 라니…… 그야……."

나는 우물쭈물하며 말끝을 흐렸다. 집 안에서는 여전히 지카의 들뜬 목소리가 흘러나오고 있었다.

"괜찮고말고. 이제 나는 저 애 곁에 있을 수 없잖니. 있는다 한들, 저 애는 나를 알아보지 못할 거야. 그러니 나 대신 곁에 있어줄 고양이가 필요한 거야."

지카는 앙꼬 할매를 잊지 않을 것이다. 그래도 새로운 고양이를 들이면 그 기억을 추억으로 남길 수 있다. 그건 곧 앙꼬 할매의 죽음을 딛고 앞으로 나아가는 일이기도 했다.

"그런 얼굴 하지 마라, 잘린 귀. 미련이 남아서 질질 끄는 것보단 낫잖아."

인간만 그런 게 아니다. 우리 고양이들도 인간에게 마음을 내어주곤 한다. '정'이니 '인연'이니 하는 말을 썩 좋아하진 않지만, 앙꼬 할매가 지카를 생각하는 마음은 아마 오래도록 내 가슴에 남을 것이다.

"이제 돌아가자. 마타타비나 한 대 피우러 갈까?"

"기분이다. 오늘은 끝까지 할매랑 같이 있어주지."

"제법 어른스러운 소릴 하는구나. 그래도 내 눈에 넌 여전히 꼬맹이야."

평소와 다를 바 없는 말투였지만, 어쩐지 쓸쓸함이 묻어났다.

"큰일 났어요! 잘린 귀 아저씨! 큰일 났다니까요!"
따뜻한 햇살 아래서 늘어지게 낮잠을 즐기던 나는 허둥대는 복면의 목소리에 눈을 떴다. 모처럼 기분 좋게 낮잠 좀 자겠다는데, 시끄러운 놈 같으니. 나는 자리를 털고 일어나 앞발을 핥고, 귀 뒤에서 얼굴까지 정성스레 씻기 시작했다.
앙꼬 할매의 지시로 지카에게 새끼 고양이를 알선한 지 일주일이 지났을 무렵이었다.
"무슨 일인데 그래?"
"그게……."
털을 고르며 복면의 이야기를 듣던 나는 중간에 동작을 멈췄다. 설마, 그럴 리가…….
이러고 있을 때가 아니다.
"할매는? 할매는 지금 어디 있어?"
"지금 찾는 중이에요. ……아, 마스터!"
담장 위를 걷고 있는 마스터를 발견하고 복면이 달려갔다. 나도 곧바로 뒤를 따랐다.
"마스터, 앙꼬 할매 못 봤어?"
"무슨 일인데요?"
내가 복면한테 들은 이야기를 전하자, 마스터는 한동안

말을 잃었다. 때마침 오일까지 나타나 우리와 합류했다.
"다들 모여서 뭐 해?"
"사실은……"
오일의 표정도 우리와 별반 다르지 않았다.
"아까 어떤 가게 옆에서 봤는데? 차 보닛 위에 누워 있었어."
우린 곧장 그쪽으로 향했다. 카포트 안에는 있어야 할 차도, 앙꼬 할매도 보이지 않았다. 우리는 각자 흩어져서 할매를 찾았다. 얼마 후 마스터가 근처 지붕 위에서 느긋하게 쉬고 있는 할매를 발견했다.
"여기 있어요!"
우린 일제히 마스터 쪽으로 몰려갔다. 분위기가 심상치 않다는 걸 눈치챘는지, 지붕에 올라가기도 전에 앙꼬 할매가 내려왔다. 복면이 사정을 설명하자, 할매 얼굴이 점점 굳어갔다.
"그게, 무슨 소리야? 어렵게 알선한 새끼를 다른 데로 보낸다니……"
"나도 방금 들었어."
"켄넬에 넣어서 데려갔어요. 친구한테 보낸다나 봐요."
"일단 가보자꾸나."
목소리에 힘이 없었다. 이렇게까지 동요하는 모습은 처음 볼 만큼 할매는 당황한 기색을 감추지 못했다. 잰걸음을 놓으며 길을 가로지르는 뒷모습에서 복잡한 마음이 느껴졌다.
"괜찮을까요……?"

그냥 두는 게 나을지 잠시 망설였지만, 결국 따라가기로 했다. 걱정하는 세 녀석에게는 일단 기다리라는 눈짓 신호를 보내고 혼자 뒤를 쫓았다.

할매는 나무 데크가 잘 보이는 담장 위에 앉아 있었다. 할매의 시선 끝에 지카가 있었다. 나는 그 옆으로 뛰어올라 털 손질을 했다.

"……왜 그런 거니, 지카야."

지카는 나무 데크에 멍하니 앉아 있었다. 물론 앙꼬 할매의 물음은 지카에게 전해지지 않는다. 닿는다 해도 인간은 우리 말을 알아들을 수 없다.

"내가 괜한 짓을 한 걸까……."

할매는 낙담한 마음을 숨기지 않았다. 이제 다시는 고양이를 기르지 않기로 마음먹은 걸까, 아니면 무늬가 마음에 들지 않았던 걸까. 대답이 돌아올 리도 없는데, 앙꼬 할매는 그 말만 몇 번이고 되뇌었다. 급기야 자기와 함께 한 시간이 다시 고양이를 키우고 싶을 만큼 별로 좋은 기억이 아니었을지도 모른다는, 얼토당토않은 말까지 했다.

지카의 사랑을 의심하는 건 아닐 테지만, 그런 말도 안 되는 소릴 할 정도로 충격이 컸던 모양이다.

"쓸데없는 생각 마. 자꾸 그러면 스스로가 너무 안쓰럽잖아."

할매는 아무 대꾸도 하지 않았다. 여기까지 따라오기는 했지만, 무슨 말을 해야 할지 몰라서, 그냥 그 옆에서 조용히 함께 지카를 바라보았다. 그렇게 답답한 시간이 흘러갔다.

그러다 문득 지카의 오른손이 천천히 움직이고 있다는 걸 알아차렸다.

여기에서는 지카의 몸에 가려 잘 보이지 않았지만, 폭신한 하얀 털이 설핏 보였다. 고양이를 쓰다듬는 듯한 손놀림에 나도 모르게 목소리가 커졌다.

"이봐, 할매. 저기 좀 봐!"

"응……?"

"뭐가 만지고 있잖아!"

처음엔 새끼 고양이인 줄 알았다. 하지만 털색이 흰빛이었다. 우리가 삼색냥이 아깽이를 알선하기 전에 이미 다른 고양이를 들였나 했지만, 그것도 아니었다.

"아! 저건 내가 덮었던 담요야!"

나는 눈이 휘둥그레져서 할매를 돌아보았다. 조금 전까지만 해도 어깨가 축 처져서 잔뜩 풀 죽은 얼굴이었는데, 어느새 눈이 동그래지고 생기가 돌기 시작했다. 수염은 팽팽하게 앞으로 쭉 뻗었고, 지카를 바라보는 눈에 힘이 들어가 있었다.

그때, 뒷집에서 땅딸막한 체격의 중년 여자가 나왔다.

「어. 안녕하세요, 아줌마.」

「그래, 지카야. 잘 지내니?」

「네, 그럭저럭요…….」

여자는 빨래를 걷으러 나온 듯했다. 앙꼬 할매 말로는, 저 여자는 예전부터 그 집에 살았고 지카에 대해서도 누구보다 잘 안다고 했다. 자기가 아직 아깽이였던 시절부터 지카를 지켜봐 온 사람이니, 그 점에선 자신과 다를 바 없다고 했다.

중년 여자는 들고 온 빨래를 집 안에 던져 넣고는 다시 지카에게 말을 건넸다.

「괜찮니? 앙꼬, 무지개다리 건너갔다며.」

「네, 스무 살이 넘은 아이라 어느 정도는 각오했는데도, 아직은 받아들이기가 힘드네요.」

「'펫 로스 증후군'이라는 게 있다고 하잖니. 그런데 또 삼색냥이가 들어왔다면서? 어디로 보냈다고 들었는데.」

「네. 고양이 좋아하는 친구한테 보냈어요.」

그 말을 듣는 순간, 나도 모르게 몸이 앞으로 기울었다. 할매 귀도 또렷이 앞을 향해 있었다.

「앙꼬랑 무늬도 똑같았다면서? 왜 보냈어?」

「그게, 고양이별로 돌아간 앙꼬는, 앙꼬 하나뿐이니까요. 그 아깽이도 귀엽긴 하지만 앙꼬는 아니잖아요.」

'고양이별로 돌아간 앙꼬는, 앙꼬 하나뿐이니까요.'

심장을 관통당한 기분이었다. 지카의 말은 실력 좋은 사냥꾼처럼 망설임 없이 날카롭고 정확하게, 그러면서도 다정하게 우리의 심장 한가운데를 꿰뚫었다.
"지카야……."
앙꼬 할매의 목소리가 떨린 건 기분 탓이 아니었다.
지카는 무늬가 같은 고양이라면 앙꼬 할매 모습이 자꾸 겹쳐 보일 테니 다음에 키울 땐 다른 무늬 고양이를 키우겠다고 했다. 그리고 할매를 떠올려도 더는 울지 않을 수 있을 때까지는 새로운 고양이는 들이지 않겠다고.
"그런 거였군. 그래서 그런 거였네."
나도 모르게 코끝이 시큰해졌다.
앙꼬 할매에게도, 새끼 고양이에게도 애정이 있었기에 내린 결정이었다. 인간들 사이에서는 우리 고양이들을 '반려묘'라 부르는 모양인데, 우리도 분명 살아 있는 생명체다. 저마다 개성이 있고, 한 마리 한 마리가 모두 다 다르다.
그러니 누군가를 대신할 고양이를 억지로 찾을 필요는 애초에 없었다.
"난 그런 줄 전혀 몰랐어. 내가 어리석었다."
"그래, 맞네. 완전히 바보였어."
평소였다면 건방지다고 타박했을 할매였지만, 이번엔 내 말을 곱씹고 있었다.
"가봐. 만질 순 없겠지만, 곁에 있어줄 수는 있잖아."
"그래. 잠깐이라면 괜찮을지도 모르겠구나."
앙꼬 할매는 담장을 내려가 나무 데크 쪽으로 걸어갔다.

내 눈에는 선명하게 보이는데, 그곳에 있다는 것도 알겠는데, 역시 인간은 끝내 눈치채지 못했다.

그래도 할매는 지카 곁에 조용히 앉았다. 담요 위로 올라가 식빵 굽기 자세로 선잠에 들었다. 한참을 그러고 있자, 지카가 문득 무언가 느낀 듯 담요 위를 내려다보며 놀란 얼굴을 했다.

그러고는 조심스럽게 다시 한번 손을 뻗어 담요를 쓰다듬더니 이내 얼굴에 환한 미소가 번졌다.

지카의 눈이 반짝였다.

「앙꼬. 털 갈아입으면 꼭 나한테 다시 와야 해.」+

"그럼. 꼭 다시 올 거야."

지카 눈에 앙꼬 할매의 모습이 보였던 건 아닐 것이다. 하지만 무언가를 느낀 것만은 분명했다. 서로 만질 수는 없어도 둘은 어딘가에서 여전히 이어져 있다는 생각이 들었다.

더 이상 지켜보는 건 무의미하다고 생각한 나는 조용히 자리를 떴다.

태양은 변함없이 따스한 햇살로 지면을 덥히고 있었다. 이렇게 기분 좋은 계절도 슬슬 끝나간다. 곧 장마가 찾아오고

+ 일본에는 주인의 사랑을 듬뿍 받다가 무지개다리를 건넌 고양이는 털을 갈아입고 다시 주인의 품으로 돌아온다는 설이 있음.

사냥하기 힘든 날들이 이어질 것이다. 그리고 그 비가 그치면 이번엔 숨 막히는 더위가 우리를 덮칠 테지. 그때까지는 이 평온함을 좀 더 즐기고 싶다.

"이제 낮잠이나 푹 자볼까……."

나는 양지바른 곳을 찾아 몸을 눕혔다. 아무렇게나 흐트러져 누워 앞발 발바닥 젤리를 정성스럽게 손질했다. 이렇게 빈둥거리며 느긋하게 보내는 시간이야말로 최고의 사치다.

며칠 뒤, 우연히 지카가 기쁜 얼굴로 이야기하는 걸 듣게 되었다.

꿈에 앙꼬 할매가 찾아와 마지막 순간을 함께 하지 못한 걸 너무 마음에 두지 말라고 했다고. 지카의 체취가 가득 밴 담요에 싸여 마치 지카 무릎 위에 누운 듯 편안하게 마지막을 맞이했다고…….

실은, 그날 밤 닫는 걸 깜빡한 창문으로 앙꼬 할매가 슬쩍 들어가 지카 귀에 대고 속삭인 것이었다. 그리고 그건 우리 길고양이들만 아는 비밀이다.

그나저나 말도 통하지 않는 인간에게 어떻게 할매의 말이 전해진 걸까.

우리는 할매가 네코마타가 되었기에 가능했을 거라고 추측했지만, 진짜 이유는 아무도 모른다.

제4장

유해 야생동물

　배설은 가장 은밀하고도 무방비한 순간에 일어난다. 길 위에서 살아가는 고양이인 우리에겐, 그 어느 때보다도 위험한 상황이 되기 쉽다. 적이 덮쳐오기라도 하면 꼼짝없이 당하고 말 테니까.
　나는 어느 집 마당 화단에서 똥을 싸고 있었다. 갈아엎은 지 얼마 안 된 푹신한 흙은 깔끔한 걸 좋아하는 고양이한테는 안성맞춤인 화장실이다. 주변에 심어져 있는 꽃들은 훌륭한 가림막이 되어준다. 그럼에도 바깥세상에 사는 우리에게는 늘 사고의 위험이 따라다니는 법.
　젠장, 안 나오는군.
　나는 아까부터 줄곧 같은 자세로 버티고 있었다. 아무리 힘을 줘도 속 시원하게 나오질 않았다. 내내 비가 내리는 바람에 은신처에 틀어박혀 있었던 탓이다.

솔직히 말하면 요즘 오줌 나오는 것도 영 시원찮았다. 이런 일이야 고양이한테 흔한 일이지만 더 심해지면 요독증이라는 병에 걸릴 수도 있다고 앙꼬 할매가 말했었다. 소변으로 내보내야 할 독소를 제대로 내보내지 못하면 생기는 병인데, 제때 치료하지 않으면 온몸에 독이 퍼져서 저세상행 열차에 오르게 된다.

들리는 얘기로는 짠 음식을 많이 먹으면 걸린다고 한다. 조심해야 한다고는 하지만, 우리 같은 길고양이에게 찬밥 더운밥 가려 먹을 여유 따위는 없다.

한창 집중하고 있던 그때. 낯선 고양이 냄새가 스쳤다. 꽃들 사이로 슬쩍 보니 덩치 큰 고등어냥이 한 마리가 나를 노려보고 있었다. 남의 영역에 들어와서 배설 행위를 방해하려 들다니, 간도 크군.

걸어온 싸움에는 반드시 응하는 게 내 신조다.

나는 더 세게 힘을 줬다. 놈은 멈춰선 채 날 쏘아보기만 했다.

이제 한 덩어리만 더 밀어내면 끝이다.

그렇게 생각한 순간, 놈이 한발 다가왔다. 넨장맞을, 비열한 놈 같으니라고. 공기가 팽팽해지고, 내 긴장감도 극에 달했다. 다행히 효과가 있었는지, 안 나오던 마지막 덩어리가 땅에 툭 하고 떨어졌다. 이제 내 차례다. 나는 대충 흙을 덮고 천천히 화단 밖으로 나왔다.

"어이, 무슨 일이지?"

고양이는 보통 자신의 배설물이 다른 포식자에게 들키지 않도록 볼일을 본 뒤에는 흙으로 덮어 흔적을 없앤다. 하지만 자기 영역이라는 걸 알릴 때는 일부러 그대로 두기도 한다. 지금이 딱 그런 순간이다.

여긴 내 구역이다. 누구한테도 빼앗기지 않는다.

"냐오오오!"

나는 낮고 굵은 울음소리로 경고했다. 놈도 똑같은 소리를 내며 나를 위협해 왔다. 하지만 조금 기가 죽은 게 눈에 보였다. 나는 다시 한번 경고했다. 단전에서부터 끌어올린 굵은 목소리에 놈이 움찔하는 게 느껴졌다. 이쯤에서 단번에 끝을 봐야 한다. 상대를 잘못 골랐다는 걸 뼈가 저리도록 후회하게 해주마.

"냐아아앙!"

조금 전보다 목청을 높여 놈을 위협하는 내 울음소리가 무거운 비구름에 뒤덮인 하늘 위로 울려 퍼졌다. 금방이라도 비를 쏟아낼 듯한 구름은 두어 번만 더 울면 빗방울을 떨굴 기세였다.

나는 몸을 옆으로 틀어 앞발을 쭉 뻗은 다음 놈을 위에서 내려다봤다. 눈높이 싸움에서 승패는 이미 갈린 셈이다. 놈은 귀를 납작하게 접더니 결국 내 시선을 피했다. 아직도 으르렁대고는 있었지만, 도망칠 타이밍을 노리고 있는 게 분명했다.

다음 순간, 놈이 쏜살같이 줄행랑을 쳤다. 나는 바로 놈의 뒤를 쫓았다.

뛰고, 뛰고, 또 뛰었다.

나는 놈을 끝까지 몰아붙였다.

추격전 끝에 높은 담장 앞에 다다랐다. 저걸 넘어 도망치려면 내게 등을 보여야 한다. 고양이에겐 별거 아닌 높이라도 적이 있으면 이야기가 다르다.

냐아아아오! 다시 위협하자, 놈은 이판사판으로 담장 위로 뛰어오르려 했다. 나는 틈을 주지 않고 그대로 뒤에서 덮쳐 물어뜯었다.

"캬아악……!"

고등어냥이가 버둥거리며 비명을 질렀다. 결국 놈은 털을 한 움큼 흩뿌리고 줄행랑을 쳤다.

덩치만 컸지, 별 볼 일 없는 녀석이었다. 싸움에서 승리한 나는 여유롭게 털을 고르기 시작했다. 지상에서 벌어진 소동에 자극받은 비구름이 마침내 빗방울을 뿌렸다. 냉혹한 길고양이 세계에서 비명을 지른 고등어냥이의 비애를 대변하는 듯했지만, 한가하게 그런 감상에 젖을 틈은 없다. 언젠가 내가 저 입장에 놓일지도 모르는 일이다.

자비는 사치다.

그날 밤도 나는 어김없이 '마타타비'의 문을 열고 들어섰다. 한 걸음 발을 들여놓자, 눈앞에 일상의 고달픔을 잊게 해주는 공간이 펼쳐졌다. 희미하게 들려오는 빗소리가 BGM과 어우러져 깊은 애수를 자아냈다.

비 오는 날이라 그런지 오늘은 손님이 많았다. 오일은 카운터 자리에, 앙꼬 할매와 신참인 턱시도는 박스석에 앉아 있었다.

나는 늘 앉던 자리에서 비에 젖은 몸을 핥기 시작했다.

이런 날엔 마타타비 맛이 더 각별한 법이다.

"마스터, 오늘 같은 날 추천할 만한 게 있을까?"

"잘 숙성된 걸로는 '코이냐', '포르 냐냐가', '네코 펀치', '네코니다드'가 괜찮습니다."

나는 그중에서 '네코니다드'를 골랐다. 마타타비를 고를 때는 그날 기분에 따르거나 마스터의 추천에 맡기는 편이다.

"올해는 꽤 덥겠어요."

"그러게. 나도 이제 나이를 먹어서 그런가, 몸이 버거워."

조금 있으면 장마가 끝난다. 모든 것이 비에 젖어 우울하게 고개를 떨구는 시기는 끝나고 이제는 살묘적인 더위가 닥쳐오겠지. 먹잇감은 넘쳐나겠지만, 체력을 가차 없이 빼앗아 가는 이글거리는 태양은 큰 골칫거리다.

기다리던 마타타비가 나오고 시가 성냥으로 불을 붙이자, 피어오르는 향에 기대가 부풀었다. 이 순간만큼은 아직도 가슴이 설렌다. 아무리 기분이 엉망인 날이라도 이 한 모금이면 다시 견딜 힘이 생긴다.

나는 시가 성냥의 불꽃을 바라보다가 문득 떠오른 의문을 입에 올렸다.

"그런데 마스터는 바를 연 지 얼마나 됐지?"

"갑자기 그건 왜······."

"아니, 그냥 궁금해서."

"제 과거라 해봤자 별거 없어요."

왠지 은근슬쩍 얼버무리는 느낌이 들었지만, 마침 마타타비에 골고루 불이 붙었기에 더 묻지는 않았다. 굳이 말하고 싶지 않다면 억지로 캐묻지는 않는다.

나는 혀 위에서 연기를 굴리며 마타타비 맛을 음미했다. 우아한 풍미가 입안 가득 퍼졌다가 코로 빠져나갔다. 몇 번을 피워도 정말 끝내주는 맛이다.

네코니다드는 원래 외교용 선물로 출시된 프라이빗 브랜드[+]였다. 그래서 일반 시장에 풀리기 전까지는 '쿠바의 비밀'이라 불릴 만큼 그 존재조차 드러나지 않았던 녀석이다. 비밀로만 묻히기에는 아까운 물건이다.

"마스터, 오늘도 완벽했어."

"고맙습니다."

[+]   소매업체나 기업이 자체적으로 기획, 개발하여 판매하는 독점 브랜드 제품으로 PB라고도 함.

나는 보랏빛 연기 속에 몸을 맡겼다. 호수 위에 떠 있는 낙엽처럼 어디로도 흘러가는 것 없이 그저 이 시간에 머물러 둥실 떠 있었다. 가게 문에 달린 카우벨 소리마저 자장가처럼 울려 퍼지니 신기할 따름이다.

"어서 오세……."

희미하게 스치는 긴장감에 나는 감고 있던 눈을 떴다. 마스터는 출입구 쪽에 시선을 고정한 채 굳어 있었다. 오일도 똑같은 반응이었다.

오늘은 또 어떤 진귀한 손님이 왔나, 하는 마음에 슬쩍 뒤돌아봤다가 나도 모르게 온몸이 꼿꼿하게 굳어버렸다.

이건 전혀 예상 밖이었다. 죽은 줄 알았던 앙꼬 할매가 나타났을 때도 놀라긴 했지만, 오늘은 오늘대로 만만찮은 충격이 덮쳐왔다.

진귀한 손님은 가게 안에 있는 모든 고양이의 시선을 한 몸에 받으며 망설임 없이 카운터 쪽으로 걸어왔다.

탄탄한 몸, 검은 팔다리, 뾰족한 코와 짧은 수염.

앙꼬 할매도 적잖이 놀란 눈치였다. 하지만 상대가 어떻게 나올지 지켜보는 눈빛만은 날카로웠다. 적인지 아군인지 모를 상대 앞에서는 섣불리 움직이지 않는 게 상책이다.

"손님, 여긴…… 고양이들을 위한 휴식 공간입니다만."

"그 정도쯤이야 알고 왔지. 하지만 고양이 외 출입 금지라는 규정은 없잖아?"

"그렇긴 합니다만……."

마스터는 잠시 망설이는 눈치였다.

손님을 쫓아내는 건 어렵지 않다. 하지만 마스터는 자신의 가게를 찾아준 손님에 대한 예우를 잊지 않는 남자다. 딱 봐도 문제를 일으킬 것 같거나 실제로 사고를 쳤다면 몰라도 뚜렷한 이유가 없는 한 다른 손님과 똑같이 대해야 한다고 생각했다.

"앉아도 될까?"

"싸움은 절대 금지입니다. 그 약속만 지켜주신다면요."

"좋아."

녀석은 박스석으로 향했다. 그러나 막 자리에 앉으려는 순간—.

"자네가 마타타비를 피운다고 해도 취하지는 못할 텐데?"

앙꼬 할매가 차분하고 쉰 목소리로 말했다. 그러자 녀석이 뒤돌아보며 비웃듯이 씨익 웃었다. 검고 동그란 눈동자에 바 안의 부드러운 불빛이 비쳤다. 어둠 속에 희미하게 떠 있는 그 모습이 묘하게 쓸쓸해 보였다.

"그래도 향은 맡을 수 있잖아. 나, 마타타비 냄새 좋아해."

"별난 놈이네. 너, 라쿤 아니냐?"

녀석은 대답 대신 묵묵히 자리에 앉아 앞발을 테이블 위에 올렸다. 고양이랑 달리 발가락이 길고, 짧은 털에 덮여 있긴 하지만 인간의 손과 똑 닮아 있었다. 마스터가 주문을 받으러 다가가자, 녀석이 노란 알갱이를 내밀었다.

"이걸로 계산해도 될까?"

"……이게 뭐죠?"

"옥수수야."

"죄송하지만, 이건 받을 수 없습니다."

"옥수수는 안 먹나?"

"……네. 좋아하는 편은 아닙니다."

마스터는 미안하다는 듯 고개를 숙였다.

"그렇구나. 그 녀석들은 잘만 먹던데. 뭐, 그러면 다음에 다시 오지."

말을 마친 녀석은 망설임 없이 자리에서 일어섰다. 생각보다 말이 통하는 녀석이다. 그런데 일어나서 가는 녀석을 앙꼬 할매가 불러 세웠다.

"잠깐! 이렇게 온 김에 한 대 피우고 가게. 내가 대접하지. 마스터, 괜찮지?"

"물론입니다."

라쿤은 놀란 얼굴로 앙꼬 할매를 향해 꾸벅, 고개를 숙이더니 다시 자리에 앉았다. 마스터가 캐비닛 쪽으로 향하던 그때, 가게 문에 달린 카우벨이 요란하게 울렸다.

"저 왔슴돠—! 아우, 비가 와서 난리……"

복면은 말을 끝까지 잇지도 못하고 그 자리에 멈춰 섰다. 그리고 방금 지나친 박스석을 다시 돌아보며 갈라진 소리를 냈다.

"너, 너구리다!"

"누구 보고 너구리래. 난 라쿤이거든."

"라, 라쿤……? 라쿤이 왜 여기에……?"

복면은 마타타비를 들고 안쪽에서 나오는 마스터를 향해 눈으로 물었다. 하지만 마스터는 손님으로 받아들였으니 더 묻지 말라는 듯 고개를 살짝 저었다. 복면은 잔뜩 들떠서 가게 안을 돌며 코 인사를 하고는 오일 옆자리에 앉았다.

카운터 위에 가지런히 올린 하얀 앞발이 어딘가 불안해 보였다.

"어, 그러니까…… 오늘은, 뭘…… 피울까."

복면은 라쿤을 신경 쓰면서 중얼거렸다. 지금은 마타타비가 중요한 게 아니라는 듯, 마스터가 박스석으로 마타타비를 가져다주는 걸 힐끔거리며 훔쳐보고 있었다. 당연하다. 라쿤이 마타타비라니, 듣도 보도 못한 일이다.

"'코이냐'입니다. 흡입구 커팅은……."

마스터의 설명이 끝나기도 전에 라쿤은 마타타비를 낚아채듯 집어 들고 그대로 가게 밖으로 나가버렸다. 마타타비를 테이크 아웃하는 손님은 또 처음이었다. 마스터는 멍하니 서 있다가 이내 정신을 차리고는 바로 뒤를 쫓았다. 행동으로 봐서는 피우는 방법도 제대로 모르는 눈치였다.

"설마, 동종 업계 스파이인가……?"

오일이 인상을 잔뜩 찌푸리며 스툴에서 내려섰다. 나도 바로 따라나섰다.

"손님! 어디 가세요?"

라쿤은 마스터가 부르는 소리에 뒤도 돌아보지 않았다. 무언가에 쫓기듯 정신없이 내달리다가 주위를 두리번거리더니, 물웅덩이를 발견하고는 그 앞에 쭈그려 앉았다. 그리고 기가 막히게도 마타타비를 냅다 물에 담갔다.

"헉!"

첨벙첨벙, 첨벙첨벙.

골목 구석에서 두 발로 꽉 움켜쥐고 마타타비를 문질러 씻고 있는 뒷모습은 그야말로 요괴가 따로 없었다. 하지만 그 등에서 뿜어져 나오는 기운은 웬만한 요괴보다 더 소름이 끼쳤다.

조심스럽게 마스터의 얼굴을 살피자, 이보다 더 커질 수 있을까 싶을 정도로 눈이 휘둥그레져 있었다. 그 번뜩이는 눈빛에서 마치 지옥 문이 열린 것처럼 심연과도 같은 두려움이 느껴졌다. 간신히 침착한 척하고 있었지만, 후우, 후우 내쉬는 거친 콧김이 마스터가 이미 폭발 직전임을 말해주고 있었다. 동공이 점점 흔들리고 콧잔등에 깊은 주름이 파였다. 이렇게 살벌한 마스터의 얼굴을 보는 건 처음이었다.

"감히…… 잘도 저런 짓을……!"

겨우 들릴 만큼 낮은 목소리로 되뇌는가 싶더니, 그 순간

분노가 폭발했다.

"우릴 개무시하는 거냐, 이 개같은 놈아아아—!!"

말 그대로 용의 역린을 건드린 꼴이었다.

"마, 마스터가 빡쳤다요!"

"잡아! 빨리 마스터를 잡으라고!"

분노로 눈이 돌아간 마스터는 발톱을 세우고 라쿤한테 덤벼들 기세였다. 나와 오일, 복면 셋이 달라붙어 간신히 붙잡았지만, 잠깐이라도 긴장의 끈을 놓으면 저 날카로운 발톱으로 여기저기 찢어놓을 판이었다.

"마스터, 진정해!"

"이거 놓으세요. 잘린 귀 씨! 제 평생 이런 모욕은 처음이에요! 저 자식이 절 능멸했다고요! 정성껏 숙성한 마타타비를…… 모독한 거란 말입니다!"

마스터의 분노는 당연했다. 고양이들만 모이는 바에 라쿤이 들어왔어도 내쫓지 않고 손님으로 맞아준 마스터였다. 누가 뭐래도 가게 문을 두드린 자에 대한 최고의 예우였다. 그런데도 시간이라는 마법에 걸려 힘을 숨긴 채 돌처럼 인내하며 자기 순서를 기다리던 마타타비는 힘 한번 쓰지 못하고 진흙탕에 처박히는 모욕을 당했다.

나도 슬슬 화가 치솟았다.

"감히 마스터와 마타타비를 모욕해?"

"모, 모욕? 그런 짓을 할 리가 없잖아. 난……."

라쿤이 반박하다 말고 자기 앞발을 내려다보고는 '아차' 하는 낯빛이 됐다. 발을 덜덜 떨면서 코를 사정없이 씰룩였다.
 "이런…… 내가 또……."
 "됐으니까 꺼져! 너 같은 놈한테 마타타비를 내준 내가 등신이다! 다시는 얼씬도 하지 마!"
 라쿤은 육중한 몸뚱이로 총알처럼 내달려 줄행랑쳤다. 녀석이 어둠 속으로 녹아들 듯 사라지자, 마스터의 몸에 잔뜩 들어갔던 힘이 빠지는 게 보였다. 오일과 눈을 맞추고 우리 셋은 붙잡고 있던 마스터를 천천히 풀어주었다. 마스터는 힘없이 주저앉아 깊게 고개를 떨궜다.
 "감히 그런 짓을…… 감히……."
 분한 마음을 어금니로 씹어 삼키기라도 하듯 마스터는 몇 번이고 같은 말을 중얼거렸다.
 "마스터 마타타비는 누가 뭐래도 세계 제일이야. 그러니까 저런 놈은 잊어버려."
 "맞아요! 너구리 따위가 마타타비 맛을 알 리가 없다고요!"
 "너구리 아니고, 라쿤이라니까."
 "아, 그렇지, 참!"
 우리 셋은 복받쳐 우는 마스터를 달래느라 진땀을 뺐다. '마타타비'가 문을 연 이래, 최대 사건이라 해도 과언이 아니었다.
 진흙탕에 처박힌 마타타비는 숨겨왔던 힘 한 번 제대로

쓰지 못한 채 처참하게 흩어져 쓸쓸한 최후를 맞았다.

이성을 잃은 태양이 가차 없이 우리를 덮쳤다.
장마가 끝나자마자 그 기세는 더 등등해졌다. 차 밑, 배수로, 덤불 그늘……. 어디로 피하든 달아오른 공기가 기어코 찾아내 무자비하게 체력을 빼앗아 갔다. 매앰매앰매앰……. 쉬지 않고 울어대는 매미 소리도 더위를 부추겼다.
마치 아직도 풀리지 않은 마스터의 분노 같았다.
"할매, 안 더워?"
덤불 그늘에서 몸을 쉬고 있던 나는 태연한 앙꼬 할매를 보자 괜히 부러웠다. 한겨울 추위도 이 할매에겐 손톱만큼의 고통도 아닐 테지.
하지만 그런 것치고는 얼굴이 영 시원찮았다.
"네코마타는 좋겠어. 배도 안 고프고, 더위도, 추위도 안 타잖아?"
"네 말이 맞다. 이렇게 더운 날씨에도 끄떡없지. 그렇다고 감각이 아예 없는 건 아니야. 덥다는 건 느끼지만 힘들지 않다는 거지. 웃기지 않냐?"
"할매, 혹시 할매 탓이라고 생각하는 거야?"
"갑자기 훅 들어오는구나."
"할매가 계속 신경 쓰고 있으니까 그러는 거 아냐."
앙꼬 할매는 라쿤 사건이 자기 탓이라 여겼다. 라쿤에게 마타타비를 사준 게 다름 아닌 할매였으니까. 괜한 오지랖만 부리지 않았어도 그런 꼴은 안 당했을 거라고 자책하는 듯했다. 하지만 내 생각은 달랐다. 일어날 일은 언젠가 일어난다. 단지, 조금 빨랐을 뿐이다.

"나도 멍청했지. 그 녀석들이 뭐든지 안 씻고는 못 배기는 종자라는 걸 까맣게 잊고 있었으니."

안 씻고는 못 배긴다.

그 말을 곱씹으며 내 앞발을 내려다봤다. 습성이라는 건 의지로 어찌할 수 있는 게 아니다. 우리 고양이가 발톱을 안 갈고는 못 배기는 것처럼. 그걸 이해하지 못하고 화내는 인간들도 많다. 라쿤의 습성을 받아들이지 않는다면 우리도 결국 인간과 다를 바 없는 셈이다.

매앰매앰, 가까운 곳에서 매미가 울더니 마른 소리를 내며 훌쩍 날아간다. 누군가 오고 있었다. 앙꼬 할매도 눈치챘는지 식빵 굽기 자세를 풀었다.

"뭐야, 너였냐."

턱시도였다. 근육질의 커다란 몸과 검은색과 흰색이 어우러진 턱시도 무늬. 원래는 발끝도 흰 양말을 신은 것처럼 하얗지만 누렇게 때가 타 있었다. 무엇보다 틀어진 턱이 얼굴을 더 험악해 보이게 했다. 모르긴 해도 무시무시한 영역 싸움을 수도 없이 겪어왔을 신참이 건방진 몸짓으로 우리 쪽으로 다가왔다.

"너희한테 부탁이 있어서 왔다."

"뭐야, 뜬금없이."

"라쿤 녀석이 마스터한테 사과하고 싶다고 하더라. 문전박대당하지 않게 너희들이 말 좀 잘해줄 수 없을까?"

"그걸 너한테 직접 부탁했어?"

"부탁받은 건 아니야. 어제 돌아가는 길에 가게 근처를 기웃대는 걸 봤거든. 망설이는 눈치였어. 조금 전에 밭에서 토마토를 먹고 있길래 말을 걸었더니 사과하고 싶어서 갔다고 하더라고. 그러기를 몇 번이나 반복하던 모양이야."

"부탁하지도 않은 일을 굳이 나서서 중재하겠다, 이거냐? 너도 참, 사서 고생이다."

내가 빈정거리자, 턱시도는 삐뚤어진 입꼬리를 더 일그러뜨리며 웃었다.

"고질병이지."

어딘가 모르게 자조적인 웃음이었다.

"마스터가 놈을 용서할지 어떨지는 장담 못 해."

"그 정도는 알고 있어."

안 만나게 하는 게 낫겠다 싶었지만, 턱시도 같은 대장 고양이 급 수컷이 직접 부탁하러 온 이상, 이쪽에서도 성의를 보이지 않으면 안 될 것 같았다. 그것이 예의이기도 했다.

"알았다. 놈한테 오라고 전해."

턱시도는 은혜는 잊지 않겠다는 말을 남기고 왔던 길을

되돌아갔다. 그리고 얼마 지나지 않아 라쿤을 데리고 돌아왔다. 라쿤은 다소곳한 자세로 우리 앞에 섰다.

"이번에 또 마스터에게 실례되는 짓을 하면 그땐 내가 가만 안 둔다."

"알았어."

내 말을 되새기듯 답하며 깊이 고개 숙이는 라쿤의 태도를 보니 믿어봐도 될 것 같았다.

해가 아직 높다랄 때부터 우리는 '마타타비'로 향했다. 영업 전이었지만 마스터는 오픈 준비로 일찍 올 게 뻔하다. 예상대로 도착하자마자 마스터가 모습을 나타냈다.

줄줄이 모여 서 있는 우리 뒤에 라쿤이 있다는 걸 알아챈 마스터는 눈빛을 확 바꿔 뚫어져라 노려보았다. 화가 아직 안 풀린 게 분명했다. 라쿤 녀석도 그걸 느꼈는지 우리 사이를 헤집고 앞으로 나왔다.

"내가 정말 잘못했어! 이렇게 빌게!"

라쿤이 바닥에 납작 엎드려 사과했다. 그 태도에 마스터의 표정이 조금 누그러졌다.

"뭐든지 씻지 않으면 못 견디는 게…… 내 버릇이야. 마스터나 가게를 모욕할 생각은 조금도 없었어. 정말 미안해."

"……버릇이라면 뭐, 어쩔 수 없죠."

마스터는 상대방이 성의를 보이면 받아주는 편이었다. 나는 차분하고 어른스러운 대응에 감동했다. 마스터는 아무리

화가 나도 상대방의 말을 끝까지 귀 기울여 들었다.

원래라면 다시는 얼씬도 말라며 소금이라도 뿌릴 법한데, 그러지 않는 건 마스터의 훌륭한 묘성 때문일 것이다.

"그런데, 손님 성함은?"

"러스크라고 해."

"이제 막 준비하려던 참이지만, 들어오시죠."

마스터가 가게 문을 열었다. 우리한테도 들어오라는 눈빛을 보내와서 그 뒤를 따라 가게 안으로 들어갔다.

생각해 보니, 문 열기도 전에 들어온 건 처음이었다. 문을 열면 언제나 BGM이 흘러나오며 우리를 반겨주던 가게가 오늘은 정적에 싸인 채 잠들어 있었다. 우리를 기분 좋게 취하게 해주는 건 마타타비만이 아니라는 걸 새삼 느꼈다.

"정말 미안했어."

"그 얘긴 이제 됐습니다. 자, 앉으세요. 그보다 러스크 씨는 어째서 주택가에 계시는 거죠?"

우리 등쌀에 밀린 러스크가 박스석에 엉덩이를 내려놓자, 우리가 녀석을 둘러싼 모양새가 되었다.

"인간의 손에 자란 적이 있는 거냐?"

옆에 있던 내가 불쑥 질문을 던지자, 앙꼬 할매가 이어서 말했다.

"굳이 고양이들만 모이는 가게에 온 이유도 좀 듣고 싶구나."

"가게 앞을 서성일 때는 몹시 생각이 많은 얼굴이던데."

본격적으로 들을 셈인지 턱시도가 자세를 고쳐 앉고 털 손질을 시작했다. 고양이 특유의 호기심이 폭발한 모양이다.

러스크는 고양이 무리에 둘러싸인 것도 모자라 질문이 쏟아지자 조금 당황한 눈치였지만, 어쩐지 기뻐하는 듯 보이기도 했다.

"나는…… 고양이가 그리워서 여기 온 거야. 이야기를 들었거든. 가게 안에서는 아무리 사이가 안 좋은 상대가 있더라도 싸움은 절대 금지라고. 그런 룰이 있는 곳이라면 나 같은 놈도 받아줄 것 같았어. 난 라쿤이긴 하지만, 한때는 내가 고양이라고 믿고 산 적도 있거든."

"그건 또 무슨 소리냐?"

"사실은, 부모 형제 말고는 다른 라쿤을 본 적이 없어."

러스크는 조용히 자신이 자라온 이야기를 들려주었다.

러스크가 태어나서 처음으로 본 인간은 한 중년 부부였다. 엄마와 떨어져 산속을 헤매다 어디를 어떻게 왔는지도 기억이 없었다. 산길을 산책하던 부부는 나무 밑동에 웅크리고 있던 작은 생명체를 발견하고 조심스레 다가왔다.

「얘, 이리 와— 괜찮아.」

배는 고프고 발끝은 얼어붙어 더는 움직일 수도 없었지만, 자신을 향해 내민 손은 한없이 크고 따뜻했다. 겁먹은 몸은 굳어 있었지만, 말을 걸어오는 다정한 목소리에 이상하리만

치 마음이 놓였다. 아직 어렸지만 적이 아니라는 게 느껴졌다. 엄마 품이 그리운 나이인 만큼 부드러운 목소리에 마음이 끌리는 건 당연한 일이었다.

러스크는 가까이 다가오는 발소리에도 도망치지 않고 그 자리에 웅크려 부부를 올려다보았다.

「이거, 라쿤 아니야?」

「응? 난 너구리인 줄 알았는데?」

「인터넷으로 좀 찾아볼까? 어디 보자…… 아, 역시 무늬가 라쿤이네.」

「와, 신기하다. 야생 라쿤이라니.」

「반려동물로 키우던 게 도망친 걸 수도 있어.」

"배…… 고파……."

작게 웅얼거리자, 두 사람은 서둘러 배낭 안을 뒤졌다.

「배고팠구나? 몸도 많이 말랐네. 빵 먹을래?」

비닐 포장지를 뜯는 소리와 함께 고소한 냄새가 확 퍼졌다. 며칠째 아무것도 먹지 못한 러스크는 주저 없이 받아 들고 정신없이 베어 물었다.

「어라? 역시 너구리 아닐까? 안 씻어 먹잖아.」

「배가 너무 고파서 그런 거 아닐까? 애초에 여기 물도 없잖아. 씻고 싶어도 못 씻지.」

「하긴. 그래도 씻는 거 한번 보고 싶다.」

라쿤의 학명은 'Procyon lotor', 즉 '씻는 곰'이라는 뜻이다. 그런 이름이 붙은 건 뭔가를 씻는 흉내를 내는 습성 때문이라고 하지만, 사실은 좀 다르다. 시력이 좋지 않아 손으로 만져서 형태를 확인하는 행동일 뿐이다. 배가 고플 땐 그마저도 안 할 때가 많다. 게다가 야생 라쿤은 일부러 물에 손을 담그는 일도 거의 없다.

아마 물가에서 가재 같은 먹잇감을 더듬어 잡는 모습이 사람 눈엔 마치 씻는 것처럼 보였을 것이다.

러스크도 어릴 땐 뭘 씻거나 하지 않았다. 씻는 버릇은 인간의 손에 자라게 되면서 생긴 것이다. 원래의 습성에다가 라쿤이 씻는 걸 좋아한다고 생각한 주인이 먹을 걸 줄 때마다 항상 옆에 물그릇을 두었는데, 그게 몸에 밴 것이었다.

「어미가 없는 것 같아. 데려갈까? 이대로 두면 굶어 죽을지도 몰라.」

「물진 않을까? 광견병 같은 건? 그보다 라쿤을 집에서 키워도 돼?」

「하여튼 당신은 겁이 많다니까. 광견병이면 이렇게 얌전할 리가 없지. 이미 손댄 이상 못 본 척할 순 없어. 자, 이리 와―.」

따뜻한 품에 안긴 러스크는 엄마가 떠올라 가슴팍의 옷자락을 꼭 움켜잡았다. 그 작은 행동이 인간의 보호 본능을 자극한 듯했다. 러스크가 마음에 쏙 든 두 사람은 러스크를 데리고 산에서 내려왔다. 러스크라는 이름이 생긴 건 이때였다.

러스크는 차에 태워져 새로운 집으로 옮겨졌다. 그리고 태어나서 처음으로 '고양이'라는 동물과 마주했다.

「코르네, 피로시키, 로제타—, 우리 왔다.」

집 안으로 들어가자, 안쪽에서 동물의 기척이 느껴지더니, 털북숭이 녀석들이 우르르 몰려나왔다. 바닥에 내려놓으려고 하자 러스크는 무서워서 있는 힘껏 인간에게 매달렸다.

"싫어, 무서워……"

「괜찮아, 걱정 안 해도 돼. 우리 집 고양이들은 다 착하거든.」

그러고는 부드럽게 떼어내 바닥에 내려놓았다. 고양이는 세 마리였다. 인간만큼은 아니어도 자기보다 훨씬 큰 녀석들한테 둘러싸이자 꼼짝할 수가 없었다.

"어서 와, 엄마. 엄마, 근데 쟤는 누구야?"

"희한한 동물이 왔어."

"이상한 냄새도 나! 이런 냄새는 처음 맡아봐! 냄새가 좀 고약한데?"

「새 가족이야.」

고양이들은 러스크에게 바짝 다가와 있는 대로 냄새를 맡았다. 머리, 코, 귀, 등……. 특히 궁둥이 냄새는 꼼꼼하고 끈질기게, 몸이 간질간질할 정도로 코를 들이대고 확인했다.

어린 마음에도 여기서 미움받으면 또 혼자가 될지도 모른다는 생각에 러스크는 녀석들이 하는 대로 가만히 있었다.

자기랑 닮은 구석이라고는 없는 코 짧은 동물들. 다리도 자기와 달리 발가락 없이 끝이 둥글게 갈라져 있었다. 고양이에게도 발가락이 있고, 넣었다 뺐다 할 수 있는 발톱까지 있다는 걸 알게 된 건 시간이 조금 더 지나서였다.

"역시 냄새가 이상해. 안녕, 난 코르네야."

"나는 로제타."

"난 피로시키라고 해. 넌 이름이 뭐야? 다리도 좀 이상한데?"

한바탕 냄새를 맡고 난 고양이들은 러스크에게 코와 코를 맞대는 고양이식 인사법을 가르쳐주었다. 처음 해보는 고양이식 인사가 어색했지만 따라 하다 보니 금세 사이가 가까워졌다.

"나, 난⋯⋯ 러스크라고 부르던데."

"좋은 이름이네. 러스크는 진짜 맛있거든."

"뭐, 맛있다고?"

"놀랄 거 없어. 우리 이름도 다 음식 이름이거든."+

어릴 때부터 같이 자라온 세 마리는 거리낌 없이 러스크를

+ • 로제타: 이탈리아의 주식용 빵
  • 피로시키: 반죽한 피 안에 고기와 야채 등을 넣어서 튀기거나 구운 러시아의 요리
  • 코르네: 페이스트리 안에 크림을 넣어 만든 프랑스 또는 일본식 서양 제과에서 파생한 소라 모양의 빵

받아주었다.

　좋은 달랐지만, 털 달린 식구들과의 생활은 이렇게 시작되었다.

「얘들아, 밥 먹자―. 러스크는 사료 먹으려나?」

　피로시키가 "얼른 주세요!" 하고 야옹거렸고, 주인이 그릇에 사료를 덜어주자마자 고양이들이 일제히 고개를 파묻었다. 러스크도 같은 걸 받았다.

　"이게 뭐야, 딱딱하고 작은 알갱이네?"

　러스크는 두 발로 만져 모양을 먼저 확인한 뒤 입에 넣어보았다. 생선 맛이 솔솔 나면서 식감도 좋은 게 마음에 쏙 들었다.

　"맛있다! 맛있어!"

「다행이다, 잘 먹네. 자, 물이야. 씻어 먹어도 돼.」

　물그릇이 눈앞에 놓이자, 러스크는 사료를 잠시 내려두고 앞발을 물에 푹 담갔다. 차가운 물의 감촉을 느끼는 러스크의 모습에 주인이 킥킥 웃었다.

「어머, 아무것도 안 들고 씻네. 엄청 급했구나?」

「그렇게 배가 고프면 채소도 줄까? 여보, 방울토마토 있지 않았어?」

「그러네. 방울토마토라면 불지도 않고 괜찮겠어.」

　그릇에 방울토마토 몇 개를 담아서 건네자, 러스크는 그것도 앞발로 문질러 모양부터 살폈다.

「자기야, 애 좀 봐봐. 씻는다!」

「진짜 라쿤 맞네. 귀엽다니까.」

흐뭇하게 웃으며 자기를 바라보는 두 사람을 보고 러스크는 엄마에게 배운 경계심을 몽땅 잊어버렸다. 밥을 주고 다정하게 말을 걸어주는 인간은 더 이상 두려운 존재가 아니었다. 고양이들도 마찬가지였다.

가족으로 받아들여진 러스크는 빠르게 그 생활에 적응해 갔다.

"오, 라쿤은 뭐든 씻는 줄 알았는데, 그게 아니로구나. 내가 착각했구면."

앙꼬 할매가 감탄하듯 중얼거렸다. 네코마타가 될 만큼 살았어도 아직 모르는 게 있다니. 세상은 참 넓다.

"그런 오해 많이 받아요. 혹시 할머니도 인간 손에 자란 적 있어요?"

"그래 맞다. 어떻게 알았지?"

"그냥, 느낌으로요."

인간과 깊은 인연을 맺고 산 동물들은 어딘가 서로 통하는 구석이 있는 모양이다.

"근데 왜 길거리로 나온 거지? 귀여움받고 자랐을 거 아냐."

갑자기 들려온 오일의 목소리에 모두가 문 쪽을 쳐다보았다. 오일이 복면과 함께 가게로 들어서고 있었다.

"뭐야, 너희는?"

"문이 열려 있어서요……. 이제 영업 시작할 시간이라고요."

"그랬었죠."

마스터는 조용히 문을 닫았다. 간판 불이 켜져 있지 않으면 휴업이라는 뜻인데, 오늘은 그냥 그렇게 하기로 마음먹은 모양이다.

"오늘은 단골손님들만 모시는 걸로 할게요. 자, 뭐라도 피우시겠어요?"

우리는 마타타비를 피우며 러스크 이야기를 듣기로 했다. 박스석에 앉은 러스크 앞에는 앙꼬 할매가 자리를 잡았고, 러스크와 등을 맞댄 박스석엔 턱시도가 앉았다. 우리는 옆을 향한 자세로 스툴에 엉덩이를 붙이고 러스크가 꺼낼 말에 주목했다.

마스터가 주문한 마타타비를 내와서 할매 옆에 앉았다. 마타타비에 불을 붙이자, 러스크도 우리 틈에 껴서 시가 성냥을 그었다.

녀석은 한 모금 빨아들이더니 눈이 동그래졌다.

"그 녀석들이 주인한테 받았던 거랑은 완전 딴판이네. 취하진 않아도 맛은 끝내준다."

"그야 당연하지. 이건 마스터가 손수 공들여 숙성한 보물이다. 어디서나 쉽게 구할 수 있는 마타타비랑 똑같이 생각하면 곤란해."

내 말에 러스크의 동그란 눈망울에 눈물이 그렁그렁 맺혔다. 그러더니 뾰족한 코를 앞발로 쓱 문질렀다.
"그랬구나……. 내가 진짜 큰 실례를 저질렀던 거네."
"이제 괜찮다니까요. 악의는 없었으니 그걸로 된 거 아닐까요? 이렇게 제대로 사과도 하셨잖아요."
러스크는 다시 한번 깊이 머리를 숙인 뒤 조용히 말을 이었다.
"부러웠어. 나도 마타타비에 취해보고 싶었거든……."
쓸쓸하게 웃으며 내뱉은 그 말에서 아무리 바라도 고양이가 될 수 없었던 러스크의 외로움이 고스란히 묻어났다.
"그래도 그 녀석들은 날 받아줬어. 고양이들은 참 잘 자더라. 놀기도 잘하고. 그 녀석들은 젊어서 그런지 노는 것도 아주 화끈했어."
러스크의 동그란 눈망울에 그 시절 추억에 대한 깊은 애정이 떠올랐다. 그리움이란 애정이 없으면 싹틀 수 없는 감정이다.
"특히 달밤 운동회는 진짜 재미있었어."
"달밤 운동회? 그게 뭔데요?"
복면의 눈이 반짝였다.
"한밤중에 집 안을 한바탕 휘저으면서 우다다 뛰어다니는 거야. 쫓고 쫓기고……. 아, 내 총알 같은 달리기 실력을 한번 보여줘야 하는데."
"완전 재미있겠네요!"

"재미있는 정도가 아니었지. 그렇게 신나게 놀고 나면 다 같이 한데 뭉쳐서 잠을 잤어. 너희들이 골골거리는 소리 있잖아, 그 소리를 듣고 있으면 그렇게 마음이 편할 수가 없었어. 앞발로 꾹꾹이까지 해주면 금세 잠이 솔솔 오더라. 그래서 나도 보답으로 살살 문질러주면 다들 좋아했어. 가끔 내가 너무 집요하게 굴 때는 뒷발로 살짝 밀어내기도 했지만."

이 녀석이 왜 굳이 고양이들만 모이는 이 바에 발걸음을 했는지 이제야 알 것 같았다. 그리워서, 다시 한번 느껴보고 싶어서, 그래서 홀린 듯 들어선 거였다.

"그때가 살면서 가장 행복한 시간이었어."

그 말을 끝으로 러스크의 표정이 바뀌었다. 그 표정은 인간의 보살핌 아래 사는 것이 꼭 평온하기만 했던 것은 아니라고 말하는 듯했다.

변화가 찾아온 건 러스크가 사춘기에 접어들 무렵이었다.

라쿤은 원래 성질이 사나워서 덩치가 커질수록 인간의 힘으로 감당하기 어려워진다. 러스크도 예외는 아니었다. 노는 게 날이 갈수록 과격해져서 주인을 곤란하게 만들기 일쑤였다.

관엽식물은 죄다 물어뜯고 흙을 파헤쳐 놓았고, 소파는 쓰지 못할 정도로 망가뜨렸다. 특히 벽지는 박박 찢을 때 나는 소리가 기분 좋아서 닥치는 대로 찢어댔다. 그때마다 속이 뻥 뚫릴 정도로 기분이 짜릿했다. 손재주가 좋은 러스크는 고양이들이 아무리 용을 써도 못 여는 서랍도 능숙하게 열었다. 서랍 안에 든 옷가지를 죄다 끄집어내 물어뜯는 게 러스크한테는 최고의 놀이였다.

난장판이 된 방을 보고 넋이 나간 주인은 멍하니 서 있곤 했다. 러스크의 과격한 놀이에 고양이들은 점점 힘들어졌고 멀찌감치 피하게 되었다.

그렇게 관계가 조금씩 어긋나기 시작했다.

처음으로 불호령이 떨어진 날을, 러스크는 아직도 또렷이 기억한다고 했다.

「아우, 정말! 또 이렇게 어질러놨어? 어떻게, 이렇게 만들어놔! 내가 얼마나 아끼는 건데…….」

갈기갈기 찢겨 방 안에 흩어져 있던 블라우스 주인이 가장 아끼던 거였다. 보들보들한 감촉에 좋은 냄새가 나서 러스크도 홀딱 빠져버린 옷이었다.

「도저히 안 되겠다. 잠깐 저기 들어가 있어!」

러스크는 강제로 케이지에 넣어졌다.

"왜 이러는데! 저기, 열어줘! 내보내 달라고!"

어떻게든 나오려고 케이지 철망을 물어뜯었다. 안 된다는 걸 알자, 덜컹덜컹 흔들어대며 거칠게 저항했다. 멈추지 않는 날카로운 금속음에 고양이들은 죄다 다른 방으로 도망쳤고, 결국 러스크만 방에 남겨둔 채 문이 쾅 닫혀버렸다. 그래도 누그러지지 않은 러스크가 울부짖자, 문 너머에서 조용히 하라는 주인의 호통이 날아들었다.

그날 이후 케이지에 갇히는 횟수가 점점 늘어갔다.

자유를 빼앗기니 스트레스가 쌓이고, 스트레스가 쌓이니 더 거칠게 날뛰어서 감당하지 못하는 악순환에 빠져버렸다.

손이 워낙 기민해서 혼자 케이지 문을 따고 나오기도 했다. 러스크가 엉망진창으로 만들어놓은 부엌에서 주인이 눈물을 흘리며 치우는 날도 있었다. 그럴 땐 무섭게 혼났지만, 시간이 좀 지나면 또 언제 그랬냐는 듯 다정히 대해주었다. 그리고 고양이들이 잠든 밤이면 러스크만 품에 안고 예뻐해주곤 했다.

「혼내서 미안해. 러스크가 잘못한 건 아닌데. 처음부터 데려온 게 실수였을지도 몰라. 라쿤의 습성도 제대로 알아보지 않고……. 섣불리 집으로 데려와서 미안해.」

부드럽게 쓰다듬어 주면 혼났던 기억도 금세 잊었다. 마음이 차분해지고 내일부터 얌전히 굴자고 반성도 했다. 하지만 시간이 지나면 그런 다짐은 흔적도 없이 사라지고, 다시 본성을 드러냈다.

아울러 고양이들과의 싸움도 점점 잦아졌다.

러스크는 마음에 안 드는 일이 생기면 코르네를 비롯해 고양이들한테 괜한 화풀이를 했다. 몇 번이나 샤아! 하고 하악질을 당했는지 모른다. 가까이 가기만 해도 낮은 울음소리를 내며 경계할 때도 있었지만, 러스크가 잠잠할 땐 예전처럼 털을 핥아주기도 했다.

"거칠게 굴어서 미안해, 로제타."

"괜찮으니까, 가만히 있어봐. 늘 이렇게 얌전하면 좋을 텐데."

러스크는 자기 마음을 제어하지 못하는 게 너무 슬펐다. 잘 지내고 싶은데 사소한 일에도 화가 치밀었고 고양이들의 행동이 하나둘 눈에 거슬리기 시작했다.

방이 좁았던 것도 원인 중 하나였다.

밖에 나가고 싶고 숲 냄새도 맡고 싶은데 집 안에만 있다 보니 억눌린 답답함이 난폭한 행동으로 나타났다. 창문을 열어 방충망만 닫아두면 밖에서 풍겨오는 흙냄새가 러스크를 더 부추겼다.

그러던 어느 날이었다. 러스크는 부엌에 난 뒷문을 열어보기로 마음먹었다. 방문에 달린 레버형 손잡이는 러스크와 피로시키가 마음만 먹으면 언제든 열 수 있었다. 뒷문도 마찬가지였다. 자물쇠를 풀고 레버만 내리면 바로 바깥으로 나갈 수 있었다.

"저기, 이거 열 수 있겠어?"

"이걸 돌리면 되잖아. 나라면 할 수 있지."

"나도 알아. 엄마가 그걸 돌리고 문을 열잖아."

쉽진 않았지만, 주인이 돌아오기 전까지 시간은 충분했다. 한참을 붙잡고 씨름했더니 딸칵, 하고 자물쇠 돌아가는 소리가 났다.

"열렸다!"

방문보다 무거웠지만 몸으로 밀자, 바로 눈앞에 너른 바깥세상이 펼쳐졌다.

"와, 밖이다! 나, 잠깐만 놀다 올게—!"

"엇, 진짜 나갈 거야?"

"괜찮아. 금방 올게!"

러스크는 기세 좋게 밖으로 뛰쳐나갔다. 하지만 어릴 때부터 집 안에서만 자란 고양이들은 문밖으로 나와도 겁이 나서 머뭇거리기만 할 뿐이었다. 그중에서 호기심이 가장 많은 코르네만이 간신히 마당까지 따라 나왔다.

"저기, 러스크. 기다려!"

"나, 놀다 올게."

"나도 갈래!"

말은 그렇게 했지만, 코르네는 주위를 경계하느라 냄새만 킁킁 맡고 좀처럼 따라오지 않았다. 답답해진 러스크는 코르네를 두고 혼자 멀리 놀러 나갔다. 피로시키와 로제타는 뒷문 발치에서 그저 멀뚱멀뚱 내다볼 뿐이었다.

"야호, 밖이다!"

오랜만에 느껴보는 흙의 감촉. 풀 냄새. 마당의 화단에는 작은 생명체들도 있었다. 무언가가 움직이는 걸 발견하고 곧장 덮쳤다. 메뚜기였다. 붕붕……. 무거운 소리를 내며 풍이가 날아들어 잡으려다 놓쳤지만, 그것마저도 즐거웠다.

매일 이렇게 뛰놀 수 있다면 집 안에서도 얌전히 지낼 수 있을 텐데. 가구도 부수지 않고, 벽지도 안 뜯을 수 있을 텐데. 서랍을 여는 것도 참을 수 있을 것 같았다.

이제부터는 말썽부리지 않고 잘할 수 있을 거라는 확신까지 들었다.

하지만 현실은 그와 달랐고, 예상은 보기 좋게 빗나갔다. 귀가한 주인이 마당에 나와 있는 고양이들을 보고 얼굴이 새파래졌다. 다행히 고양이들은 모두 무사히 돌아갔지만, 탈출을 주도한 게 러스크라는 사실은 금세 들통났다. 그리고 이 사건이 결정적인 계기가 되고 말았다.

「이제 더는 안 되겠어. 이대로는 러스크도 불행할 뿐이야.」

「어쩔 수 없지. 보내자. 근데 어디로? 동물원에라도 연락할까?」

「안 돼. 라쿤은 사육 금지라서 안락사 처분될 거야. 산으로 돌려보내자. 원래 살던 곳이라면 잘 살아갈 수 있을 거야.」

러스크는 그런 이야기가 오가는 줄도 모른 채 신나게 놀다 고양이들과 늘어져 낮잠을 자고 있었다. 실컷 뛰논 뒤라 포근한 잠에 빠져서 푸우푸우, 코까지 골면서……

하지만 그 행복한 시간도 끝이 다가왔다.

「자, 이리 와 러스크. 밥 먹자.」

"왜? 와, 바나나다! 내가 제일 좋아하는 건데! 과자도 주는 거야?"

주인은 러스크만 따로 깨워 배불리 먹인 뒤, 켄넬에 넣었다. 잠에서 깬 코르네와 다른 고양이들도 켄넬에 넣어져 밖으로 나가는 러스크를 현관 앞에서 멀뚱히 바라보았다.

"러스크, 어디 가?"

"우리랑 안 있을 거야? 다른 데로 가는 거야?"

"혹시 간식 먹었어? 러스크만 주다니, 불공평해!"

「러스크, 가자. 당신이 운전 좀 해줘.」

「알았어. 그럼 출발할까?」

"다른 애들은 같이 안 가? 어라? 얘들아!"

고양이 세 마리의 모습이 현관문 너머로 사라졌다. 차에 태워지기 직전, 창가에 코르네와 친구들의 모습이 보였다. 그림자만 보아도 다들 자신을 보고 있다는 걸 알 수 있었다.

"있잖아, 엄마. 어디 가는 거야?"

몇 번이고 물었지만, 말을 못 알아듣는 인간이 대답해 줄 리 없었다. 고양이의 골골송과는 다른 진동이 온몸에 전해지며 러스크를 태운 차는 천천히 어둠에 휩싸인 밤의 주택가를 벗어났다. 켄넬 안에서도 창밖은 보였지만, 가끔 스쳐 가는 불빛 말고는 뭐가 뭔지 알 수 없었다.

얼마나 달렸을까. 차가 멈추고 러스크는 바깥으로 꺼내졌다. 저벅, 저벅, 저벅⋯⋯. 주인은 자갈길을 따라 산길로 계속 걸어 들어갔다. 풀숲에서 들려오는 벌레 소리에 왠지 모를 그리움이 느껴졌다.

"저기…… 여긴 어디야?"

「여기쯤이면 되겠지?」

「괜찮을 것 같아. 미안해, 러스크. 좁은 데 갇혀서 너도 힘들었지?」

켄넬이 바닥에 놓이고 문이 열리자, 러스크는 밖으로 나왔다. 달빛이 환해서 괜히 가슴이 두근거렸고, 짙은 풀냄새가 몸속에 남아 있는 야생의 본능을 톡톡 건드렸다.

"또 밖에서 놀아도 돼?"

「그럼 잘 지내, 러스크.」

「미안해. 잘 살아. 정말 미안해. 정말…… 미안해…….」

"와아! 밖이다!"

「자, 그만 울고 갑시다.」

낮에도 밖에서 실컷 뛰놀았는데, 오늘은 운이 좋은 날인가 보다. 러스크는 다시 바깥세상의 매력에 푹 빠져들었다. 잡초 사이를 달릴 때 느끼는 상쾌함은 방 안에서는 절대 맛볼 수 없는 것이었다. 서늘한 공기도 기분 좋았고, 밟히는 흙의 감촉에 점점 신이 나고 흥분이 되었다

그런데 문득 발소리가 멀어져 가는 걸 깨닫고 뒤돌아보니, 주인 부부가 차에 오르는 중이었다. 탁, 문이 닫히는 걸 보자마자 달아올랐던 흥분이 한순간에 식었다.

부르릉……. 당황한 러스크는 있는 힘을 다해 엔진 소리를 내며 달려가는 차를 쫓아갔다.

"기다려!"

그러나 차는 순식간에 멀어져 어둠 속으로 스며들듯 사라졌다. 왜…… 어째서 자기만 두고 가버렸는지 알 수 없었다. 러스크는 얼어붙은 듯 그 자리에 멍하니 서 있었다.

숲속 어딘가에서 낯선 소리가 울려 퍼졌다. 새소리일까? 집에 있을 때 자주 들리던 새소리는 참새, 비둘기, 까마귀 정도였는데, 그 어느 쪽도 아닌 생경한 소리였다.

"엄마…… 아빠……. 코르네, 피로시키, 로제타……. 모두 어디 있어……?"

무서웠다. 불안해서 견딜 수가 없었다. 몇 번이고 이름을 불러봤지만, 돌아오는 건 정적뿐이었다.

"……무서워."

흙냄새를 맡아봤지만, 익숙한 냄새와 전혀 달랐다. 그동안 러스크는 어둠이 무섭지 않았다. 그러나 그날은 달랐다. 그곳에는 알 수 없는 생명체들이 몸을 숨긴 채 비릿한 숨을 내쉬며 어떻게 러스크를 잡아먹을지 벼르고 있는 것만 같았다. 러스크는 점점 무서워졌다.

"다들…… 어디 있어……."

그래도 틀림없이 금방 돌아올 거야.

러스크는 그렇게 믿고 그 자리에 앉아 기다렸다. 하지만 아무리 기다려도 주인은 돌아오지 않았다. 기다리다 지친 러스크는 쉴 만한 곳이 없는지 두리번거렸다. 한참을 찾다가 달빛이 닿는 나무 밑동에서 움푹 팬 자리를 발견하고 겨우 몸을 눕혔다.

러스크는 집 밖으로 나가고 싶다고 생각한 걸 후회했다. 그런 마음이나 품고 멋대로 문을 열고 밖에 나가니까, 이렇게 두고 가버린 거다.

"잘못했어······."

혼자 자는 건 업둥이로 집에 들어가 살게 된 이후로 처음이었다. 항상 고양이들과 함께 있었다. 포근한 털에 덮인 고양이들의 통통한 몸은 따뜻했고, 서로 몸을 기대어 자면 깊이 잠들 수 있었다.

포근한 잠자리를 그리워하면서 러스크는 딱딱한 땅 위에 몸을 동그랗게 말고 자다 깨기를 반복했다.

고양이들의 꿈을 꾸며 몇 번이고 몇 번이고······.

정신을 차리자, 어느새 사방이 환히 밝아지고 고요했던 세상이 기지개를 켜고 있었다. 어디에선가 자동차 소리가 나고 사람들의 일상이 서서히 활기를 띠기 시작했다. 개를 데리고 온 노인이 러스크 바로 옆으로 난 산길을 올라갔다.

자신을 발견한 개가 미친 듯이 짖어대자 러스크는 서둘러 그 자리를 피했다. 가슴이 철렁 내려앉는 듯한 기분이었다.

"얘들아······."

러스크는 큰 결심을 하고 어젯밤 차가 사라졌던 방향으로 발걸음을 내디뎠다. 데리러 오지 않는다면 두 발로 걸어서라도 스스로 집에 돌아가면 된다.

흙길이 자갈길로 바뀌더니 이내 아스팔트 도로가 나왔다. 살면서 처음 느껴보는 감촉이었다. 딱딱하고 울퉁불퉁해서 발바닥이 쿡쿡 쑤셨다. 늘 매끄러운 마룻바닥 위에서만 살던 러스크에겐 너무 강한 자극이었다. 게다가 사람들도 적인지 아군인지 알 수 없는 위협적인 존재였기에 골목 그늘에 몸을 숨겨 가며 다시 걷고 또 걸었다.

그렇게 집으로 향했지만, 그러는 동안 어느새 발바닥엔 피가 맺히고 배도 고파 왔다. 남의 밭에서 농작물을 훔쳐 허기를 달랬으나 이번에는 비가 내렸다.

그리고 결국에는 어디로 가야 집이 나오는지조차 알 수 없게 되어버렸다.

"나는…… 그렇게 버려졌어."

러스크는 아직 불붙이기 전인 '코이냐'를 앞발로 만지작거렸다. 주인이 라쿤이라는 동물을 조금만 더 이해했더라면 이렇게 되지는 않았을지도 모른다.

우리가 뿜어낸 보랏빛 연기가 자욱한 가게 안은 안개 낀 새벽의 주택가처럼 적막했다. 뱉어내는 숨소리조차 귀에 거슬렸다.

그 정적을 깬 건 복면이었다.

"고양이라면 여기 있잖아요."

복면이 스툴에서 내려와 러스크 옆에 자리를 잡았다. 그러고는 슬쩍 몸을 기대며 해맑게 웃었다.

"전, 복면이라고 해요."

뜻밖의 살가운 행동에 러스크는 눈을 동그랗게 뜨고 당황한 표정을 지었다. 그 반응이 귀여웠는지 복면이 꾹꾹이를 시작했다.

"저도 잠자리가 편하면 무심결에 꾹꾹이를 하게 되더라고요. 이런 느낌이죠?"

"그래, 맞아. 그 녀석들도 그렇게 날 눌러줬었어."

"러스크 씨, 살집이 좀 있으시네요."

"그냥 러스크라고 불러. 난 뭐든지 잘 먹어. 밭에는 내가 먹을 수 있는 게 지천으로 널렸거든."

"정말요? 밭에서 나는 것도 먹을 수 있다니, 좋겠다!"

복면의 코끝이 살짝 붉어져 있었다. 아마 머릿속으로 온갖 먹을거리가 산처럼 쌓인 밭의 풍경을 떠올리고 있겠지. 기분 좋게 꾹꾹이를 이어가는 복면을 보며 러스크는 촉촉해진 눈으로 작게 중얼거렸다.

"아, 정말 그립다······."

조용히 되새기듯 내뱉은 그 말에, 녀석의 외로움이 내 마음속으로 스며들었다. 녀석은 하룻밤 사이에 빼앗긴 일상을 아직도 가슴에 소중히 간직하고 있었던 것이다.

"저기, 'NNN'에서 러스크를 알선해 주면 어떨까요?"

"NNN? 그게 뭔데?"

"'냥이 냥이 네트워크'의 줄임말이에요. 우리 고양이들이 비밀리에 활동하는 조직이요!"

복면이 눈을 반짝이며 열심히 설명하려 들자, 오일이 차갑게 일침을 놓았다.

"바보냐? 라쿤은 무리지. 고양이 하나 알선하기도 힘든데, 라쿤을 누가 받아줘."

"음, 정말 안 될까요……?"

복면은 아직도 이해가 안 된다는 표정이었지만, 나도 오일과 같은 생각이다. 주인을 찾아주고 싶어도 넘어야 할 장벽이 너무 높다. 더군다나 집 안에 가두기라도 하면 분명 다시 문제가 생길 테니까.

"근데 러스크, 앞발이 꼭 사람 손 같네요!"

"아, 이거? 코르네랑 다른 애들도 그러던데. 내가 고양이보다 손재주가 좋아서 편하다고."

"저기…… 그럼, 부탁 하나만……."

마스터가 잠깐 안으로 사라지더니 포장지 양쪽을 단단히 꼬아놓은 큐브형 소고기 육포를 들고 나왔다. 나도 가끔 인간한테 얻어먹어봐서 아는데, 문제는 이놈이 진짜 까기 어렵다는 거다. 하나하나 낱개 포장되어 있어서 고양이 발로는 까서 먹기가 여간 힘든 게 아니다.

"부탁드려도 될까요?"

"까주면 되는 거야?"

러스크가 양쪽 끝을 잡고 당기자, 포장지가 빙그르르 풀렸다. 가느다란 발가락으로 능숙하게 포장지를 벗기자, 안에 든 육포가 훤히 드러났다. 뜻밖의 광경에 오오! 하는 감탄사가 터지고 모두의 눈이 휘둥그레졌다.

"뭐야, 이게 그렇게 놀랄 일이야?"

"대단해요! 순식간에 까버렸잖아요!"

"그러고 보니, 그 녀석들도 이런 간식은 훔쳐놓고도 까느라 한참 애먹었던 것 같아."

"그, 그럼, 이것도 부탁해도 될까요……?"

마스터가 이번에는 또 다른 포장지에 든 간식을 가지고 나왔다. 그것도 거뜬히 뜯어내자 또 한 번 분위기가 달아올랐다. 고양이들에게 둘러싸인 러스크는 으쓱하면서도 행복한 얼굴을 했다.

"러스크가 있으면 엄청 편하겠어요! 이제 우리 동료라고요!"

까불이 복면이 그저 말버릇처럼 한 말이었지만 그것이 러스크에게는 큰 위안이 되었을 게 분명하다.

오일은 곁눈질로 복면을 쏘아봤고 턱시도는 웃음을 꾹꾹 눌러 삼켰다. 앙꼬 할매는 온화한 미소를 지으며 마타타비를 피웠다.

복면 덕분에 분위기는 훈훈하게 흘러갔다. 저놈의 능청스러운 붙임성이 라쿤한테까지 통할 줄이야.

"하늘을 지붕 삼아 사는 것도 그리 나쁘지는 않을 거다."

내 말 한마디에 러스크의 눈가에 금세 눈물이 차올랐다.

구르르륵구르르륵……. 요란하게 골골송을 부르는 소리가 가까워지고 있었다. 카운터 자리에 앉아서 마타타비를 입으로 가져가던 나는 그대로 들고 있던 발을 멈췄다.

고양이가 골골송을 부르는 데는 몇 가지 이유가 있다. 상황만 보면 경계할 필요는 없었지만, 저 정도로 시끄럽다면 도대체 어떤 수컷이길래 저런 소리를 내는 건지, 흥미가 생겼다.

'틀림없이 다부진 체격일 거야.'

나는 경계심 가득한 눈으로 뒤를 돌아보았다. 하지만 내 눈에 들어온 건 전혀 예상 밖의 물체였다.

"러스크, 너 지금 뭐 하는 거냐?"

골골송 소리는 러스크가 둥그런 무언가를 굴리며 가게 안으로 들어오는 소리였다. 우리보다 한 사이즈 정도 작은 그것은 줄무늬가 나 있었다. 오일과 복면도 그걸 보고는 동시에 굳은 얼굴이 되었다.

"수박이야!"

"그거야 보면 알지."

"내가 제일 좋아하는 거야. 밭에 잘 익은 게 있길래."

"고양이는 그런 거 안 먹어."

차가운 한마디에 러스크는 벼락이라도 맞은 것처럼 앞발을 번쩍 들고 놀라는 몸짓을 했다.

"그, 그랬지, 참……."

러스크는 고양이가 그리운 마음에 밤마다 가게를 들락거렸지만, 이런 황당한 행동으로 우릴 깜짝 놀라게 하는 일이 한두 번이 아니었다.

"진짜 고양이랑 살던 놈 맞냐?"

"수상해. 우릴 속여서 사기라도 치려는 거 아닐까?"

"그, 그럴 리가요……. 믿어주자고요! 나쁜 라쿤은 아닐 거예요!"

복면은 언제나 러스크 편이었다.

"까, 깜빡한 것뿐이야!"

"제발 가게에서 드시지만 말아주세요. 바닥 다 더러워진다고요."

"그렇겠네. 미안해, 마스터. 일부러 그런 건 아니었어."

"알고 있어요."

불과 며칠 만에 러스크가 얼마나 덜렁대는 녀석인지 모두 알게 되었다. 물론 민폐를 끼치는 일도 잦았지만, 그럴 때마다 단골들이 재빠르게 태클을 걸었다. 독특한 성격 때문인지 처음엔 황당한 행동에 놀라는 고양이들도 있었지만, 얼마 지나지 않아 이 녀석을 그냥 '좀 별난 고양이' 정도로 받아들였다.

"마스터. 다음엔 수박 대신 다른 거 가져올게. 그러니까 오늘은……."

"네, 외상으로 달아둘게요."

"휴, 살았다. 여기 마타타비는 이상하게 맛있단 말이야. 정말 최고야."

나는 러스크가 카운터 자리에 앉는 모습을 말없이 지켜보았다. 특히 복면은 러스크를 유독 잘 따랐다. 러스크의 투실한 몸에 꾹꾹이를 하고 있으면 마음이 편안해진다나 뭐라나. 겨울이 되면 같이 몸을 녹이며 따뜻하게 지내자고까지 해서 우리를 어이없게 만들기도 했다.

"우리 셋이 'NNN'을 정식 조직으로 만들자는 얘기, 생각 좀 해봤어요?"

복면이 눈을 반짝이며 러스크를 쳐다보고 말했다. 아무래도 계속 꼬드기고 있었던 모양이다.

"말은 고맙지만 난 라쿤이잖아. '고양이의 고양이에 의한 고양이를 위한 조직'이라며? 내가 끼면 '고양이에 의한'이라는 대전제가 무너지잖아. 그럼 'NNN'이 아닌 거지."

"그, 그럼 'NNN+R'은 어때요? 오일 형, 어때?"

"유치하긴. 예외가 생겼다고 해서 이름까지 바꿀 필요 있냐?"

그 말은 결국 라쿤을 받아주겠다는 건가?

오일까지 가세해 앞으로의 활동을 논의하는 꼴이 우스워

서 절로 웃음이 났다.

"근데 너는 왜 그렇게 활동하고 싶어서 안달이야?"

"아니, '비밀 조직'이잖아? 비. 밀. 조. 직! 꼭 스파이 같고 멋지잖아. 우리 길냥이들이 인간들 모르게 고양이의 매력을 전파한다? 상상해 봐. 고양이 없이는 못 사는 인간들이 세상에 넘쳐난다면…… 크흐흐흐."

"너는 참, 속 편해서 좋겠다."

"에이, 오일 형. 너무하네. 고양이의 매력을 세계에 퍼뜨리자는 거라니까!"

"그럴듯해. 고양이의 매력은 라쿤인 나도 인정하니까."

"러스크도 충분히 매력 있어요!"

두 놈 사이에 낀 러스크는 기분 좋은지 활짝 웃더니 앞발로 능숙하게 머리를 긁적이며 부끄러운 듯 고개를 숙였다.

"야, 너희들. 언제까지 수다만 떨 셈이야? 얼른 주문해. 마스터가 곤란해하잖아."

내가 한 소리 하던 그때, 카우벨 소리가 울리더니 정보통이 들어왔다.

"어서 오세요."

정보통은 마스터에게 앞발을 살짝 들어 인사한 뒤, 가까이 있는 고양이들 모두와 코 인사를 나누고 내 쪽으로 다가왔다. 우리는 코끝을 맞대고 인사를 나눴다.

"무슨 일이야? 표정이 심각한데."

"네. 실은 좀 곤란한 일이 생겨서요……."

정보통의 말인즉, 새끼 고양이 한 마리가 밭에 쳐놓은 그물에 걸려 움직이지 못하고 있다는 것이었다. 어미가 그물을 물어뜯으려 했지만, 그물에 딸린 끈까지 몸에 감겨버리는 바람에 더 꼼짝 못 하는 상태라고 했다.

"낮부터 계속 그러고 있대요. 어미랑은 예전부터 아는 사이라 걱정이 돼서……."

정보통에게는 좋은 입양처를 여러 번 소개받은 빚이 있다. 이야기를 듣고도 모른 체할 수는 없었다.

"내가 해결할게요."

러스크가 벌떡 일어섰다. 'NNN' 이야기를 하다 보니 그런 정의감이 생겼는지도 모르겠다.

"잘린 귀 형님은 그냥 쉬고 계세요."

러스크는 나를 보며 자신만만한 표정을 짓더니, 자기가 마치 조직의 리더라도 되는 양 굴었다.

"정보통, 길 안내 부탁해. 오일이랑 복면도 같이 가자."

"'NNN'의 첫 정식 임무네요!"

"정식은 무슨 얼어 죽을, 바보냐?"

오일은 투덜거리면서도 은근히 흥미를 느낀 듯 순순히 따라나섰다. 나는 가게를 나서는 네 마리의 등을 바라보며 마타타비를 챙겨 박스석으로 자리를 옮겼다. 박스석에서는 앙꼬 할매가 마타타비를 즐기는 중이었다.

제4장 유해 야생동물

"참나. 고양이를 좋아하는 라쿤이라니, 별 희한한 놈도 다 있구나. 어느 틈에 자연스럽게 섞여 들었구먼. 호호호."

할매가 웃으며 내뱉은 진한 보랏빛 연기가 마치 살아 있는 흰 혓바닥처럼 스르르 내게로 뻗어왔다. 그리고 복면 일당이 남기고 간 들뜬 분위기의 여운을 소리 없이 핥았다.

"그런데 저 녀석도 인간들이 말하는 유해 야생동물 아니야? 맞지?"

앙꼬 할매는 대답하지 않았다. 하지만 내가 무슨 말을 하려는 것인지는 충분히 알 것이다. 그래도 나만큼 심각한 얼굴은 아니었다.

"저 녀석, 잘 버텨낼 수 있을까?"

"글쎄다. 세상일이란 게 복잡해서 말이지. 겉으론 잘 풀리는 것 같다가도 별안간 엉뚱한 데서 덜컥 발목을 잡히기도 하니까. 그런데 그건 왜? 뭔가 걸리는 게 있는 얼굴이구나."

"맞아. 사실은 말이지……."

나는 그동안 마음속에 품고 있던 걱정을 조심스럽게 앙꼬 할매에게 털어놓았다.

무더위가 집요하게 우리를 괴롭히던 비 갠 어느 오후였다.

나는 고막을 찢는 매미 소리를 등지고 동네 개인 상점 근처를 어슬렁대는 중이었다. 시끄럽게 떠드는 소리가 들려와 쳐다보니, 문을 활짝 열어놓은 가게 앞에서 인간들이 수다

삼매경에 빠져 있었다. 저렇게도 할 말이 많다니, 감탄이 나올 지경이었다.

혹시 뭔가 얻어먹을 수 있을지도 모른다는 기대에 부풀어 담 위에 앉아 세수를 하는 척했다.

「저기, 얘기 들었어? 또 털렸대. 이번엔 토마토라네. 그것도 꼭 잘 익은 것만 골라서 따먹었다나 봐. 얌체같이.」

가린토+를 우적우적 씹어대던 마른 여자 목소리가 들렸다. 그 옆엔 개를 자주 데리고 다니는 여자와 몸집 큰 여자, 그리고 가게 주인인 허리가 굽은 노파도 있었다.

「세상에나. 우리 영감 밭도 수박 도둑맞았잖아.」

「어머, 야마오카 씨네도? 그럼, 방송국에서 취재하러 왔다던 게 그 사건이었어?」

「그래, 맞아. 리포터 야마다 카즈코가 왔었는데, 실제로 보니까 엄청 예쁘더라. 우리 집 영감, 아주 팬이 됐다니까.」

「어머머, 아직 정정하시네.」

「너무 팔팔해서 탈이라니까. 젊은 여자만 보면 정신을 못 차려.」

「그래도 치매는 안 걸리시겠네.」

아하하하하. 일제히 웃음이 터졌다.

+ 花林糖, 기름에 튀겨 겉에 녹인 흑설탕이나 백설탕을 뿌린 일본 전통 과자

「그런데 진짜 라쿤이 한 짓이래?」

개를 끌고 다니는 여자가 전병 봉지에 손을 집어넣으며 물었다. 그러자 몸집 큰 여자도 잽싸게 손을 쑤셔 넣으며 답한다.

「그렇다니까. 우리 남편이 그러더라고. 발자국 보면 알 수 있다나 봐.」

「라쿤이 진짜 있기는 해? 여긴 주택가잖아.」

개 주인 여자가 차를 후루룩 마시더니 이번엔 양갱에 손을 뻗었다.

「조심해야 한대. 보기에는 엄청 귀엽게 생겼어도 성질이 사납다나 봐. 혹시 보게 되더라도 절대 만지지 말라더라고. 개가 싸우면 크게 다칠 수 있어.」

덩치 큰 여자도 질세라 양갱을 집어먹는다.

「어머나, 우리 애 조심시켜야겠다.」

걱정하는 얼굴이었지만 입은 멈추지 않는다.

여전히 시끄러운 여자들이다. 나는 반쯤 기가 막혔지만, 귀를 바짝 세우고 계속 정보를 수집했다.

보아하니 이 주택가 인간들 사이에 라쿤이 출몰한다는 소문이 쫙 퍼진 모양이었다. 저렇게 대놓고 밭에서 먹을 걸 훔쳐대니 그럴 만도 했다. 우리 고양이들이 쓰레기 좀 뒤졌다고 눈을 뒤집어 까고 난리 치는 놈들이다. 그런데도 먹거리를 가로챘으니 가만히 있을 리가 없다.

「어머, 저 길냥이 또 왔네. 이렇게 더운데 털옷 입고 다니느라 너도 고생이 많다. 자, 이거 먹어.」

 몸집 큰 여자가 나를 향해 뭔가를 툭 던졌다. 오징어포다. 이제 얼굴도 텄으니 좀 더 괜찮은 걸 줘도 될 텐데. 하지만 길고양이에게 사치는 금물이다.

 나는 담장에서 훌쩍 내려와 곧장 오징어포를 덥석 물었다. 씹자마자 짭조름한 맛이 입안에 확 퍼졌다.

「호호호, 욕심부리는 것 좀 봐. 아주 허겁지겁 먹네.」

 인간들이 놀려댔지만, 부러 무시했다. 너희 인간들보다 백배는 낫거든.

 오징어포 부스러기를 꿀꺽 삼킨 나는 끝없이 떠들어대는 여자들의 소리를 뒤로 하고 자리를 떴다.

"그렇구나. 벌써 그렇게 소문이 났단 말이지."

 앙꼬 할매가 나지막이 되새기듯 중얼거렸다.

 마타타비값으로는 받을 수 없다고 한 수박이 스툴 다리 밑에 그대로 덩그러니 놓여 있었다. 어둠 속에 방치된 둥근 덩어리는 가게 풍경과 어울리지 않아서 낯설었고 특유의 줄무늬마저 왠지 쓸쓸해 보였다.

"어떻게 하지?"

"러스크 꼬맹이한테 말한다고 해도 밭을 망가뜨리는 짓은 안 멈출 것 같구나."

"아무래도 그렇겠지? 우리 같아도 먹을 게 있으면 바로 달

제4장 유해 야생동물

려들 테니까."

"잡식성이라는 것도 참, 탈이구나."

우리는 아무 말 없이 마주 본 채 앉아 있었다. 마타타비는 거의 끝까지 타들어서 화려한 향 속에 은은한 단맛이 감돌았다. 질리지 않는 그 맛은 마치 살랑살랑 흔들리는 해먹에 누워 쉬는 듯 느긋한 기분을 안겨주었다.

얼마나 시간이 흘렀을까. 가게 밖이 시끌벅적하다 싶더니 러스크 일행이 돌아왔다. 목소리만 들어도 구조가 성공했음을 알 수 있었다.

"러스크 씨 덕분이에요. 감사의 뜻으로 오늘은 제가 대접할게요!"

"정말 대단했다니까요! 역시 라쿤은 손재주가 남다르다니까. 구조 성공입니다!"

우리한테도 잊지 않고 상황을 설명하려던 복면은 시끄럽다고 나무라는 듯한 마스터의 눈짓에 살짝 기가 죽어 미안하다며 목소리를 낮췄다. 힘을 합쳐 새끼 고양이를 구해낸 네 마리는 나란히 박스석에 앉아 흥분을 감추지 못했다.

"정식으로 조직을 꾸리고 리더도 뽑아서 'NNN'을 전국 규모로 키우면 어떨까요?"

복면이 다시 불이 붙은 듯 신나게 떠들자, 러스크도 한껏 들떠 맞장구를 쳤다.

"나, 고양이 돌보는 일이라면 자신 있어."

"귀찮아 죽겠네."

언제나 쿨한 척하기 좋아하는 오일도 왠지 즐거워 보였다. 정보통이 능숙하게 세 녀석의 주문을 받아 마스터를 불렀다.

마타타비가 나올 때까지 흥분한 녀석들의 대화 소리가 끊이지 않고 들려왔다.

"부럽다. 러스크처럼 야무진 앞발이 있으면 커다란 양동이 뚜껑도 열 수 있을 텐데. 인간들이 그 안에다 남긴 음식을 버린다는 거, 다 알거든요."

"내가 열어줄 테니까 언제든 말만 해."

"앗싸! 러스크만 있으면 진짜 일당백이죠!"

"그런데 러스크, 발톱 넣었다 뺐다 하는 건 못 하죠? 한번 볼래요? 우리는 평소엔 이렇게 쏙 넣고 다니거든요."

"그러니까! 뭐니 뭐니 해도 숨길 수 있는 그 발톱! 나는 그게 그렇게 멋지더라. 강해 보이고."

"아, 진짜요? 자, 발톱 나와라, 샥! 다시 들어가라, 쏙!"

복면이 자랑하듯 발톱을 넣었다 뺐다 하자, 오일이 보기 드물게 배를 잡고 웃었다. 러스크도 고양이들 틈에 섞여서 즐거운 듯 어린애처럼 송곳니를 내보이며 한껏 웃었다.

나는 씁쓸한 마음으로 마타타비 연기를 길게 뿜어냈다.

시간이 이대로만 평화롭게 흘러가면 좋으련만…….

하지만 피해가 커지면 인간들이 가만있을 리 없다. 불길한 기류가 주택가를 덮치기 시작한 건 태평양 고기압이 우리를 짓누르려 덩치를 키워가던 한여름 무렵이었다.

나무 그늘에서 낮잠을 자던 나는 문득 평소와 다른 공기를 감지하고 눈을 떴다.
오늘 아침 쓰레기장에서 건진 도시락 덕분에 배도, 마음도 든든했다. 닭튀김에 고등어구이라니, 오랜만에 누리는 호사였다. 그런데 바람을 타고 들려오는 인간들 목소리에서 심상치 않은 기운이 느껴져 귀가 절로 움찔대며 반응했다. 잠기운이 확 달아날 만큼 불길한 냄새가 났다. 그 탓에 모처럼 좋았던 기분은 엉망이 되고 말았다.
「그쪽으로 도망쳤다!」
그런 말이 들려오자마자, 나는 잽싸게 몸을 일으켜 움직였다. 틀림없다. 인간 여러 명이 짐승 하나를 쫓는 것이다. 소리가 나던 쪽으로 가던 턱시도와 마주쳤다. 녀석도 나와 마찬가지로 예사롭지 않은 분위기에 낮잠을 접은 듯했다.
"잘린 귀, 너도 눈치챘어?"
"어. 영 느낌이 안 좋아."
일그러진 턱 사이로 혀를 살짝 내민 턱시도가 나를 이끌듯 앞장서 걸었다. 눈앞에서 놈의 두툼한 꼬리가 흔들리는 걸 보면서 나도 걸음을 서둘렀다. 인간들의 소리가 점점 크게 들려왔고, 마침내 우리는 소란의 근원지에 다다랐다. 한적하던 주택가 골목에 인간들이 잔뜩 모여 있었다.

작업복을 입은 남자가 포획망과 널빤지를 들고 뭔가를 쫓고 있었다. 어깨에 카메라를 멘 남자와 마이크를 든 여자도 있었다. 방송국에서 취재를 나온 거였다.

저들이 쫓는 게 도대체 뭘까—.

"설마, 저 녀석……."

언뜻 보인 줄무늬 꼬리. 끼르르르, 끼르르르 하는 특유의 울음소리. 분명히 위협하는 소리였다. 인간들에게 포위당한 채 궁지에 몰린 짐승 하나가 몸부림을 치며 온몸으로 저항하고 있었다. 러스크였다.

「아, 라쿤 맞는 것 같네요. 카메라 감독님, 저쪽 좀 잡아주세요!」

마이크를 쥔 여자가 카메라를 향해 외쳤다.

「앗! 도망갔다!」

어린아이가 소리쳤다. 러스크의 투실한 몸뚱이가 마당을 가로지르더니 곧장 그늘진 구석으로 숨어들었다.

「저쪽이야, 저쪽! 그 뒤에 있어! 나무 뒤!」

「위험하니까 가까이 가지 마세요! 특히 아이들은 멀리 떨어지세요!」

멀리서 구경하던 노파들의 대화를 통해 작업복을 입은 남자들이 '시청'이라는 곳에서 나온 직원이라는 걸 알았다. 주민 신고를 받고 출동한 모양이었다.

「거기, 꼬마야! 위험하니까 이쪽으로 와! 혹시 라쿤 봤니?」

「봤어요! 꼬리에 줄무늬가 있었어요!」

「줄무늬? 혹시 물려고 하지는 않았니?」

「음, 그게요, 끼르르르! 하면서 이빨을 드러내고 으르렁댔어요!」

마이크를 들이대자 꼬마는 손짓발짓 해가면서 러스크가 얼마나 위험한 동물인지 설명했다. 리포터도 과장되게 고개를 끄덕이며 꼬맹이의 이야기에 귀를 기울였다.

「앗, 놓쳤나 봅니다! 따라가 보겠습니다!」

여자와 카메라맨이 후다닥 달려가며 직원들을 뒤쫓았다. 그쪽에서도 러스크를 쫓는 목소리가 점점 커졌다.

「이봐, 저쪽이라고 했잖아! 뭐 하는 거야! 빨리 잡아!」

「가즈토, 위험하니까 집에 들어가 있어!」

「싫어! 나도 볼 거야!」

「모두 물러나세요!」

「집 뒤쪽으로 갔어!」

직원들이 그쪽으로 돌자, 구경꾼들도 우르르 따라 움직였다. 마치 거대한 파도처럼 원래 이곳에 있어서는 안 될 존재를 집어삼키려는 듯 밀려들었다. 그런 거대한 힘 앞에서는 어떤 저항도 소용없다. 나와 턱시도는 담장 위를 걸어서 그 거대한 파도를 뒤쫓았다.

「흥분해서 으르렁대니까 좀 진정된 다음에 잡는 게 낫지 않을까요?」

「아, 지금 보입니다! 진짜 라쿤 같은데요! 출동한 대원들을 향해 이빨을 드러내는데 괜찮을까요?」

「아, 판자 틈 사이로 도망칠 것 같아.」

꺄아악—.

여자의 날카로운 비명이 주택가에 울려 퍼졌다. 러스크는 나무를 타고 담장을 넘더니 구경꾼들 사이를 쏜살같이 내달렸다. 그리고 그대로 도로를 건너 다른 집으로 몸을 숨겼다. 그래도 인간들은 포기하지 않았다.

「여기예요! 우리 집 마당에 있어요!」

2층 창문에서 고개를 내민 젊은 남자가 손가락으로 아래를 가리키며 외쳤다.

「저기! 소나무 밑동에 숨어 있어요! 줄무늬 꼬리가 보입니다!」

「위험하니까 창문 닫으세요!」

남자는 지시에 따라 창문을 닫았지만, 감시를 멈추지 않았다. 귀신처럼 창에 딱 달라붙어서 마당을 내려다보고 있었다.

인간들은 한 몸이라도 된 듯 일치단결해서 러스크의 위치를 작업복을 입은 남자들에게 알렸다. 저 그늘에 있다느니, 어디서 접근하라느니, 서로 앞다투어 지시했다. 수많은 목소리, 아니 수많은 의지가 하나의 거대한 덩어리가 되어 으르렁거렸고, 새빨간 입을 벌려 러스크를 집어삼키려 했다.

유해 야생동물을 잡아라!

같은 목적으로 똘똘 뭉친 인간들의 힘은 주변에 있는 모든 것을 흡수해 점점 거대해졌다.
"뭐 하는 놈들이냐, 저것들은……."
나는 속이 부글거렸다.
공통의 적을 발견한 인간들은 묘한 흥분에 휩싸여 있었다. 특히 꼬맹이들이 질러대는 괴성은 우리 고양이가 가장 질색하는 소리다. 듣고 있으면 머리가 울리고 귀가 찢어질 듯 먹먹했다. 어른들의 흥분한 마음을 대변하는 듯한 그 소리는 러스크의 공포를 더욱 부채질했을 것이다.
'잡히면 죽을 거야…….'
러스크의 비통한 목소리가 들려오는 것만 같았다.
「저기 있다!」
주택가는 아수라장이었다. 러스크는 결국 벽 쪽으로 내몰려 절체절명의 위기에 빠졌다.
포획망을 재빨리 빠져나가 도망치려고 했으나 하얀 그물에 걸려 막혀버렸다. 또다시 귀를 때리는 괴성.
남자가 포획망에 다리가 걸린 러스크를 위에서 짓누르듯이 덮쳤다.
「물리지 않게 조심해!」
「옳지, 옳지. 괜찮아. 가만히 있어라.」

목덜미가 눌린 러스크는 끼르르르, 끼르르르…… 애처로운 비명을 질렀다.
"저 녀석, 잡혀버렸네……."
"……그러게."
여럿이 달라붙어 내리누르면 아무리 덩치 큰 러스크라도 당해내지 못한다. 물어뜯으려 해도 두꺼운 장갑을 낀 손에 목덜미를 잡힌 채 곧장 우리에 넣어질 참이었다.
그런데 그때였다.
「우왓!」
쨍그랑하는 소리가 나면서 줄무늬 꼬리가 직원들 사이를 뚫고 튀어나왔다. 녀석은 집 담장 위로 훌쩍 올라가더니 인간들이 없는 쪽 도로로 휙, 몸을 던졌다.
「도망쳤다!」
「말도 안 돼, 겨우 잡았는데!」
「도망쳤다! 라쿤이 도망간다!」
흥분한 꼬맹이들의 목소리가 쩌렁쩌렁 울렸다. 러스크는 시끄러운 소리를 등지고 대로 건너편으로 사라졌다.
나는 가슴을 쓸어내렸다.
"겨우 목숨은 건졌군."
"어. 하지만 인간들이 쉽게 포기할 리 없어."
턱시도의 일그러진 표정을 보고 있자니 내 속도 까맣게 타들어 갔다.

"잡히면 끝이겠지?"

"아마도. 놈들은 틀림없이 덫을 놓을 거야. 문제는 거기에 고양이가 걸려들 수도 있다는 거지."

"결국 유기동물 보호소 행이라는 건가?"

구조해서 보호하려는 인간들과는 달리 저런 놈들한테 붙잡히면 어떻게 될지 뻔하다……

「조금 불쌍하더라.」

아이 손을 잡고 지나가는 여자의 목소리가 귓가를 스쳤다.

저 인간들이 말하는 '불쌍하다'라는 말은 도대체 무슨 뜻일까. 그리고 그 불쌍한 라쿤을 굳이 보겠다고 몰려드는 이유는 또 뭘까.

맑게 개지 않는 내 마음에 공명하듯 두툼한 먹구름이 하늘을 덮었다. 아스팔트 위에 톡, 물방울 하나가 번지는 듯싶더니, 단숨에 수를 늘려 도로를 시커멓게 물들였다.

소나기였다.

소나기가 지나간 뒤에도 끈적한 공기는 우리 몸에 달라붙어 떠나지 않았다. 습도가 높은 탓에 온몸이 털로 덮인 우리의 불쾌지수는 더욱 높아졌다.

그날 밤, 러스크는 가게에 모습을 나타내지 않았다. 거의 매일 기웃거리던 놈이었는데, 낮에 벌어진 일로 다쳤거나 아니면 공포에 질려서 나오지 못하는 걸지도 모른다.

"여기 앉아도 될까?"

박스석에 앉아 있던 앙꼬 할매가 카운터 자리에 앉은 내 옆으로 옮겨 앉았다.

"낮에 벌어진 그 소동 말이다. 인간들이 러스크 잡으려고 그랬던 거라며?"

"할매도 알고 있었어?"

"그래, 오일한테 들었다."

오늘 고른 마타타비는 '베가스 네코이나'.

쿠바 서부 네코이나 농장에서 재배된 마타타비의 최고봉으로, 피델 냐스트로 의장으로부터 '돈Don'이라는 장인에 대한 존경의 칭호를 받은 알레한드로 네코이나 씨가 대대로 지켜온 전통의 결실이다. 그 귀한 물건에 마스터의 숙성 기술까지 더해졌으니 우리 고양이들이 열광하는 건 당연하다.

부드럽게 입안 가득 퍼지는 연기, 우디한 향.

중반부터 피어나는 스파이시한 향은 지루할 틈을 주지 않고 비터 초콜릿✦ 같은 쌉싸름한 풍미의 뒷맛으로 이어진다.

이때만큼 고양이로 태어나서 다행이라고 생각한 적이 없다.

"그나저나 녀석들이 안 오네."

✦ 설탕 함량이 낮고 카카오 함량이 높은 쌉싸름한 맛의 초콜릿으로, 진하고 깊은 풍미가 특징임.

평소 같으면 조르르 붙어 앉아서 조잘대고 있을 카운터 자리도 텅 비어 있었다.

"한 번 다녀갔어요. 정보통 씨랑 같이 러스크 씨 찾는다고 나가셨죠."

마스터의 말을 듣고 나서야 나는 아까부터 꼬리며 궁둥이가 왜 이렇게 안절부절못하고 들썩거렸는지 비로소 깨달았다. 그걸 본 마스터가 못 말리겠다는 듯 웃어 보였다.

"그대로 둘게요."

"부탁하네."

나도 러스크를 찾아보기로 했다. 스툴에서 내려오자, 앙꼬 할매가 한마디 했다.

"찾으면 꼭 데려와야 한다, 알겠지?"

나는 고개를 끄덕이고 가게 문을 나섰다.

눅눅하고 무거운 공기가 털가죽에 달라붙어 축축하게 느껴졌다. 이맘때의 밤공기는 쉽게 식지 않아서 걷기만 해도 체력이 뚝뚝 떨어졌다.

녀석이 있을 만한 곳을 둘러보다 낮에 러스크가 숨어들었던 집이 보이길래 나도 모르게 안을 슬쩍 들여다보았다.

이곳에서 녀석은 인간들에게 포위당했다. 불 켜진 집 안에서 들려오는 인간들의 단란한 대화 소리는 그들이 뿜어내던 대낮의 잔혹한 호기심과는 느낌이 사뭇 달랐다. 대조적이게도 고요한 평화가 집 안을 감싸고 있었다.

나는 다시 발걸음을 옮겼다.

두 블록 떨어진 빈집 마당에 다다랐을 때, 무언가 기척이 느껴졌다. 무성한 잡초 사이로 줄무늬가 눈에 들어왔다.

"러스크?"

이름을 부르자, 녀석이 화들짝 몸을 떨었다. 그 일이 있고 몇 시간이 지났는데도 머뭇머뭇 천천히 돌아보는 녀석의 표정에는 여전히 깊이를 알 수 없는 공포와 슬픔이 배어 있었다.

"다들 널 찾고 있어."

러스크는 대답하지 않았다. 그러고는 다시 나에게 등을 돌렸다. 밭에서 먹을 걸 훔쳐 먹었는지 투실투실한 살집은 여전했지만, 고개를 떨군 채 꼼짝도 하지 않는 모습이 어쩐지 기댈 곳 없는 짐승 같았다.

"왜 가게에 안 오는 거냐?"

"저기…… 잘린 귀 형님. 나는…… 대체 어디서 온 걸까요?"

힘없이 흘러나온 목소리에서 쓸쓸함이 느껴졌다. 라쿤은, 원래 이 나라에 없는 동물이다. 인간이 들여왔다는 이야기를 앙꼬 할매에게 들은 적이 있다.

이 녀석이 본래 살던 곳에는 같은 무늬를 가진 녀석들이 무리를 지어 살고 있을 게 분명하다. 자연은 냉혹해서 원래 있던 곳으로 돌아간다고 해도 그 삶이 평탄하리라는 보장은 없다. 그래도 그곳에서는 이렇게 홀로 내던져져 외로움을 느끼는 일은 없을 것이다. 함께 할 동료가 없는 삶이 얼마나 고독한 일인지는 겪어보지 않으면 모른다.

"……나더러 유해 야생동물이래요."

씁쓸한 말이었다.

이 녀석은 그저 살아남으려고 이곳 환경에 적응했을 뿐인데.

나는 러스크 옆에 앉아서 얼굴을 씻기 시작했다. 인간들이 떠들어대는 말 따위에 마음 다칠 필요는 없는데, 러스크는 땅만 바라본 채 어깨를 축 늘어뜨리고 있었다.

"밭을 엉망으로 만들어놨으니 당연히 그러겠지."

"그래요……?"

"우리한테도 그렇게 부르는 인간들이 있어. 분뇨 피해라나 뭐라나. 그렇지만 인간도 똥은 싸잖아. 우리는 모래로 덮어서 치우기까지 하는데. 부당하지."

"하지만 전 훔쳤잖아요."

러스크는 가볍게 웃으며 인정했다.

그래 맞다. 녀석은 도둑질을 했다. 그리고 나도 가끔 한다.

도둑질한 것 중 가장 왕건이는 장바구니 속에 든 고등어였다. 인간 노파가 수다 떠느라 정신 팔린 틈에 슬쩍해서 튀다가 들키는 바람에 배가 터지도록 욕을 한 바가지 먹었지만, 그때는 정말 통쾌했다.

"우리는 산다는 것만으로 죄를 짓는 걸까?"

러스크한테 물어봐야 소용없다는 걸 알면서도 묻지 않을 수가 없었다. 러스크는 조금 놀란 얼굴로 나를 쳐다보았다.

낮의 소동이 다시 떠오르자 내 안에서 불꽃이 피어올랐다. 나는 붉은 혀를 날름거렸다. 러스크를 잡으려던 인간들과 그걸 구경하며 소리치던 또 다른 인간들의 목소리가 귓가에 되살아났다.

조심해. 위험하니까 창문 닫으세요. 물리지 않게 조심해. 특히 어린아이들은 멀리 떨어지세요.

인간들끼리는 서로 그렇게 배려하면서 왜 라쿤에게는 그러지 못하는 걸까.
러스크가 이 나라에 있게 된 건 애초에 인간 때문인데도……
그 말을 하자 러스크는 다시 약한 소리를 했다.
"하지만 이곳은 원래 내가 있어야 할 곳이 아닌 건 확실해요."
"그래서 잡아 없애도 당연하다는 거냐?"
"그렇게 화내지 마요. 나라고 그런 소리 듣는 게 좋은 건 아니라고요."
"네가 화를 안 내니까 내가 대신하는 거잖아."
"참 착하시네요."
누가 착하다는 거냐. 그런 말을 듣고도 화조차 안 내는 네놈이 착한 거지.
점점 짜증이 올라와서 나는 더 열심히 털을 핥아댔다. 뒷다리를 들어 가랑이 사이 털을 정돈한 다음 땅콩도 깨끗하

제4장 유해 야생동물

게 손질하고 발바닥까지 싹싹 핥았다. 들러붙은 때가 좀처럼 떨어지지 않았다.

한동안 침묵이 이어지고 조용한 빈집 마당에는 발바닥 젤리를 핥는 축축한 소리만 울렸다. 내가 털 손질을 거의 끝냈을 즈음, 러스크의 입에서 쓸쓸한 말이 흘러나왔다.

"……보고 싶다. 녀석들 모두."

목소리가 떨리고 있었다. 나는 가만히 녀석에게 시선을 돌렸다. 뾰족한 코도, 사람 손을 닮은 야무진 앞발도, 두툼한 꼬리도, 우리랑은 아무것도 닮은 게 없었다.

'난 라쿤이긴 하지만, 한때는 내가 고양이라고 믿고 산 적도 있거든.'

처음 만났을 때 이 녀석이 했던 말이 떠올랐다.
"할 수 없군. 딱 한 번만이다."
"……!"

나는 러스크의 얼굴을 핥아주었다. 예전에 녀석이 함께 살았던 고양이들이 해줬던 것처럼. 멋쩍어서 꾹꾹이까지는 하지 않았지만, 그래도 조금은 위안이 되어줄 것이다. 고양이의 까슬까슬한 혀는 털 손질에 제격이다.

눈가, 코, 이마, 귀. 정성을 다해 혀끝으로 묵은 때를 닦아주자, 러스크는 엄마의 보살핌을 받는 새끼처럼 얌전히 몸을 맡겨왔다.

　내친김에 머리 뒤쪽과 귀 뒤까지 핥아준 다음 다시 코끝으로 돌아왔다.

　"코르네…… 피로시키…… 로제타…… 엄마, 아빠……. 한 번만 더 보고 싶어. 다 같이…… 또 달밤 운동회…… 하고 싶어."

　안전하고 편안했던 집. 그 따뜻함을 한번 맛보게 되면 평생 잊을 수 없는 법이다. 나는 괜찮다. 원래부터 길고양이였으니까. 그래도 단 한 사람, 마음을 나눴던 할머니를 떠올리면 지금도 가슴 깊숙한 곳이 아려올 때가 있다.

　그러니 러스크는 오죽할까. 할 수만 있다면 예전 주인이라는 인간에게 이 녀석이 어떤 꼴로 쫓기고 궁지에 몰렸는지를 똑똑히 알려주고 싶었다.

　"잊어라. 다 잊어버려."

　나는 열심히 녀석의 털을 핥았다. 나 같은 아재가 해줘도 기쁜 모양이다. 러스크는 눈물을 주르륵 흘리더니 인간의 손을 닮은 앞발로 쓱 훔쳤.

　눈물에 젖은 앞발까지 핥아주자, 좀 거칠었는지 울다 말고 살짝 웃으며 나를 말렸다.

　"기분 좀 나아졌냐?"

　"네, 덕분에 힘이 나요."

　"그럼 됐다. 이제 가자. 오늘은 좋은 걸로 한 대 피우자. 기분도 좀 풀릴 거다."

나는 '마타타비' 쪽으로 발걸음을 옮기기 시작했다. 그런데 러스크의 발소리가 따라오지 않는다.

돌아보니 러스크는 그 자리에서 한 발짝도 움직이지 않고 서 있었다.

"뭐해, 안 갈 거야? 앙꼬 할매가 널 꼭 데려오라더라."

"내가 있으면…… 모두에게 폐만 될 거예요."

나는 코끝을 찌푸렸다.

결연한 자세로 서 있는 모습을 보니 놈이 무슨 생각을 하고 있는지 훤히 보였다.

"만약에 가게까지 인간들이 몰려오면…… 그때는 뭐라 사과해야 할지 정말 모르겠어요."

"떠날 생각이냐?"

작별 인사도 없이.

속에 있는 말을 다 입 밖에 내지는 않았지만, 내가 무슨 뜻으로 묻는지 놈은 알아챈 듯했다.

"헤어지기가 힘들어져요. 배웅받는 건, 이제 싫어요."

그 말에는 집에서 떠나오던 날의 기억이 얽혀 있을 것이다. 창문 너머로 형제처럼 함께 지내던 고양이 세 마리가 보고 있었다고 했다. 다시는 같은 일을 반복하고 싶지 않은 건지도 몰랐다.

"인간들이 없는 깊은 숲을 찾을 거예요. 난 잡식이라 뭐든 먹을 수 있으니까, 숲에서 얼마든지 살 수 있어요. 주택가가 아니어도 굶어 죽진 않을 거예요."

외롭지는 않겠냐고, 그렇게 고양이를 좋아하는 네가 혼자서 살아갈 수 있겠느냐고 묻고 싶었다. 하지만 녀석의 굳은 마음을 흔들어놓을까 봐, 나는 입을 다물었다. 말릴 수가 없었다. 그리고 그럴 권리도 내게는 없었다.

하지만 그때—.

"러스크!"

복면의 목소리가 들렸다. 러스크가 화들짝 고개를 들었다.

"어디 가는 거예요! 진짜 주택가를 떠날 생각이에요?"

보나 마나 계속 찾아다녔을 터다. 그래도 설마 이 타이밍에 딱 찾아낼 줄은 몰랐다. 집념의 결정체라고나 할까. 러스크를 생각하는 마음이 녀석을 여기까지 오게 한 거겠지.

"복면…… 미안해. 하지만 이미 마음 정했어."

"싫어요! 이렇게 헤어지기 싫다고요! 겨울이 오면 같이 꼭 붙어서 자자고 약속했잖아요! 내가 얼마나 기다리고 있었는데. 'NNN' 활동도 같이 하기로 해놓고……."

러스크 앞까지 달려온 복면의 눈에 눈물이 그렁그렁했다.

순수한 마음으로 매달리는 복면을 보고 있자니 러스크를 그냥 보내려 했던 내가 부끄러웠다. 분별력 있는 어른인 척하면서 녀석들이 서로 마음을 전할 기회까지 빼앗으려 했던 건 아닐까.

"무슨 말이라도 해봐요. 약속 안 지킬 거예요? 네? 어떻게

든……."

"이제는…… 무서워서 그래, 인간이."

그 말에 복면이 숨을 삼켰다. 러스크는 더 이상 꾸미지도, 어른인 척하지도 않았다. 그리고 다시 한번 같은 말을 했다.

"무서워, 인간이……."

자신의 결심을 전하기에 그 이상의 말은 필요 없었다.

멀리서 고양이 여러 마리의 발소리가 들려왔다. 오일이었다. 앙꼬 할매와 마스터, 정보통도 함께였다. 러스크가 떠날지도 모른다고 생각한 오일이 데리고 온 듯했다. 하여간 어려도 센스 하나는 끝내준다니까.

"고양이는 수박 안 먹는다! 잊지 마!"

"새끼 고양이 구해준 거, 잊지 않을게요. 당신은 누가 뭐래도 'NNN'의 일원이에요."

"너희들……."

모두가 러스크 앞에 나란히 섰다. 마스터가 한 발 앞으로 나오더니 마타타비 한 개비를 내밀었다.

"이거, 작별 선물이에요."

"받아도 돼?"

"제가 자랑스럽게 여기는 마타타비를 흙탕물에 씻어버린 손님은 러스크 씨가 처음이었어요."

그 말을 하며 지난 일을 떠올리듯 미소 짓는 마스터를 보자, 러스크는 민망한 듯 손끝으로 마타타비를 만지작거렸다.

"미, 미안해."

"러스크 씨는 고양이는 아니지만, 좋은 손님이었어요."

마스터의 말에 감동한 듯 러스크가 숨을 크게 들이켰다.

옆에서 앙꼬 할매가 부드럽게 말을 건넸다.

"생각나면 언제든 돌아오너라. 언젠가 다시 꼭 만나자꾸나."

언젠가 다시.

정말로 그런 날이 올지는 누구도 알 수 없다. 어쩌면 이것이 마지막일지도 모른다. 그래도 '잘 가라'라는 말보다는 '언젠가 다시 만나자'라는 말로 보내주는 게 훨씬 다정하지 않을까.

"그리고 널 걱정하는 녀석이 한 마리 더 있다는 걸 잊지 마라."

앙꼬 할매의 시선이 가리키는 곳에 턱시도의 모습이 보였다. 조금 떨어진 담벼락 위에서 우리를 지켜보고 있었다.

"흥, 멋있는 척은. 마스터가 다른 손님한테 가게를 맡길 때만 해도 자기 알 바 아니라는 듯이 굴더니……."

턱시도와의 첫 만남이 좋지 않았던 오일이 비아냥거리며 말했다. 정말 못 말리는 녀석이다.

겨우 이 녀석들과 친해졌는데, 러스크는 끝내 결심을 굽히지 않았다.

"그럼…… 우리 언젠가 꼭 다시 만나자."

러스크는 짧게 인사를 건네고 발걸음을 옮겼다.

"꼭 다시 놀러 와요! 기다릴게요!"

제4장 유해 야생동물

복면이 눈물 섞인 목소리로 힘껏 외쳤다.

적연한 주택가.

은은한 달빛 속을 덩그러니 걸어가는 러스크의 쓸쓸한 뒷모습.

그 모습을 바라보며 나는 어쩔 수 없이 밀려오는 상실의 슬픔에 잠겼다.

인간의 애정을 그리워하며 좋아하는 고양이들과 함께 살고 싶었지만, 끝내 혼자 떠나야 했던 라쿤이 있었다는 걸 잊지 않겠다. 내가 똑똑히 기억해 주마.

러스크의 모습이 골목 모퉁이 너머로 완전히 사라질 때까지 아무도 돌아갈 생각을 하지 않았다. 습기를 머금은 밤공기 위로 멀리서 오토바이 소리가 들려오고, 가까운 풀숲에선 땅강아지가 낮은 소리로 뜨르르르르 울었다.

나는 자연의 숨소리에 귀 기울이며 간절히 빌었다.

부디 녀석이 편히 살아갈 수 있는 숲을 찾게 되기를.

적막한 밤에도 안심하고 몸 누일 수 있는 곳을……

제5장

유미와 차코

 여름 한철 제 울음을 다한 매미의 사체가 현관 포치에 덩그러니 떨어져 있었다.
 한때 제 세상인 양 고래고래 울어대던 놈들도 요즘은 배를 뒤집고 나뒹구는 일이 많아졌다. 가까이 다가가면 지이이이잉, 하고 요란한 소리를 내지만 두 번 다시 날아오르지 못하고 땅바닥 위에서 배영만 되풀이할 뿐이다.
 여름 한철, 고작 일주일 남짓한 지상에서의 삶을 살아낸 놈들이 썰물 빠지듯 하나둘 사라져 갔다. 그렇다고 슬퍼할 여유 따위는 없다. 나는 오늘도 사냥에 열을 올리는 중이었다.
 "젠장, 놓쳐버렸네."
 나는 아직 꿈틀대는 도마뱀 꼬리를 문 채 우둔한 내 머리를 저주했다.
 꼬리에 정신 팔리는 건 내 나쁜 버릇이다. 도르르 말렸다가 쭉 펴지는 꼬리의 움직임은 고양이의 사냥 본능을 자극한다. 그래서 나도 모르게 꿈틀꿈틀 움직이는 꼬리에 정신이 팔리고 만다. 같은 실수를 몇 번이나 반복하는 건지.

잔뜩 살이 오른 놈을 놓쳐버린 나는 아직 꿈틀대는 도마뱀 꼬리를 어찌할까, 잠시 고민했다. 이걸 마타타비값으로 넘길까 아니면 그냥 꿀꺽 삼키고 사냥을 좀 더 해볼까. 잠깐 고민하던 나는 결국 사냥을 더 하기로 했다. 지금 같은 계절에는 먹잇감이야 얼마든지 있다. 고작 꼬리 따위를 내고 수컷 체면을 구길 수야 없지.

슬슬 힘이 빠져가는 꼬리를 어금니로 눌러 물고 그대로 삼켰다.

다음 먹잇감을 찾으려고 주위를 둘러보는데, 풀숲에서 바스락 소리가 났다. 봐라, 먹잇감은 얼마든지 있다니까.

나는 몸을 낮추고 귀를 세워 소리에 집중했다. 있다. 도마뱀이다. 아까 놈보다 더 컸다. 나는 수염을 앞으로 쭉 뻗어 거리를 쟀다.

뭔가를 느꼈는지 놈이 벽돌 위에 다리를 걸친 채 딱 멈춰섰다. 조금 앞에는 움푹 팬 곳이 있었다. 저기로 숨어버리면 일이 성가셔진다.

꼼짝하기만 해봐라. 바로 덮쳐주마. 도마뱀과 나, 한판 승부다.

지이이잉. 가까이서 매미 소리가 났다.

그 순간—.

도마뱀이 잡초 사이를 사사삭 빠져나갔다. 놓칠까 보냐.

나는 앞발로 놈을 꾹 눌렀다. 버둥대는 걸 가차 없이 물어서 해치웠다. 나는 놈이 꼬리를 자르기 전에 숨통을 끊었다.

승리의 여신이 나를 향해 미소 짓고 있었다.

이제 막 숨이 끊어진 도마뱀은 아직 따뜻했고 그 안에 깃든 생명의 숨결이 느껴졌다. 약육강식. 내가 먹는 이유는 오직 살아남기 위해서다.

흑백 무늬의 커다란 얼굴이 카운터 자리에 앉아 있었다. 턱시도다. 녀석이 저 자리에 앉는 건 드문 일이었다. 오일과 복면도 아직 보이지 않는다. 나는 말없이 녀석과 코 인사를 나누고 옆자리에 털썩 앉았다.

'마타타비'는 오늘도 마치 잠든 바닷속 난파선처럼 애수에 잠겨 있었다. 쓸쓸하면서도 다정하게 말을 걸어오듯 노래하는 저 목소리는 누구일까. 잠시 그 품에 안긴다.

"너, 뭐 피우냐?"

"코이냐. 이건 언제나 옳지."

"마스터, 같은 걸로……."

마스터는 묵묵히 고개를 끄덕인 뒤 잘 숙성됐을 한 개비를 내 앞에 내밀었다. 나는 막 잡아 온 도마뱀으로 값을 치렀다.

역시 잘린 꼬리를 그냥 먹어 치우고 다시 사냥에 나선 건 잘한 일이었다. 턱시도 앞에서 쩨쩨하게 굴 순 없지. 괜한 허세를 부리는 내가 우습기도 했지만, 동시에 젊음이 아직 내 안에 살아 있는 듯한 느낌이 들었다.

시가 성냥의 불꽃이 마타타비를 깨우자, 입으로 가져가 입 안 가득 보랏빛 연기를 채웠다. 인간 꼬맹이가 방해해서 낮잠을 설친 일도, 마당을 가로질렀다는 이유만으로 기분 나쁜 소리를 들으며 쫓겨났던 일도, 실수로 흙탕물에 빠져 발바닥을 더럽혔던 일도, 이 녀석 하나면 전부 잊을 수 있었다.

그윽한 마타타비 맛에 취해 어른의 시간을 만끽하다가 무심코 옆을 바라보았다.

치열한 싸움의 후유증으로 턱이 살짝 일그러진 턱시도는 이빨의 교합이 좋지 않은지 연기가 자꾸 오른쪽 입가로만 빠져나왔다.

"뭘 봐. 내 턱이 그렇게 웃기냐?"

"언제 다친 거냐?"

"한참 어릴 적 얘기야. 그러는 너야말로 귀는 언제 그렇게 된 거야?"

"나도 어릴 때 그랬어."

턱시도가 가볍게 웃었다. 녀석이 이렇게 웃다니, 뜻밖이었다. 녀석과 이렇게 나란히 앉아 여유롭게 마타타비를 피우는 건 또 처음 있는 일이라, 오랜만에 느끼는 이 정취가 반가웠다. 외눈이가 떠난 뒤로는 줄곧 잊고 살았다. 말없이 함께 시간을 나누기엔 오일이나 복면은 아직 너무 어렸다.

제5장 유미와 차코

경험은 우리에게서 말을 앗아간다.

그때, 카우벨이 부드럽게 공기를 흔들었다. 앙꼬 할매였다. 오늘은 낯선 어린 암고양이를 데리고 왔다. 둘은 할매의 지정석인 박스석에 마주 앉았다.

"누구야, 저 아가씨는?"

"글쎄. 이삼일 전에도 같이 있는 걸 봤으니까, 앙꼬 할머니랑 아는 사이겠지."

턱시도는 슬쩍 한 번 뒤돌아보더니 다시 등을 웅크렸다.

할매가 데려온 암고양이는 중성화 수술을 한 치즈냥이였는데, 몸 대부분이 흰색에 붓으로 적당히 툭툭 찍어놓은 듯 연갈색 무늬가 들어가 있었고 꼬리는 짧은 킹크드 테일이었다.

상당히 곱상한 얼굴이라 젊은 녀석들 마음깨나 들뜨게 했을 것이다. 테이블에 가지런히 놓인 작은 앞발을 보니 외출냥이거나 최근에 막 길냥이가 된 듯했다.

반짝이 장식이 들어간 빨간 목걸이가 눈부셨다.

"아직 세상 물정 모르는 순진한 얼굴이군."

"이놈아, 다 들린다. 이 애한테 수작 걸면 내가 가만 안 둘 줄 알아."

"농담이야, 농담."

그럴 생각은 눈곱만큼도 없지만, 앙꼬 할매가 뒤에 버티고 있는 한 누구도 감히 함부로 들이대지 못하겠지. 나는 어깨를 으쓱해 보였다.

"잘린 귀. 잠깐 와볼래?"

할매가 부르면 가야지. 나는 마타타비를 들고 박스석으로 자리를 옮겼다. 눈앞에 나 같이 묘상 험악한 놈이 와도 아가씨는 놀라지 않았다. 꼿꼿이 앉은 채로 나를 빤히 쳐다보았다.

"안녕, 처음 보는 얼굴이네."

"차코라고 해요. 안녕하세요, 잘린 귀 삼촌."

'삼촌'이라니.

나는 좋은 환경에서 자란 듯한 아가씨가 왜 이런 후미진 바까지 오게 된 건지 의아해서 고개를 갸웃했다.

"원래는 집고양이였대."

"뭐야, 버려졌다는 거야?"

또 이기적인 인간 때문에 험한 꼴을 당한 건가 하는 생각에 진절머리가 났다. 제멋대로 구는 인간들의 변덕에 휘둘려 희생된 고양이를 지금까지 몇 번이나 봐 왔다. 고양이뿐만이 아니다. 지난번 러스크도 그런 반려동물 중 하나였다.

하지만 차코라고 이름을 밝힌 아가씨는 차분한 얼굴로 조용히 고개를 저었다.

"버려진 게 아니에요, 삼촌. 좀 복잡한 사정이 있거든요."

"그렇다면 다행이고. 그런데 그 '삼촌'이라는 말은 좀 참아줘. 간질간질해서 못 견디겠어."

"그래도 나보다 어른이니까, 삼촌 맞잖아요?"

태생부터 곱게 자란 티가 뼛속까지 배어 있었다. 억지로 고치라고 하는 것도 실례겠다 싶어서 그냥 부르고 싶은 대로 두기로 했다.

"아가씨도 마타타비 맛을 알아?"

"음…… 그렇게 잘 아는 건 아니에요. 저는 늘 가루 마타타비만 받았었거든요."

모든 고양이가 마타타비에 열광하는 건 아니다. 흔히 어린 고양이나 암고양이는 깊이 취하지 않는다고 한다. 물론 냥바냥이기는 하지만, 그런 경향이 있는 건 사실이다.

그렇게 생각하면 이 가게 손님이 주로 제법 나이 있는 수컷들이라는 것도 이해가 간다. 마타타비 하나 얻겠다고 귀한 먹잇감을 아낌없이 바치는 것도 결국 앞뒤 가리지 않고 행동하기 때문이겠지.

하여간 수컷 고양이들은 참 어리석단 말이야.

"잘은 모르지만, 향기가 참 좋아요. 마스터는 정말 정성을 다해서 일하시는군요."

"이거, 몸 둘 바를 모르겠네요."

마스터도 다소 긴장한 눈치였다. 남자로서 아가씨를 의식한다는 건 아니다. 그냥 우리 같은 길고양이들의 발이 닿을 수 없는 장소에 있을 것만 같은 귀한 장식품을 마주하듯 어떻게 대해야 할지 몰라 난처해하는 것뿐이다. 이 가게 단골들은 삐딱한 녀석들이거나 나 같은 아저씨가 대부분이니까.

물론 앙꼬 할매도 예사 고양이는 아니다.

본래라면 유리 진열장에 들어가 있었을 법한 귀한 몸. 그런 할매에게 쩔쩔맨다고 해서 마스터가 여자 다룰 줄 모르는 풋내기라는 뜻은 아니다.

"저쪽에 앉은 턱 삼촌은 다치신 거예요?"

나도 모르게 푸훗, 웃음이 터져 나왔다. 턱 삼촌이라니. 그건 좀 아닌 것 같아 녀석을 쳐다보자, 턱시도가 원망스럽다는 듯한 눈빛을 보내왔다. 웃은 건 미안하지만, 그래도 웃기는 걸 어떡하나.

"나는 턱시도라고 해. 턱은 옛날에 싸움하다가 다친 거고……. 그나저나 아가씨는 어째서 저런 할머니랑 이런 데 있는 거지?"

턱시도가 바 스툴을 획 돌려 이쪽을 향하더니 위험한 질문을 툭 던졌다. 나는 슬쩍 앙꼬 할매를 쳐다봤다.

할매 입가에 '이놈, 말본새 하곤' 하는 듯한 미소가 어렸다.

"저는 얼마 전까지 언덕 위에 있는 집에서 유미라는 여자아이랑 살았어요. 그리고 유미 엄마도요. 세 식구였죠."

"그 집, 나도 알아. 꽤 큰 집이던데, 거기 살았던 거야?"

턱시도의 질문에 아가씨는 고개를 끄덕였다.

그쪽은 잘 가지 않지만 나도 어디인지는 안다. 주택가 안쪽이 아니라 조금 떨어진 곳에 한 채만 덩그러니 있어서 이웃과 왕래하는 일도 거의 없는 듯했다.

"유미 엄마는 소설가였고, 부자였어요."

"……였다고?"

"네. 죽었거든요."

그렇군. 상황이 조금씩 이해되기 시작했다.

오로지 집 안에서만 지내는 집냥이들에게 가장 큰 리스크는 바로 주인의 갑작스러운 죽음이다. 나이 많은 주인이 세상을 떠날 수도 있고, 아직 한창 일할 나이의 젊은 주인이 갑자기 죽을 수도 있다. 어느 쪽이든 남겨진 고양이에게는 묘생의 큰 전환점이 될 수밖에 없다.

입양해 줄 사람이 있다면 다행이지만, 그게 아니라면 순전히 운에 달려 있다. 모든 주인이 자기 죽음 이후까지 대비해 두는 건 아니기 때문이다. 주변에 사정을 아는 사람이 있다면 새로운 주인을 찾아줄 수도 있겠지만 그대로 유기동물 보호소로 끌려가는 경우도 적지 않다.

"죽은 건 엄마뿐이지? 유미는 어떻게 됐어? 아직 어린가?"

"음, 글쎄요. 학교는 다니는데, 다른 친구들보다 마음이 훨씬 더 어린아이 같거든요. 그게, 뭐였더라…… 아! '다운증후군'이라고 했어요."

"다운증후군?"

처음 듣는 말에 나는 고개를 갸웃했다. 턱시도 역시 모르는 눈치였다. 나와 눈이 마주친 할매는 천천히 고개를 저었다.

"지적 장애야. 인간들은 그런 걸 '장애'라고 부르더구나. 다친 채로 태어난 거나 마찬가지야. 그리고 그런 상태를 다 장애라고 하는 거고."

"다친 거라…… 내 귀 같은 걸 말하는 거군."

"뭐, 비슷하다고 할 수 있지. 이만큼이나 컸으니 새 주인 찾는 게 쉽진 않겠지만, 잘린 귀, 네가 좀 나서서 알아봐 줘."

"왜 내가……."

"이렇게 곱게 자란 아가씨를 나 몰라라 내버려둘 수는 없잖아."

아가씨는 오도카니 앉아서 나와 앙꼬 할매의 얼굴을 번갈아 바라보며 이야기를 듣고 있었다.

그 순진한 눈빛을 마주하고 있으려니 괜히 내가 혼나는 기분이 들었다. 설마 이런 고양이를 외면할 만큼 무정한 놈은 아니지, 하고 말이다.

"턱시도, 너도 좀 거들어."

나는 반려견이 있는 집에 아깽이들을 알선했던 일을 떠올렸다.

이 녀석은 턱은 일그러졌어도 의외로 오지라퍼 기질이 있다. 새끼 고양이를 알선할 정도면 이 아가씨한테도 그 기질을 발휘할 게 틀림없다.

"나는 왜 끌어들여."

"숙녀가 곤란해하는데 모른 척하겠다고?"

"숙녀는 무슨……."

말을 하다가 해 질 무렵 어둠이 드리우는 골목처럼 끝이 흐려졌다. 놈은 한숨을 내쉬더니 결국 졌다는 듯 말했다.

"트레이네 집은 이미 포화상태야. 네가 두 마리나 더 들이밀었잖아."

비아냥대는 것도 빼놓지 않았지만, 결심을 굳힌 녀석의 말투는 믿음이 갔다.

"어쩔 수 없지. 알았어, 도울게. 그런데 아가씨 정도면 공원에 가서 귀엽게 울기만 해도 금방이라도 데려간다는 사람이 나타날걸?"

"유미처럼 착한 사람이면 좋겠지만, 인간 중에는 가까이 가면 안 되는 이들도 있어요. 학대하려고 데려가는 고양이 유괴범이라는 게 있대요."

제법 똑 부러지네. 이 동네 웬만한 젊은 고양이들보다 훨씬 똑똑한 아가씨였다.

"그런 걸 다 어떻게 알았어?"

"유미 엄마가 가르쳐줬어요. 유미도 그 얘길 듣더니 굉장히 무서워하면서 날 지켜주겠다고 했거든요."

계속해서 등장하는 '유미'라는 이름에서 아가씨가 얼마나 사랑받고 자랐는지 고스란히 느껴졌다. 유미는 어떤 아이냐고 묻자, 기다렸다는 듯 신이 나서 입을 열었다.

유미는 특수 학교에 다녔다. 열두 살이었지만 마음은 실제 나이보다 훨씬 어렸다. 그래도 차코에게는 누구보다 소중한 친구였다.

「유미야, 이제 학교 갈 시간이야. 자, 준비하자.」

매일 아침, 차코는 늘 현관에서 유미가 학교에 가는 모습을 지켜보았다. 학교까지는 엄마가 데려다주기 때문에 엄마 손을 꼭 잡고 현관을 나섰다.

「유미야, 손수건 챙겼니? 휴지는?」

「으, 응…… 이거……랑 ……이거.」

유미는 말솜씨가 좋은 편은 아니었다. 수줍음을 많이 타서 늘 또렷하게 말하지 못했다. '예스'일 때는 수줍게 웃고, '노'일 때는 고개를 갸웃했다. 아주 만족스러울 때는 눈이 반달 모양이 되도록 환하게 웃었고, 몹시 못마땅할 땐 미간에 주름이 잡혔다.

표정만 봐도 유미가 무슨 말을 하려는지 차코는 정확히 알 수 있었다.

손수건도, 휴지도, 둘 다 제대로 챙겼다.

「둘 다 있네. 자, 준비 완료!」

모두 확인한 다음 가방을 메고 신발을 신는데, 그 사이에도 차코는 얌전히 앉아서 그 모습을 지켜보았다. 유미도 준비하는 내내 가끔 차코가 있는지 확인했다. 그런 둘을 바라보는 엄마의 얼굴에는 언제나 따뜻한 미소가 떠올랐다.

「그럼 가볼까? 차코한테 다녀올게, 하고 인사도 해야지.」

엄마 손을 잡은 유미가 언제나처럼 차코에게 손을 흔들었다.

"잘 다녀와, 유미야. 빨리 돌아와야 해!"
「다녀…… 올……게.」
「차코, 다녀올게. 바이 바이!」
「……차코, ……다녀, ……오, 올게…….」
"잘 다녀와—."

현관문이 닫히자, 차코는 잽싸게 도로 쪽으로 난 내닫이 창 앞으로 달려갔다.

차고에서 나온 감색 자동차에 유미가 타고 있다는 걸 차코는 알고 있었다. 창에 얼굴을 바짝 붙이고 그 모습을 확인한다. 차코가 보고 있다는 걸 아는 유미도 차창을 열어 손을 힘껏 흔들었다.

"다녀와! 빠이빠이—. 얼른 돌아와야 해!"

차가 모퉁이를 돌아 유미의 손이 더는 보이지 않으면 차코는 창턱에서 내려와 집 안을 또박또박 걸었다. 바닥에 떨어져 있던 쥐 인형을 앞발로 툭 건드리자 찌익, 하는 소리가 났다. 찍, 찍, 찍.

그 소리에 자극받은 차코는 쥐 인형에게 가볍게 냥냥펀치를 날렸다. 찌익. 쥐 인형이 또 소리를 냈다. 이번엔 달려들어 덥석 물었다.

찍, 찌직, 찍, 찌지지지지지직.

뒷발팡팡을 날리자, 아무도 없는 방 안에 쥐 우는 소리가 울려 퍼졌다. 찰지게 찰수록 쥐가 더 요란하게 우는 게 재미

있어서 한 번 놓아 주었다가 다시 덮쳤다. 쥐 인형이 피융, 하며 높이 튀어 올랐고, 떨어지는 걸 데굴데굴 구르며 낚아챘다.

하지만 그런 놀이도 금세 싫증이 났다.

"하아, 유미가 없으면 재미없어."

얼마 지나지 않아 익숙한 자동차 소리가 들렸고 곧 현관문이 열렸다. 돌아온 건 엄마 혼자였다. 맞다, 유미는 막 학교에 갔던 참이지. 유미는 차코가 점심을 먹기 전에 돌아왔다.

「차코, 다녀왔어. 엄마는 유미 학교 끝날 때까지 일할 거니까, 차코는 낮잠이라도 자고 있으렴.」

엄마의 손길이 머리를 쓰다듬는다. 차코는 기분 좋게 손길을 느끼다가 엄마가 서재로 향하자 다리에 부비부비를 하며 계단을 올라갔다. 유미가 없는 동안은 대부분의 시간을 거기서 보냈다.

고양이 침대에 몸을 눕히자 타닥타닥, 엄마가 자판을 두드리는 소리가 들려왔다. 졸음이 스르르 밀려왔다. 엄마는 일에 한번 몰두하면 불러도 대답이 없었다. 너무 집중한 나머지 초인종 소리를 듣지 못할 때도 있었다.

지루한 시간은 자면서 보내는 게 제일이다. 자판 두드리는 소리를 들으며 꾸벅꾸벅 선잠에 들었다 깨기를 반복했다.

얼마나 시간이 지났을까. 엄마가 움직이는 기척이 느껴졌다. 일을 멈춘 걸 보니 유미를 데리러 갈 시간이 된 모양이었다.

「차코, 집 잘 보고 있어. 유미 데리러 다녀올게.」

"응! 얼른 다녀오세요!"

엄마 다리에 몸을 비비며 현관까지 배웅한 뒤 다시 쥐 장난감을 갖고 놀았다. 집 안을 이리저리 돌아다니고, 캣타워에 올라가 창밖을 내다본다. 플랜트 박스 쪽으로 보이는 참새 한 마리. 꽤 가까운 거리였다. 차코는 자세를 낮추고 가만히 참새의 움직임을 주시했다.

집 안에 있는 고양이는 아무리 용을 써도 자기한테 올 수 없다는 걸 아는지 참새는 여유를 부리며 쩍쩍, 지저귀고 있었다. 야생 본능이 꿈틀거리고 수염이 쭉 앞을 향했다.

그러는 사이, 차고 쪽에서 차 들어오는 소리가 들리는가 싶더니, 현관 밖에서 인기척이 났다.

"유미가 돌아왔네!"

차코가 벌떡 일어나자, 동시에 참새가 푸드득, 날아올랐다. 캣타워에서 후다닥 내려와 유미와 엄마를 마중 나간다.

「차코, 다녀왔다!」

"어서 와, 유미야!"

「차코, ……다녀, ……왔어, 차코…….」

"어서 와!"

좋아하는 고양이 장난감을 입에 물고 가자, 유미는 곧장 장난감을 받아 들고 놀아주기 시작했다. 그 모습을 본 엄마가 부드럽게 타일렀다.

「유미, 손부터 씻어야지—.」

유미가 손을 씻는 동안 차코는 기쁜 마음을 주체하지 못하고 골판지로 된 스크래처에 발톱을 갈았다. 엉덩이를 씰룩이며 온몸으로 벅벅, 신이 났다.

「유미야. 차코 밥 주는 것 좀 도와줄래?」

「차코 밥, ……유미가 줄래. 차코, 밥이야.」

"응? 밥이라고? 먹을래!"

엄마가 주방에서 밥을 준비하는 동안 유미는 곁에서 지켜보고 있었다. 물론 차코도 마찬가지였다. 기분이 좋아서 꼬리가 잠시도 멈추지 않고 움직였다.

"유미야, 토핑 많이 올려줘!"

「엄마…… 더 많이.……저기, ……그거, 더 많이.」

「응? 토핑은 이미 많이 얹었잖아. 자, 이 정도면 됐지?」

「으응…… 있지, ……으, 으응.」

「조금 더 달라는 거야?」

「응!」

기운 넘치는 대답에 엄마는 평소보다 조금 더 토핑을 얹어주었다.

「유미. 차코 밥은 이 정도면 됐지? 토핑을 너무 많이 주면 건강이 나빠져서 병이 날 수도 있어.」

유미는 잘 이해되지 않는 듯 고개를 갸웃했지만, 그럴 때도 엄마는 조급해하지 않고 천천히 반응을 살폈다.

「유미도 과자만 먹으면 안 되잖아, 그렇지?」

「과자…… 좋아해. 엄마도, 차코도…… 좋아해.」

「엄마도 우리 유미, 정말 정말 좋아해.」

엄마가 유미를 껴안고 몸을 흔들자, 유미가 까르르 웃음을 터뜨렸다. 그런 순간의 유미를 차코는 너무도 사랑스럽게 여겼다. 눈이 실오라기처럼 가늘어지고 동그란 얼굴이 더 동그래졌다. 목소리는 솜사탕처럼 부드럽게 차코를 감쌌다.

「자, 이거. 차코한테 줘.」

「네. 차코, ……밥, 여기.」

토핑이 듬뿍 올라간 밥그릇이 평소 자리에 놓이자마자 차코는 곧장 얼굴을 파묻었다. 유미는 차코가 밥을 먹는 동안 늘 곁에서 그 모습을 지켜보았다. 고개를 들면 실눈을 뜨고 웃고 있는 동그란 얼굴이 눈에 들어왔다. 가끔 그렇게 유미의 얼굴을 확인하며 먹는 것이 차코에게는 가장 마음 편한 식사 방법이었다.

차코를 빗질해 주는 것도 유미의 몫이었다. 아프지 않게, 조심조심. 차코의 기분을 살피면서 부드럽게 빗질하는 솜씨는 엄마보다도 능숙했다.

"유미는 빗질 진짜 잘한다. 나 너무 기분이 좋아."

「차코…… 예쁘게 예쁘게, 해줄게. 예쁘게 예쁘게.」

「다음 주엔 여행가잖아. 빗질 많이 해두자.」

예전부터 계획해 온 여행을 드디어 떠날 수 있게 된 건 반려동물도 함께 묵을 수 있는 숙소를 찾아낸 덕분이었다. 그

전까지는 유미가 차코를 반려동물 호텔에 맡기는 걸 싫어해서 갈 수가 없었다.

「다행이다. 차코도 같이 갈 수 있어서.」

「응!」

신나 하는 유미의 기분이 차코에게도 고스란히 전해져서 덩달아 마음이 설렜다. 그리고 어디로 가는지는 몰라도 유미가 데려가는 곳이라면 분명 멋진 곳일 거라는 믿음이 있었다.

하지만 여행은 결국 떠나지 못했다.

「그럼, 유미는 이제부터 숙제하는 거다?」

출발 하루 전, 유미가 거실에서 그림을 그리는 동안 엄마는 짐을 싸겠다며 침실로 들어갔고, 그 뒤로 다시는 나오지 않았다······.

집 안이 적막하다는 걸 눈치챈 건 차코가 배가 고프다고 보채기 시작했을 때였다.

「엄마. ······엄마, 어디 있어? 차코, 밥······.」

엄마를 찾으러 침실로 들어간 유미가 우뚝 걸음을 멈췄다.

숨을 삼키는 소리가 발치에 있던 차코에게까지 들릴 정도였다.

"유미야, 왜 그래?"

유미가 머뭇거리며 조심스럽게 다가갔지만, 엄마는 미동조차 하지 않았다.

차코가 엎드려 있는 엄마의 등에 올라가 발톱으로 가볍게 옷을 긁어 보았지만, 아무런 반응이 없었다. 잠들어 있는 것처럼 보였지만 뭔가가 달랐다.

「……엄마. ……엄, 마…….」

유미는 방 안을 이리저리 서성이다가 멈춰서서 엄마를 바라보았다. 그러다 끝내 울음을 터뜨렸다. 차코가 꼬리를 치켜세우고 코를 비비며 달래도 울음은 멈추지 않았다.

뭔가 무서운 일이 일어났다는 걸 어렴풋이 알아챈 듯 유미는 거실로 달아났다. 차코도 그 뒤를 따랐다. 유미는 식탁 앞에 앉아 크레용을 집어 들었지만 그림은 그리지 못하고 손가락만 빨기 시작했다. 불안할 때마다 나오는 버릇이었다. 그건 분명 좋지 않은 신호였다. 눈길은 자꾸 침실 쪽으로 향했다.

"유미야, 배고파. 나, 밥 줘."

차코가 몇 번을 조르자, 유미는 다시 한번 침실을 슬쩍 들여다보았다.

「엄마……. 차코…… 밥…….」

문 앞에서 말하고는 더 이상 가까이 가지 못하고 한참을 바라보다가 결국 돌아섰다. 하지만 차코를 보고 뭔가 해야겠다고 생각한 모양이었다. 유미는 가방 안에서 비스킷을 꺼내 잘게 부순 뒤 차코 앞에 내밀었다. 배고픈 차코에게 버터 향이 나는 비스킷은 진수성찬이나 다름없었다.

"맛있어! 유미야, 더 줘!"

금세 먹어 치운 차코가 재촉하자 유미는 또 한 조각을 손에 올려 코앞에 내밀었다. 그것도 순식간에 해치우고, 이번에는 유미의 손바닥에서 나는 버터 향에 이끌려 할짝할짝 핥기 시작했다. 유미가 드디어 웃었다. 마치 포근한 구름 위에라도 올라탄 기분이었다. 유미의 미소는 언제나 차코를 행복하게 했다.

마지막 남은 비스킷 한 개는 그날 밤 유미와 반씩 나눠 먹었다.

"그런 일이 있었구나. 참 많이 힘들었겠다."
내 마음을 대변하듯 턱시도가 낮은 목소리로 말했다. 마타타비 연기도 힘을 잃은 듯 천천히 허공을 떠돌다 사라졌다.
"그럼, 아가씨랑 유미는 누가 구조하러 올 때까지 계속 집 안에서 기다린 거야?"
"네. 여행을 떠날 예정이었으니까 학교 선생님도, 친구들도, 아무도 몰랐어요."
사람의 죽음을 아직 완전히 이해하지 못하는 유미가 이 아가씨와 함께 어떻게 일주일을 버텼을까. 생각하면 마음이 찢어질 듯 아팠다.

나는 그동안 수도 없이 봐왔다. 굶주리고, 얼어 죽고, 수로에 빠져 떠내려가거나 인간에게 끌려간 고양이들……. 죽음은 틈만 나면 시커먼 입을 벌리고 방심한 생명을 통째로 삼키려 들었다.

처음엔 멀찍이서 지켜보기만 하던 죽음이 어느 순간 소리도 없이 다가오는 것이다. 그건 주인을 잃은 고양이에게도 마찬가지다. 언젠가 죽음이란 놈에게 잡아먹힐지도 모른다.

하지만 한 사람과 고양이 한 마리, 둘은 살아남았다. 그런데 왜—.

"어른들이 구조하러 온 거지? 그래서 아가씨도 집에서 나올 수 있었던 거고. 그런데 왜 이런 곳에 있는 거야?"

턱시도가 또다시 내 속마음을 대신했다.

"그게, 갑자기 우르르 몰려왔거든요. 전 너무 놀라서 집 밖으로 뛰쳐나왔고요. 한참 있다가 돌아갔더니 낯선 사람들이 북적였고, 유미를 데려가 버렸어요."

유미가 구조된 건 확실한 듯했다. 그건 천만다행이었다. 하지만 차코만은 아무도 눈치채지 못한 채 홀로 그 집에 남겨졌다.

"……유미가 너무 보고 싶어요."

툭 흘러나온 그 말은 잠잠한 수면 위에 떨어진 한 방울의 빗방울처럼 소리 없이 번져 내 마음을 흔들었다.

그리운 상대가 있다는 건, 행복하면서도 때로는 너무나 쓸쓸한 일이다. 내가 유일하게 그리워하는 상대는 오직 꿈속에서만 만날 수 있다.

"네 마음은 충분히 이해하지만, 현실을 외면해서는 안 되는 거란다. 입양해 줄 곳은 우리가 알아봐 주마. 그렇지만 꼭 찾는다는 보장은 없어. 스스로 먹이도 구할 줄 알아야 해. 그루밍도 얼마든지 혼자 할 수 있어야 하고. 그러니까 유미는 이제 잊고 씩씩하게 살아가야지."

"그렇죠. 앙꼬 할머니 말이 다 맞아요. 그치만 유미가 해주는 빗질은 달라요. 전혀 다르다고요. 진짜로 다르다니까요."

간절히 호소하는 그 모습에서 유미라는 아이가 이 아가씨에게 얼마나 소중한 존재인지 다시 한번 느낄 수 있었다. 유미 이야기만 나오면 아가씨는 눈을 반짝이며 유미와의 추억을 풀어놓았다.

유미가 자신을 얼마나 정성스레 돌봐주었는지, 그 하나하나가 이 아가씨에게는 더없이 소중한 추억인 듯했다.

화장실이 엉망이었다.

엄마가 침실에서 쓰러진 지 꼬박 하루가 지났다. 차코는 화장실을 힐끗 들여다보고 코를 찡그리고는 곧장 발길을 돌렸다. 항상 엄마가 깨끗이 치워줬지만, 지금은 유미밖에 없다.

차코는 난감했다.

"저기서는 도저히 못 하겠어."

편하게 볼일을 볼 만한 장소를 찾아 집 안을 두리번거린 끝에 거실 소파가 눈에 들어왔다. 사실 익숙한 화장실이 제일 좋았지만, 아침부터 줄곧 참은 데다 더 이상 기다려도 화장실이 깨끗해질 것 같지 않았다. 차코는 소파 구석에서 오줌을 눴다.

「어!」

유미가 소리를 질렀지만 이미 늦은 뒤였다. 차코는 앞발로 쿠션을 긁어 오줌을 덮었다.

「엄마······. 차코가 ······쉬야 했어.」

유미는 엄마를 부르러 갔다. 곤란한 일이 생기면 늘 엄마에게 뽀르르 달려가던 유미였다. 하지만 돌아온 유미의 표정은 굳어 있었다. 역시 달라진 건 없었다.

「차코가 쉬야······ 흘렸······ 어, 엄마. 차코가······.」

불안한 목소리로 엄마를 불러봐도 아무 대답이 없었다. 유미는 눈썹을 찌푸렸다. 얼굴이 점점 일그러지더니, 결국 눈물이 뚝 떨어졌다.

「엄마······ 엄마······ 엄마아—.」

참지 못하고 소파에 오줌을 눈 차코는 자기 때문에 유미가 울고 있다는 사실에 슬퍼졌다. 어제부터 차코가 가장 좋아하는 그 동그란 얼굴을 거의 볼 수 없었다.

"미안해, 유미야. 울지 마."

차코는 몇 번이고 코를 비볐다. 그러자 유미가 드디어 평소처럼 차코를 쓰다듬고 꼭 안아주었다.

실수했는데도 유미는 화내지도, 때리지도 않았다. 슬픈 듯 난감한 얼굴로 소파를 바라보기만 할 뿐이었다. 잠시 생각에 잠긴 듯하던 유미가 뭔가 결심했는지 획 돌아서 욕실로 향했다. 잠시 후 욕실에서 돌아온 유미의 손에는 엄마가 세탁해 둔 푹신한 수건이 들려 있었다.

"그걸로 어쩌려고? 뭐 하는 거야?"

차코는 가까이 다가가 유미가 하는 행동을 지켜보았다. 유미는 차코가 오줌 싼 자리를 닦기 시작했다. 차코는 소파 위로 올라가 바로 옆에서 그 모습을 지켜보았다.

「차코, 나빠.」

"하지만, 화장실이 더러웠단 말이야."

차코가 억울한 듯 말하자, 유미는 무언가 떠오른 듯 이번엔 고양이 화장실 쪽으로 향했다. 화장실 앞에 선 유미 옆에 앉아 얼굴을 올려다봤다.

"봐, 더럽지? 여기선 쉬야 못 해."

드디어 알아차렸다. 유미가 화장실이 더럽다는 걸 깨달은 것이다.

차코는 기뻤다.

유미는 주위를 두리번거리더니 선반에서 스쿱을 꺼내 모래를 파내기 시작했다. 그 모습을 지켜보며 차코는 문득 옛 기억이 떠올랐다.

「아, 깜빡했네. 유미야, 고마워.」

엄마는 일에 몰두하거나 바쁠 때면 종종 화장실 청소를

잊어버렸고, 그럴 때마다 유미가 화장실이 더러워졌다고 알려주었다. 그러면 덜렁이 엄마는 유미를 꼭 껴안고 볼을 비비곤 했다.

「알려줘서 고마워. 우리 딸, 천사구나. 유미 덕분에 차코는 항상 깨끗한 화장실에서 쉬야 할 수 있겠다.」

엄마가 그렇게 볼을 비비면 유미는 까르르 웃으며 기뻐했다. 유미의 그 환하게 웃는 얼굴은 엄마와 차코 모두에게 세상 무엇과도 바꿀 수 없는 보물이었다.

차코는 유미가 얼른 예전처럼 기운을 차렸으면 좋겠다고 생각했다. 그리고 유미가 처음으로 혼자 하는 화장실 청소를 응원하는 마음으로 옆에서 지켜보았다.

"힘내, 유미야!"

손놀림은 어설펐지만, 엄마가 하던 대로 스쿱을 이용해 오줌으로 뭉친 모래 덩어리를 퍼서 비닐봉지에 담았다.

「저기…… 응가는, 이쪽.」

사실은 냄새가 새지 않도록 전용 봉투에 버려야 했지만, 유미는 거기까지는 알지 못했다. 그래도 자신이 기억하는 엄마의 동작을 최대한 흉내 내서 배설물을 치우고 화장실을 깨끗하게 만들었다.

"고마워, 이 정도면 쉬야도, 응가도 다 할 수 있어. 다음에도 청소해 줘야 해."

차코가 코를 비비며 감사 인사를 전하자, 유미는 차코를 안아서 거실로 데려갔다. 그때, 유미의 배에서 꾸르륵 소리가 났다.

「……배, 고파.」

"나도! 차코도 배고파!"

어제부터 비스킷 반쪽밖에 먹지 못했다. 여행을 갈 예정이었기 때문에 냉장고에는 바로 먹을 수 있는 음식이 거의 없었다. 남아 있는 건 보관이 쉬운 냉동식품뿐이었고, 그마저도 유미는 조리법을 몰랐다.

하지만 화장실 청소를 끝낸 유미는 자신감을 얻은 듯 팬트리 문을 열었다. 그 안에는 차코의 사료가 들어 있었다. 다만 문제는 그게 맨 위 선반에 있다는 것.

「……차코 밥.」

"유미야, 꺼내줘. 그게 차코 밥이야."

유미는 의자를 끌어다 놓고 위쪽에 있는 케이스에 손을 뻗었다. 하지만 생각보다 무거웠는지 손에서 놓치는 바람에 바닥에 떨어뜨리고 말았다. 쾅, 하는 큰 소리에 놀라 냅다 도망쳤던 차코가 살금살금 돌아와 보니 유미가 그릇에 사료와 토핑을 담고 있었다.

"대단해, 유미! 나 밥 차려주는 거야?"

유미는 진지한 얼굴로 사료를 담은 그릇을 두 손으로 조심스럽게 들고 왔다.

「자, 차코. 밥…… 먹어.」

배가 고팠던 차코는 곧장 그릇에 얼굴을 파묻고 깨끗이 비운 뒤에 더 달라고 졸랐다.

"더 줘! 유미도 같이 먹자―."

유미는 사료를 더 담아서 자기 입에도 넣었다.

「차코랑 같이.」

"맞아, 같은 거 먹는 거야. 우리, 전보다 훨씬 더 친해졌다."

「유미랑 차코랑 같이.」

하루 종일 아무것도 먹지 못한 탓인지 유미도 정말 맛있게 먹는 것 같았다.

그 뒤로 유미는 물도 갈아 주고, 함께 TV도 보고, 빗질도 해주고, 밤이면 차코와 나란히 침대에 누워 잠이 들었다. 엄마가 일어날 때까지 그렇게 있으려는 생각인 듯했다.

학교 선생님이 집으로 찾아오기 전까지, 유미는 차코의 사료를 함께 나눠 먹으며 허기를 달랬다.

한 사람과 고양이 한 마리. 어린 둘은 서로에게 기대어 그렇게 일주일을 견뎌냈다.

입양해 줄 집을 찾는 건 말처럼 쉬운 일이 아니다.

나는 그 사실을 뼈저리게 실감하고 있었다.

사면팔방으로 수소문했지만, 성과는 없고 냉혹한 현실 앞에서 어깨가 축 처지는 날들이 계속되었다. 턱시도와 마주칠 때마다 고개 저으며 한숨만 내쉬기 일쑤였다. 단골들도 죄다 앙꼬 할매 부탁이라며 분주히 뛰어다녔지만, 어디서도 좋은 소식은 들려오지 않았다.

괜찮다 싶은 집은 이미 대부분 입양을 알선한 뒤라 마땅한 집이 그리 쉽게 나타날 리 없었다.

내 우울함 따윈 다른 세상 일인 양 청명한 가을 하늘이 태평하게 우리를 내려다보고 있었다.

"참나, 내가 지금 뭘 하고 있는 건지……."

이럴 땐 그냥 낮잠이 최고다 싶어 종종 낮잠을 즐기던 장소로 발길을 돌렸다. 애초에 이런 참견질은 내 성미에 맞지도 않는다.

공터 옆에 있는 창고 지붕 위는 인간들에게 방해받을 일도 없어서 낮잠 자기에 안성맞춤인 곳이다. 게다가 해도 잘 들어 따뜻하기까지 하니 이맘때는 그 위에서 잠이나 자면서 가을볕에 털을 말리는 게 제일이다.

나는 먼저 와 있는 놈이 없는 걸 확인하고 몸을 눕혔다. 한번 이렇게 자리를 잡고 나면 해가 질 때까지 그대로 있고 싶어지는 법. 나는 눈을 감았다. 고양이에게 낮잠은 필수니까.

하늘 높은 곳에서 종다리가 쉴 새 없이 울어댔다. 무의식적으로 귀가 파르르 움직였지만 배가 부른 지금은 기분 좋게 쏟아지는 졸음을 쫓고 싶지 않았다. 가끔 인간들이 내는 소리에 잠시 눈을 뜨긴 했지만, 곧 다시 감기를 반복했다.

얼마나 그렇게 있었을까. 공이 튕기는 소리에 눈이 떠졌다.

인간 꼬맹이 하나가 도로에서 놀고 있었다. 공터에 뭔가 움직이는 게 보여서 그쪽으로 시선을 옮기자, 멀리 아가씨가 눈에 들어왔다. 도로 쪽에서 공터로 들어온 아가씨는 내가 있는 창고 쪽 담장을 향해 다가오고 있었다.

그냥 지나치겠거니 했는데, 뭔가를 발견했는지 걸음을 멈추고 풀숲을 들여다보며 먹잇감을 찾기 시작했다. 무성하게 자란 풀 사이에는 반드시 뭔가가 있기 마련이다. 특히 시멘트 블록 그늘진 곳 같은 데는 꽤 괜찮은 먹잇감이 많다. 아가씨가 몸을 낮추고 한 곳을 응시하더니 가볍게 뛰어올랐다. 실패다. 쫓아가 앞발로 눌렀으나 또 놓친 모양이다. 뒤를 돌아 다시 한번 덤벼들었지만, 한 번 긴장이 풀리니 쉽지 않은 듯했다. 이번에는 다른 먹잇감을 찾아 두리번거렸다.

얼마나 적극적인지 몇 번을 실패해도 별일 아니라는 듯 곧장 다음 도전에 나섰다. 다섯 번째 시도 끝에 메뚜기 한 마리를 제대로 입에 물었다.

하지만 그마저 방심한 틈에 놓쳐버렸다.

"―앗!"

나도 저런 실수는 수도 없이 해봤지. 특히 밥을 받아먹는 생활에 익숙한 고양이들은 먹이를 입에 무는 순간 긴장이 풀어지고 만다.

"아이, 도망가 버렸네."

아가씨는 아쉬웠는지 풀숲을 멍하니 바라보다가 그루밍

을 하기 시작했다. 마음을 가라앉히려는 모양이다.

"얼씨구? 젊은 암컷이나 훔쳐보고 앉았고, 쯧. 잘하는 짓이다—."

"!"

기습처럼 들려온 목소리에 못마땅한 얼굴로 뒤를 돌아보았다. 이 건방진 애송이, 오일 놈이다.

"뭐야, 네놈이냐? 훔쳐보다니, 고양이 체면 깎이는 소리, 집어치워."

"신경 쓰여서 죽겠나 봐?"

"바보 같은 소리 좀 작작 해라."

"근데, 사냥 실력은 영 형편없네. 아까부터 계속 놓치기만 하잖아."

제 놈도 다 보고 있었으면서 말하는 꼬락서니 보게—.

상대해 봐야 괜히 입씨름만 길어질 테니 입을 다문다.

오일이 슬쩍 내 옆에 자리를 잡았다.

"차코 말인데, 발바닥이 아픈 모양이야."

아가씨의 그루밍은 이제 발바닥 손질로 넘어갔지만, 도무지 멈출 기미가 보이지 않았다.

실내에서만 살아온 고양이라면 발바닥이 아픈 건 당연했다. 러스크도 처음 거리로 나왔을 땐 아스팔트를 걷느라 발이 욱신거렸다고 했다. 나는 태어날 때부터 줄곧 길에서 살아서인지 그런 고통은 모른다.

어쩌면 한여름 햇볕에 달궈진 맨홀 뚜껑을 밟았을 때랑 비슷할지도 모르겠다. 실수로 발을 디뎠다가 한동안 욱신거렸던 기억이라면 나도 몇 번쯤은 있다.

"있잖아, 아재. 차코 말이야, 길냥이로 살 수 있을 것 같아?"

"글쎄다. 그걸 왜 나한테 물어. 정 걱정되면 네놈이 먹여 살리면 되잖아."

"무슨 말도 안 되는 소리야. 내가 미쳤어?"

오일은 그렇게 내뱉고는 창고에서 내려가 그늘진 곳으로 사라졌다. 대체 뭘 하러 온 건지⋯⋯.

나는 앞발을 베개 삼아 누운 채 다시 아가씨 쪽을 보았다. 이쯤 되면 포기할 법도 한데, 이번엔 풀이 무성한 담벼락 근처를 조심스럽게 살핀다. 발소리를 죽이고 귀를 세운 채 숨소리까지 참아가며 녀석들의 흔적을 찾고 있었다.

또 뭔가를 찾아냈나. 아가씨는 머리를 바짝 낮추고 엉덩이를 둠칫둠칫 흔들더니 타이밍을 재다가 잽싸게 목표물을 덮쳤다.

또 실패다. 바스락, 풀숲을 가르고 도망치는 도마뱀붙이의 모습이 머릿속에 그려지면서 사냥꾼의 본능이 꿈틀거렸다. 놈들의 움직임은 어째서 이렇게까지 고양이의 피를 들끓게 만드는 건지. 담벼락에 바짝 붙어 있는 모습도 내 안에 잠들어 있는 야성을 일깨운다.

"아휴, 또 놓쳤네."

한참 지켜보던 나는 아가씨의 곱고 흰 다리가 더러워져 있다는 걸 눈치챘다. 길고양이 생활을 시작한 지 아직 얼마 되지 않아서 윗부분은 눈부실 정도로 새하얗지만, 바깥 생활이 계속되면 그 흰빛도 머지않아 사라지고 말겠지.

살짝 더러워진 다리를 보고 있자니 괜스레 마음이 짠했다. 나 같은 아저씨야 아무리 더러워져도 상관없지만, 이대로라면 아가씨는 훨씬 더 험한 세상을 살아가야 할 것이다.

지금까지 보아왔던 운명에 외면당한 고양이들의 모습이 뇌리를 스쳤다.

입양해 줄 집만 찾으면 혹독한 추위는 피할 수 있다. 서릿발 같은 창을 휘두르며 날뛰는 냉혹한 동장군을 모른 채 살아갈 수 있는 것이다. 추위는 정말 성가신 놈이다. 길거리 생활에 이골이 난 나조차 비명을 지르게 하는 '가혹함'을 동반하니까 말이다.

그런 생각을 하다 보니 잠이 싹 달아났다.

"……염병, 한 바퀴 더 돌아볼까."

조금 더 멀리까지 나가서 수소문해 볼 작정으로 낮잠을 포기하고 천천히 몸을 일으켰다. 앞발을 쭉 뻗고 엉덩이를 높이 치켜들어 기지개를 켠 다음 걸음을 옮겼다.

뒤돌아보니 아가씨는 여전히 풀숲을 들여다보고 있었다.

슬그머니 다가오는 발소리.

점점 가까워지는 놈의 기척에 위험을 감지한 나는 재빨리 뒤를 돌았다. 그 순간, 마늘 같은 커다란 얼굴 하나가 나를 향해 빠르게 돌진해 오는 게 아닌가. 놈은 그대로 내 얼굴로 날아들었다.

"잘린 귀 아저씨, 안냐세염!"

"푸헉!"

마늘로 착각했던 건 복면 얼굴에 난 무늬였다. 코와 입 주변의 흰 무늬가 영락없는 마늘 모양이었다.

공터에서 아가씨를 본 지도 며칠째. 별다른 성과 없이 지쳐가던 내게 복면이 코끝을 붉히며 인사를 건네왔다. 러스크 사건 이후로 한동안 풀이 죽어 있던 녀석은 아가씨를 입양 보내겠다는 목표를 세우고 나서야 드디어 컨디션을 되찾은 모양이었다.

덤벼들듯 들이대는 인사는 여전히 성가셨지만, 시든 해바라기처럼 힘없이 늘어져 있는 것보다는 나았다. 긍정적으로 생각하자.

"아저씨, 알선할 집은 좀 있어요?"

"내 얼굴 보면 모르겠냐."

"언덕 위에 있는 집에 가봤는데요, 아무도 없는 것 같더라고요."

"그래? 하긴, 이제 돌아올 일은 없겠지."

"보고 싶다고 했잖아요. 그렇다면…… 저는 만나게 해주고 싶어요."

불쑥, 곱씹듯 내뱉는 말투에 나는 복면을 물끄러미 쳐다보았다. 어디 먼 곳을 보는 듯한 옆모습에서 누군가를 그리워하는 것 같은 안쓰러움이 배어 나왔다. '유미가 너무 보고 싶어요'라고 말하던 아가씨의 마음이, 이 녀석이 겪은 이별의 아픔과 자못 통하는 게 있는 것이리라.

복면도 러스크 일 이후로 조금은 성장한 듯했다.

그저 밝기만 하던 애송이가 이런 표정을 내비치다니, 가을바람이 한층 더 깊이 스며드는 것 같았다.

"어, 차코!"

복면의 목소리에 고개를 돌리자, 아가씨가 이쪽으로 걸어오는 참이었다.

조금 야위었나. 걸고 있던 목걸이도 어디로 사라지고 없었다. 빨갛고 반짝거리던 그 목걸이는 분홍빛 코에 흰색이 많은 치즈냥이 아가씨에게 참 잘 어울렸었는데.

"잘린 귀 삼촌! 복면아!"

차코는 우리를 보자, 종종거리며 달려와 코 인사를 건넸다. 고양이들끼리 나누는 인사도 제법 능숙해졌다.

"목걸이는 어떻게 된 거야?"

"그게, 뭔가에 걸려서 빠져버렸어요. 목걸이가 없으니까 기분이 좀 이상해요."

그루밍은 하는 것 같았지만, 때가 타서 확실히 털이 부스스해졌다. 처음 가게에 왔을 때와는 천지 차이였다. 영양 상태만의 문제는 아니었다. 인간이 해주는 빗질이라는 게 좋기는 좋은 모양이다. 그 반질반질 윤기 나던 털이 빛을 잃어 간다는 게 이루 말할 수 없이 서글펐다.

잃을 것은 결국 잃게 되는 법. 알고 있다. 하지만 소중한 것들이 발가락 사이로 스르르 빠져나가는 걸 그저 바라보고만 있는 기분이 들어서 마음이 영 편치 않았다.

"사냥은 좀 늘었니?"

"네! 오늘은 도마뱀을 잡았어요. 깨물면 파르르 움직이는데, 진짜 맛있더라고요!"

건강해 보여서 다행이었다. 온실에서 자란 화초 같은 아가씨지만, 생각보다 강단이 있었다.

당분간은 지켜봐야겠다……고 생각하다가 퍼뜩, 정신이 들었다. 낭패다. 나이 먹더니 쓸데없는 오지랖만 늘었어.

하지만 죽어가는 어린 고양이를 더는 보고 싶지는 않다는 게 솔직한 심정이다.

"차코, 왜 그래?"

복면이 자꾸 발바닥을 핥는 아가씨를 보고 물었다.

"발바닥이 아파서. 그래도 못 참을 정도로 아픈 건 아니야. 평소엔 까먹고 지낼 정도니까."

"그건 걱정 마라. 곧 나처럼 딱딱해질 거야. 자, 봐봐."

"우와, 삼촌 발바닥은 엄청 딱딱하네요? 하지만 내가 그렇게 되면 유미가 슬퍼할지도 몰라요."

또 나왔다, '유미'. 뭐라 해야 할지 몰라 머뭇거리고 있는데, 그럴 틈도 없이 아가씨 입에서 봇물 터지듯 이야기가 쏟아지기 시작했다.

"왜냐하면, 유미는 내 발바닥 젤리를 진짜 좋아하거든요. 손가락으로 만지면서 막 웃어요. 이렇게 쓱, 손가락 끝으로 내 젤리를 만지곤 해요. 어떨 땐 손가락으로 꾹꾹 누르기도 하고. 그럴 때 유미는 마시멜로를 먹은 것처럼 행복한 얼굴을 해요."

"그랬구나."

"냄새도 좋다고 했어요! 엄마가 그랬거든요. 팝콘처럼 부드럽고 살짝 고소한 냄새라고. ……지금도 좋은 냄새가 날까요?"

아가씨는 직접 냄새를 맡아보더니 다시 발바닥을 핥고 발톱 사이까지 정성껏 손질했다.

유미와의 재회를 아직 포기하지 않았다는 게 똑똑히 느껴졌다. 앙꼬 할매 조언 대로 사냥 실력도 키우고 입양해 줄 곳도 부탁해 놓았지만, 아가씨는 여전히 유미와 함께 살고 싶다는 마음이 간절한 듯했다.

"그보다 이런 생활에 빨리 익숙해져야지. 괜찮은 잠자리는 찾았니?"

"음, 아직 찾는 중이에요. 삼촌은 있어요?"

"있지. 아가씨처럼 작은 몸은 쉽게 날려버릴 수 있을 정도로 거친 폭풍우가 몰아칠 때도 있어. 폭풍우는 정말 무시무시한 거야."

"알고 있어요. 태풍 말이죠? 엄청나게 큰 소리를 내면서 덮쳐 오잖아요. '다 잡아먹어 주마' 하는 것처럼."

집 안에서만 지낸 아가씨는 놈의 진짜 무서움을 모른다.

"그놈이 들이닥치기 전에 안전한 은신처부터 찾아둬야 해."

"알겠어요, 삼촌. 그럼, 다녀올게요! 복면도 또 보자!"

아가씨는 씩씩하게 걸음을 뗐지만, 나와 함께 그 뒷모습을 바라보던 복면은 곰곰이 생각을 되짚듯 중얼거렸다.

"……아직 원래 주인을 잊지 못한 것 같아요."

복면의 기운 빠진 목소리가 장마철 낡은 지붕 틈으로 새는 빗물처럼 우울해서 견딜 수가 없었다.

"어, 어디 가세요?"

나는 복면의 물음에 대꾸도 하지 않고 아가씨가 살던 집으로 향했다.

언덕 위에 있는 그 집은 주택가에서 한참 더 올라간 곳에 있었고 거리도 제법 멀었다. 적극적으로 나서서 이웃과 어울리려고 하지 않으면 고립되기 쉬운 곳이었다. 고독을 사랑하는 고양이에겐 더없이 좋은 집이지만, 인간에게는 어떨지 모르겠다.

그때, 차 한 대가 언덕을 올라오는 게 보였다. 이 길 끝에는 아가씨가 살던 집밖에 없다.

나는 혹시나 하는 일말의 기대를 안고 그 차를 따라가다가 턱시도와 마주쳤다.

"뭐야, 잘린 귀. 왜 이렇게 허둥대?"

놈이 어느 틈에 나를 '잘린 귀'로 부르고 있었다. 갑자기 훅 치고 들어오는 기분이다.

"차가 올라갔어. 저쪽엔 아가씨가 살던 집밖에 없잖아."

턱시도는 내 말을 듣자마자 곧장 그쪽으로 향했다. 차를 처음 본 건 나였는데, 앞서서 가는 녀석의 거들먹거리는 땅콩을 보면서 걷자니 괜히 기분이 상했다. 이런 사소한 일에 연연하다니, 아무래도 나는 그릇이 작은 놈인가 보다.

서둘러 녀석을 앞질렀지만 금세 다시 따라잡혔다. 나는 다시 한번 녀석을 앞질렀다. 하지만 이번에도 역시 추월당했다.

"어이! 진짜 적당히 좀 하지?"

"뭘 말이야, 잘린 귀?"

"내가 그렇게 친숙하게 부르라고 한 적 없는 것 같은데, 신참?"

"도대체 날 언제까지 신참 취급할 셈인데?"

유치한 신경전을 벌이며 걷다 보니 어느새 집 앞에 다다랐다. 차는 이미 집 앞에 멈춰 서 있었다. 때마침 차 문이 열려서 턱시도와 재빨리 그늘진 곳으로 몸을 숨기고 상황을 살폈다.

뒷좌석에서 나이 지긋한 여자가 내렸다. 다음으로 초등학

생쯤 되어 보이는 여자아이가 모습을 나타냈고, 운전석 쪽에서 깐깐해 보이는 나이 든 남자가 내렸다.

「자, 들어가자. 오랜만에 온 집이잖니. 네가 오고 싶다고 했잖아.」

할머니의 말투에서 알 수 있었다. 저 아이가 아가씨가 그렇게 보고 싶어 하던 유미라는 걸.

"턱시도, 내가 여기서 지키고 있을 테니까, 가서 아가씨 좀 데려와 줘."

"내가 지킬 테니까 네가 데려와."

"뭐라고?"

분위기가 험악해졌다.

애초에 이놈하고는 궁합이 안 맞는다니까. 지금 이러고 티격태격할 때가 아닌데도 서로 한 치도 물러서지 않았다. 말없이 서로를 노려보고 있는데 갑자기 머리 위에서 목소리가 들려왔다.

"내가 데려올게."

오일이었다. 담장 위에서 한심하다는 듯 싸늘한 눈으로 내려다보는 녀석을 보고 나서야 어린애 같은 짓을 반성했다.

"그럼 부탁하마."

결국 오일에게 맡기고 우리는 인간들의 움직임을 주시했다.

「유미가 아끼는 보물들을 가져가자. 크레용이랑 인형이랑, 그리고 또 뭐였더라?」

「……차코.」

짐을 가지러 온 모양이었다. 유미는 두 사람의 손에 이끌려 집 안으로 들어갔고, 잠시 후 다시 나왔지만 짐은 그리 많지 않았다.

「이거면 됐지? 두고 온 건 없니?」

「차코. ……보물 ……차코.」

「차코가 뭐야?」

「고양이 아니야? 사진에도 있었잖아.」

「그러네요. 고양이 모래랑 사료는 있는데, 정작 고양이는 안 보이길래 이상했거든요. 시설 사람들이 보호하고 있을지도 모르겠어요. 돌아가면 물어보자고요.」

노부부는 유미를 사이에 두고 잠시 서서 집을 올려다보았다. 흰 벽으로 된 큰 집은 사람 둘과 고양이 한 마리가 살기엔 조금 넓어 보였다.

처음부터 고양이와 함께 살 요량으로 지은 집이라면 좋은 주인이라는 뜻이다.

「이렇게…… 멋진 집까지 지어놓고……. 일도 잘됐다면서 어린 자식을 두고 먼저 가다니…….」

「이제 그만해요, 여보.」

「그런 놈한테 속지만 않았어도…….」

「어쩔 수 없잖아요. 그 애가 좋아했다잖아요.」

「그런 기둥서방 같은 놈? 예술이 뭐니 잘 모르겠지만……

여자가 벌어오는 돈으로 먹고사는 주제에 돈 한 푼 안 되는 그림만 그려 대더니…… 막상 애 생기니까 무서워서 도망친 놈이라고, 그놈이.」

「예술가라는 게, 원래 우리 같은 사람들은 쉽게 이해하기 어렵잖아요.」

두 사람의 대화를 듣다 보니 유미 엄마에게 무슨 사정이 있었는지 차차 알게 되었다.

유미 엄마는 부모의 반대를 무릅쓰고 도망치듯 결혼한 듯했다. 유미를 낳은 뒤 남편이 집을 나가는 바람에 친정에 도움을 청했지만 거절당했다. 그렇게 연을 끊고, 그 뒤로는 누구의 도움도 받지 않은 채 모녀와 고양이, 세 식구끼리만 살아온 것이다.

「우리도 남 얘기할 처지는 아니잖아요.」

할머니의 낯빛이 흐려졌다. 표정에는 자책감이 떠올라 있었다.

「이 아이가 태어났을 때 입에 담기도 힘든 심한 말을 했어요. 그런 놈이랑 결혼하니까 장애 있는 애가 태어난 거라느니, 그래서 애 아빠도 도망간 거 아니냐느니 하면서…… 인간으로서 해서는 안 될 말을 한 거라고요.」

「그래……. 우리는 부모 자격이 없지. 아니…… 부모라는 말조차 아까워…….」

인간은 남들과 다른 걸 몹시나 싫어하는 모양이다. 하지만 후회도 한다. 깐깐해 보이는 남자가 어깨를 떨구는 모습에서 뒤늦게 후회하는 마음이 그대로 전해졌다.

「하, 할아버지, ······할머니.」

유미는 두 사람을 번갈아 바라보며 슬픈 얼굴을 했다. 그리고 눈시울을 훔치는 두 사람을 물끄러미 바라보더니 발길을 휙 돌려 마당 한쪽으로 달려갔다. 잠시 뒤 돌아온 유미의 손에 꽃이 들려 있었다.

「울지 마······. 할아버지······ 할머니······.」

끝에 작고 하얀 꽃 여러 송이가 달린 그것은 사실 공터에서도 흔히 볼 수 있는 그런 잡초였다. 그래도 슬픔에 잠긴 두 사람에겐 충분한 위안이 되었으리라.

꽃을 받아 든 깐깐해 보이는 남자의 표정이 스르르 풀어졌다.

「고맙구나. 유미가 할아버지랑 할머니 주는 거니?」

「······응. ······이제, 울지······마.」

「그래, 이제 울지 않으마. 이렇게 소중한 보물을 남겨주고 갔는데. 안 그러면 벌받지.」

「그럼요. 유미는 정말 예쁜 아이야. 할머니 할아버지가 잘못했어. 더 일찍 유미랑 이렇게 함께했다면 얼마나 좋았을까. 그랬다면 그 애도 혼자 모든 걸 떠안지 않아도 됐을 텐데. 유미가 이렇게 예쁜 아이란 것도 진작에 알았을 테고······.」

「이제 그만합시다. 이제 와 후회한들 무슨 소용이야. 앞으로는 우리가 이 아이를 소중히 키우자고.」

 유미는 두 사람에게 안겨서 눈을 가늘게 뜨고 웃었다. 얼굴이 동그래진 유미를 보는 순간, 가슴 깊숙한 곳이 꽉 조여 왔다. 오래전 내 안에 묻어둔 기억이 반응을 일으킨 것일지도 모른다.

 환하게 웃는 그 얼굴은 한 번 들어가 본 적 있는 할머니의 푹신한 이불 속 같았다. 아가씨가 그토록 유미의 이름을 말하는 이유를 알 것도 같았다. 할머니가 나에게 그랬던 것처럼 유미는 아가씨를 다정히 안아주는 상대였을 테니까.

「이제 가자. 가는 길에 맛있는 거 먹고 갈까?」

 차에 타려는 모습을 보고 나도 모르게 마음이 급해졌다.

"오일 녀석은 아직이야?"

"어. 이제 만나기는 틀렸어."

 턱시도의 말에 혀를 차고 싶은 심정이 된 그때.

「아, 차코…… 아빠다!」

 유미가 나를 가리키며 밝은 목소리로 외쳤다. 무늬는 다르지만 나와 아가씨의 털 색깔은 비슷했기에 그런 생각이 들었나 보다.

 조금만 더 기다려 줘.

 나는 그런 간절한 마음으로 몸을 숨기고 있던 곳에서 나와 꼬리를 한껏 세우고 인간들 쪽으로 향했다. 고양이를 몹시 좋아한다고 했지. 유미는 기쁜 얼굴로 나를 살짝 어루만졌다.

「어머, 길고양이네. 우리 유미, 고양이 좋아하니?」

「좋아. 차코랑…… 똑같아. 차코…… 정말 좋아해.」

「유미는 다정한 아이구나.」

나는 배를 있는 대로 내놓고 땅에 드러누워 관심을 끌었다. 서둘러라, 오일. 어서 아가씨를 데려와 줘.

「이사할 때 또 오자. 이제 할아버지랑 할머니랑 같이 사는 거야. 자, 야옹이 잘 있어!」

내 필사적인 몸짓도 안타깝지만 거기까지였다.

묘상 험악하고 때로 얼룩진 늙은 고양이에게 관심을 길게 가져줄 리가 없지. 나는 멀어져 가는 손을 그저 바라볼 수밖에 없었다. 차에 올라타는 세 사람을 어떻게 붙잡을 수 있을까. 무력한 내 처지가 너무나도 원통했다.

"잘린 귀! 왔어, 왔다고!"

택시도의 말에 뒤돌아보니 아가씨가 헐레벌떡 달려오고 있었다. 하지만 유미는 이미 차에 올라탄 뒤였다.

"유미야! 유미야—!"

아가씨는 몇 번이고 유미의 이름을 불렀다.

하지만 목소리는 유미에게 가닿지 않았고, 차는 순식간에 멀어져 버렸다.

"……유미야."

망연자실한 채 서 있는 아가씨를 보자 내 입에서 긴 한숨이 흘러나왔다.

아주 조금만, 정말 아주 조금만 더 빨랐으면 되는 거였는데…….

내가 조금만 더 귀엽게 굴 수 있었더라면, 결과가 달라졌을지도 모른다.

애초에 무리란 걸 알면서도, 그래도 후회는 끝이 없다.

"미안해, 아가씨. 붙잡아 보려고는 했는데……. 하지만 또 온다고 했어."

"정말이요?"

"그래. 이사할 때 말이야. 아직 기회는 있어."

"휴, 다행이다."

기뻐하는 아가씨를 보며 다음엔 반드시 만나게 해주겠다고, 다시 한번 마음을 다졌다.

실패는 두 번 다시 용납되지 않는다.

묘생이란 뜻대로 흘러가지 않는 법이다. 안간힘을 쓰면 쓸수록 바라는 건 더 멀어지기도 한다. 그래도 아무것도 하지 않는 것보다는 낫다며 한 가닥 희망을 품고 버둥거려도, 그 모든 게 허사라는 걸 깨닫는 순간이 오기도 한다. 그럴 땐 마음이 뚝 하고 부러져 버린다.

그런 일이 일어나지 않을까, 두려운 마음으로 희망과 체념 사이에서 갈팡질팡하고 있는 게 지금의 상황이었다.

나는 '마타타비'의 카운터 자리에 등을 웅크리고 앉아 있었다. 시야 한쪽에 희고 검은 커다란 머리가 비쳤다. 놈이 내쉬는 긴 한숨이 거슬리긴 했지만 나 역시 침울한 상태라 뭐라 할 수는 없었다.

내가 물고 있는 건 '냐옹 알로네스'. 플로럴한 향이 매력적인 쿠바산 고급 마타타비다. 턱시도도 나와 같은 걸 피우고 있었다. 생산량이 적은 건지 이런 품격 있는 시가를 만나기란 좀처럼 쉽지 않다.

우연이 가져다준 행운이 침울한 기분을 조금은 달래주었지만, 우울한 마음의 먹구름이 완전히 걷히기에는 역부족이었다.

"야, 잘린 귀. 진짜로 또 온다고 했어?"

"그렇다니까! 지금 나 의심하는 거냐?"

"그건 아니야. 그런 건 아닌데……."

며칠이 지나도 아가씨 집에 이삿짐 트럭이 나타날 기미는 보이지 않았다. 그날 내가 잘못 들은 게 아니었나, 하는 의심마저 스멀스멀 피어올랐다. 혹시 그때를 마지막으로 다시 올 생각이 없는 게 아닐까.

아니, 분명히 말했다. 이사할 때 다시 오자고, 확실히 그렇게 말했었다.

나는 내가 이렇게 확신 없는 겁쟁이인 줄 몰랐다. 이 나이 먹도록 자각하지 못했던 내 모습을 문득 마주하게 되는 순간이 있다.

"그러니까, 너도 같이 나서서 붙잡았으면 좋았잖아."

그날 이후 아가씨는 유미와 함께 살던 그 집 근처를 떠나려 하지 않았다.

나도 몇 번이나 보러 갔지만, 갈 때마다 늘 그 자리에 있었다. 걱정돼서 말을 걸면 돌아오는 대답은 언제나 똑같았다.

"괜찮아요. 유미가 데리러 올 거니까요."

안 올지도 모르는 상대를 하염없이 기다리는 그 모습이 어떤 기억과 겹쳐졌다. 인간에게 밥을 얻어먹던 흰 새끼 고양이. 어정쩡하게 밥을 챙겨주다가 갑자기 그만두는 바람에 밥을 얻어먹지 못하게 된 꼬맹이는 급작스럽게 찾아온 매서운 추위를 견디지 못하고 목숨을 잃고 말았다. 인간의 변덕스러운 다정함을 믿고 끝까지 기다렸지만 결과는 참혹했다.

왜 안 오는 거야. 대체 왜.

되뇌어 봤자 끝이 없는 그 물음은 깊디깊은 늪 바닥을 뒤덮은 침전물처럼 내 마음을 무겁게 짓눌렀다.

"턱시도, 뭐라고 말 좀 해봐."

"너무 낙심하지 마. 넌 할 만큼 했어. 네 그 뚱한 낯짝으론 그게 최선이었다고. 둘이 나란히 데굴데굴 굴렸으면 신기해서 조금은 더 머물렀을지도 모르지만 말이야."

"그게 지금 위로랍시고 하는 소리냐?"

내가 저놈이랑 같이 데굴데굴……. 상상하고 싶지도 않다.

그래도 슬며시 웃음이 났다.

"다음에 비슷한 일이 생기면 너도 한번 해봐."

"생각은 한번 해볼게."

"너, 이 자식……."

단번에 배신당한 나는 노골적인 원망을 눈빛에 담아 턱시도를 노려봤다. 놈은 태연한 얼굴로 마타타비를 재로 만들어 갔고, 연기를 뿜어내는 놈의 일그러진 입매가 이 상황을 더욱 불쾌하게 만들었다.

한참을 나란히 앉아 마타타비를 피우고 있는데 카우벨이 울리며 오일이 가게 안으로 들어섰다.

"뭐야, 청승맞은 등짝이 둘씩이나…… 분위기 구리네, 진짜."

여전히 건방진 말버릇이었지만 반박할 기운조차 나지 않았다. 턱시도 녀석도 애송이 따윈 상대 안 하겠다는 듯 더 깊숙이 등을 웅크렸다. 그래도 오일이 코 인사를 건네자 쿨하게 응했다.

"차코 걔, 아직도 거기 있던데?"

뭐야, 이놈. 거길 다녀온 거야?

우리한테는 할 말 안 할 말 다 해대면서 뭐라 하더니, 제 놈도 결국 발걸음을 한 거로군. 한 소리 해주고 싶었지만, 이상하게 입이 떨어지지 않았다. 며칠째 먹잇감 하나 찾지 못했을 때처럼 힘이 빠지고 피로감만 남아 있었다.

"기대는 안 하는 게 좋을 거야."

"뭘 안다고 건방진 소릴……"

"인간과의 인연이라는 게 그렇게 쉽게 맺어지는 게 아니라니까."

말을 마친 오일이 마스터를 불러 '냥테크리스토'를 주문했다. 마타타비값은 도마뱀붙이 한 마리. 아주 깔끔했다.

이 녀석은 늘 냉담하다. 인간과는 철저히 선을 긋고, 필요 이상의 관계는 맺지 않는다. 오일처럼만 생각할 수 있다면 사는 게 조금은 편해지려나.

오일이 흡입구를 만들고 시가 성냥으로 불붙이는 걸 곁눈질하며 나는 점점 짧아져 가는 마타타비를 물끄러미 바라보았다.

오늘 밤은 왠지 마타타비 맛이 씁쓰레했다.

얼마쯤 지났을까. 다시 카우벨이 울렸다. 이번엔 처음 보는 손님이다. 대장 고양이까지는 아니어도 중견급은 돼 보이는 손님의 털이 살짝 젖어 있었다. 손님은 박스석에 앉자마자 털 손질을 시작했다.

"비가 내리나……?"

아가씨는 비를 잘 피하고 있을까. 그런 생각을 하다가 어째서인지 갑자기 신경 쓰이기 시작한 발바닥의 때를 앞니로 긁어냈다.

아가씨의 한결같은 마음에 백기를 들기라도 한 듯 이삿짐 트럭이 집 앞에 멈춰 선 건 그로부터 며칠이 더 지난 뒤였다.

그 소식을 들은 나는 부푼 기대를 안고 아가씨의 집으로 향했다. 하지만 먼저 도착해 있던 턱시도가 어두운 표정으로 내 눈을 보며 말을 걸어왔다. 상황이 좋지 않았다.

조금 떨어진 곳에서는 앙꼬 할매가 지켜보고 있었다.

턱시도 옆에 얌전히 앉아 집 쪽을 바라보는 아가씨의 등은 하염없이 작아 보였고, 나는 둘 사이에 끼어 조용히 엉덩이를 붙였다.

"유미가 없어요."

아가씨는 어쩔 줄 몰라 하며 이삿짐 나르는 인간들을 보고 있었다. 오늘이 마지막 기회라는 건 분명 알고 있을 것이다. 모습을 나타내지 않으면 두 번 다시 만날 수 없다.

오일과 복면도 한달음에 달려왔다. 우리 표정만 보고도 상황을 눈치챈 듯 멀찍이서 말없이 바라보기만 했다.

"계속 여기 있었는데……. 내가 사냥 간 사이에 왔다 간 걸까요?"

"그럴 리 없어. 작업이 끝나고 나서 오지 않을까?"

"그렇죠? 정말 그런 거겠죠?"

기다리고 또 기다려온 아가씨에게 이건 너무나도 가혹한 일이다.

나는 고양이 신 따위 믿지도 않고, 이럴 때만 신을 찾는다고 내 바람을 들어줄 리 없다는 것도 잘 안다. 하지만 그럼에도 빌지 않을 수 없었다.

부탁이니까, 제발 기대를 저버리지 말아줘. 아가씨의 소원이 이번만은 이루어지게 해줘.

"앗!"

작고 튀는 듯한 목소리에 나와 턱시도는 동시에 아가씨를 내려다보았다.

"왜 그래?"

"저거예요. 내가 실수했던 소파. 유미가 깨끗이 닦아줬었거든요."

눈이 구슬처럼 반짝반짝 빛났다. 크게 뜬 눈이 포착한 것은 어쩌면 희망이었는지도 모른다.

유미가 구조되기까지의 일주일은 결코 즐겁기만 했던 시간은 아닐 것이다. 그런데도 아가씨는 어딘지 모르게 기뻐 보였다. 한 사람과 고양이 한 마리. 익숙하지 않은 일도 해냈고, 함께 버텨냈다.

"저건 캣타워예요. 아, 테이블도 나왔어요! 저건 올라가면 안 되는데, 의자는 유미 무릎에 올라앉을 수 있으니까 괜찮아요."

추억이 깃든 물건들이 하나둘씩 나오고 있었다. 아가씨는 꼬리를 꼿꼿이 세우고 끝만 살랑살랑 흔들었다. 나도 기쁠 때면 저렇게 된다.

"보세요! 유미 침대예요! 저기서 유미랑 같이 자거든요."

아가씨가 들뜬 목소리를 낼수록 나는 점점 말이 없어졌다. 할 수 있는 게 아무것도 없었다.

"차 한 대가 또 왔어!"

오일의 목소리가 들렸다. 설마 했는데, 지난번에 봤던 그 차였다.

"왔어, 아가씨. 저 차! 저 차에 타고 있어!"

나도 모르게 벌떡 일어나 외쳤다. 어쩌면 나는 체념하는 데 너무 익숙해져 있었는지도 모른다. 이제 오지 않을 거라고 멋대로 단정해 버렸었다.

트럭 앞에 멈춰 선 차에서 노부부와 여자아이가 내렸다. 아가씨가 그토록 기다리던, 유미였다.

"유미야……!"

아가씨가 꼬리를 바짝 세우고 달려갔다.

차에서 내린 세 사람은 아직 아가씨의 존재를 알아차리지 못한 채 건물을 올려다보고 있었다.

「오늘이 마지막이란다. 그동안 살았던 집이랑 인사하자. 문 잠그고 올 테니까 당신은 여기서 기다리고 있어요.」

「그래, 진짜 마지막이구나.」

「……빠이빠이.」

유미는 집을 향해 손을 흔들었다. 아가씨가 다가가 다리에 몸을 비비자, 드디어 그녀의 존재를 알아차렸다.

"유미야! 나, 차코야. 날 데리러 와줬구나!"

「아, 차코……, 차코.」

아가씨를 본 유미는 기뻐서 눈이 가늘어지도록 환하게 웃으며 쪼그려 앉았다. 그리고 머리부터 등을 따라 다정한 손길로 아가씨를 쓰다듬었다. 아가씨는 벌렁 드러누워 오른쪽, 왼쪽으로 데굴데굴 구르며 배를 보였다. 이젠 때가 묻어 누렇게 변한 하얀 배였지만, 유미의 얼굴은 무척이나 행복해 보였다.

"유미야, 나 알아보겠어?"

「차코…….」

"그래, 차코야! 계속 기다렸어! 유미가 올 줄 알고 여기서 계속 기다렸다고!"

「차코……. 정말 좋아해. 차코…….」

유미는 차코를 안아 올렸다. 힘껏 끌어안고 뺨을 비비는 모습을 보고 나니, 비로소 긴장이 풀리면서 안도의 숨이 절로 나왔다.

"입양해 줄 집을 찾고 있었는데, 괜한 헛수고였네."

"후후, 그래도 즐거운 헛수고였잖아."

내 빈정거림은 가벼운 웃음에 묻혀버렸다. 오일과 복면도 담장 위에서 흐뭇한 얼굴로 그 광경을 바라보고 있었다. 앙꼬 할매도 마찬가지였다.

우리에게 입양해 줄 곳을 알아보라고 하면서도 한편으로

는 현실을 보라며 길고양이로 살아가기 위한 조언을 아끼지 않던 할매였다. 하지만 할매 역시 인간과 마음을 나눈 고양이다. 아가씨에게 가장 큰 행복이 무엇인지 모를 리 없었다.

우리가 지켜보는 가운데, 한 사람과 고양이 한 마리의 재회를 축복이라도 하듯 석양이 더욱 붉게 타올랐다.

「할아버지, 할머니. ……차코.」

땅에 내려진 아가씨는 돌아온 두 사람의 다리에도 몸을 비비며 인사를 건넸다. 구부러진 킹크드 테일 꼬리를 꼿꼿이 세우고 온몸으로 마음을 전했다.

"유미 할아버지랑 할머니죠? 나는 차코예요! 유미랑 제일 친한 친구예요!"

「어머나, 귀여운 고양이네. 참 예쁘게 생겼구나!」

「아직 어린 고양이네. 꼬리가 열쇠처럼 구부러진 고양이는 행운을 가져다준다던데.」

두 사람은 환히 웃으며 나란히 앉아 아가씨를 정성껏 쓰다듬었다. 특히 할머니는 만면에 미소를 띠며 거듭 '예쁜 아가씨'라고 말해주었다.

「할아버지, 할머니. 차코.」

「유미는 정말 동물을 좋아하는구나. 갈색 고양이, 너무 귀엽다.」

「차코.」

「그러네, 갈색 고양이니까 차코⁺ 맞네. 길고양이한테도 이름을 지어주다니, 유미는 참 상냥하구나.」

그 말을 듣는 순간, 마치 낫으로 베인 듯한 싸늘함이 내 가슴 한가운데를 스치고 지나갔다. 나뿐만이 아니다. 턱시도, 다른 녀석들도 모두 같은 마음이었다.

한겨울도 아닌데, 그것은 너무도 차갑고 느닷없이…… 따뜻했던 공기를 단숨에 얼려버렸다.

「그리고 보니까 지난번에도 갈색 길고양이가 있었잖아요. 이 근처엔 길고양이가 많은가 봐요.」

「음, 그런가 보네.」

아가씨는 목걸이를 잃어버린 지 오래다. 길고양이 생활을 하느라 몸도 홀쭉해졌고, 털빛도 예전만 못했다.

「저기 봐, 저쪽에도 있네…… 저기도.」

「지역 고양이⁺⁺도 있겠지. 밥 주는 사람이 있으면 사람을 잘 따르니까.」

「……차코.」

「이제 가자. 예정보다 늦었어.」

「그러네요, 여보. 자, 유미도 야옹이한테 빠이빠이 하자.」

⁺ 갈색을 '茶色(차이로)'라고 함. 차코와 첫음절이 같아서 생긴 오해

⁺⁺ 지역 주민이 공동으로 사육·관리하는 고양이

할머니는 일어서서 유미의 손을 잡고 차로 걸어가기 시작했다. 유미는 순순히 따르면서도 자꾸만 뒤를 돌아보았다.

아니야. 그 애 얼굴을 똑바로 보라고. 갈색이라서 차코가 아니야. 제발 같이 데려가 줘.

"유미야! 기다려!"

「안 돼, 야옹아. 너는 차에 탈 수 없어. 미안하구나.」

「차코……」

유미가 아가씨를 가리키며 간절한 눈빛으로 말했지만, 유미의 호소는 전해지지 않았다. 할머니는 유미 앞에 앉아 다정한 목소리로 타일렀다.

「할머니 집에 가면 구로스케가 기다리고 있잖니. 시바견 좋아하지?」

「응…… 좋아해.」

「그럼, 야옹이한테 빠이빠이 하고, 집에 가서 구로스케랑 산책하러 가자.」

「으응…….」

말이 서툰 유미는 마음을 제대로 표현할 말을 찾고 있었다. 그러다 끝내 체념한 듯 고개를 끄덕였다. 조부모라고는 해도 오랫동안 떨어져 지냈다. 만약 엄마였다면 조금은 더 자기 뜻을 밀어붙일 수 있었을지도 모른다. 하지만 자상하긴 해도 아직 만난 지 얼마 안 된 어른이 타이르면 고개를 끄덕일 수밖에 없을 것이다. 유미는 지금이 차코를 데려갈 수 있는 마지막 기회라는 걸 알지 못한다.
「……유미야.」
꼿꼿이 서 있던 꼬리가 힘을 잃었다. 유미도 어딘가 불안한 얼굴로 할머니를 올려다보았다.
「할머니…… 차코…….」
「그래, 갈색 고양이 말이지. 고양이한테 잘 가라고 하자.」
할머니가 다정하게 웃자, 유미는 고개를 살짝 갸웃하더니 허리께까지 손을 들어 양옆으로 흔들었다. 맥없는 그 손짓에는 망설이는 유미의 안타까운 마음이 고스란히 담겨 있었다.
「……잘 가.」
「아유, 착하다. 인사도 잘하네.」
「차코……, 다녀…… 올…….」
「'다녀올게'가 아니라, '잘 가'라고 해야지. 야옹아 잘 가—.」
「……다녀…… 올…… 게……. 잘 가……. 차코…….」
"……유미야, ……잘 다녀와."
"……!"
심장이 쿵 하고 내려앉았다.
차에 오르는 유미를 바라보는 아가씨의 눈이 유난히 반짝였던 건 저물녘 꽃노을 탓이었을까…….
자신이 방금 한 말이 무엇을 의미하는지, 아직 마음이 어린 유미는 제대로 이해하지 못했을 것이다. 그저 할머니가 시키는 대로 했을 뿐.

그런데도, 정말 이대로 보내겠다는 건가.

차 문은 무정하게 닫혔지만, 창문 사이로 가느다란 눈매의 익숙한 동그란 얼굴이 모습을 드러냈다. 아가씨가 가장 좋아하는, 바로 그 얼굴이었다.

「……차코, 다녀…… 올게. ……잘 가.」

"유미야, 빠이빠이! 잘 가—!"

차가 움직이자, 아가씨는 참았던 감정이 북받친 듯 꼬리를 꼿꼿이 세우고 차를 따라 달리기 시작했다. 지금껏 꾹꾹 눌러 담았던 마음이 터져 나온 것처럼.

"유미야, 유미—! 유미야, 잘 가—!"

홀로 남겨진 아가씨의 뒷모습은 너무나도 작았고, 그 모습을 지켜보는 내 마음도 어찌할 수 없을 만큼 허탈했다. 턱시도는 체념한 듯 무겁게 발걸음을 돌렸다. 다른 녀석들도 한 마리, 또 한 마리 자리를 떠났다.

나는 도저히 발길이 떨어지지 않아서, 차가 사라진 방향을 하염없이 바라보며 서 있는 아가씨 곁으로 다가갔다. 어깨를 나란히 하니 가냘픈 어깨가 더 작게 느껴졌다.

"왜…… 보내줬어?"

"왜냐하면…… 유미가, 유미가 웃고 있었으니까요."

아가씨는 눈을 동그랗게 뜨고 이제는 없는 유미를 바라보고 있었다. 그 모습을 눈에 새기려는 듯이. 마지막으로 나눈 온기를 마음 깊이 새기려는 듯이. 그리고 따뜻하고 다정했던 손길을 언제까지고 기억하려는 듯이.

이렇게 조그마한 몸에 배려라는 걸 가득 담고서는…….

한참을 그렇게 서 있던 아가씨가 다 털어냈다는 듯 경쾌한 목소리를 냈다.

"그리고 말이에요, 들었어요? 유미가 사는 새집에 개가 있대요!"

"그래? 아가씨는 개 싫어해?"

"싫죠. 그거 아세요? 개는 전봇대에 오줌을 싼대요. 정말 말도 안 돼!"

"그건 나도 동감이다. 그런데 유미는 아가씨랑 헤어진다고는 생각하지 않을 거야."

"어쩔 수 없죠. 유미는 아직 어리잖아요."

"유미가 아가씨가 없다는 걸 깨닫고 데리러 오면 어떻게 할래?"

"그땐 같이 살아주죠, 뭐. 개는 참아줘야겠지만."

'사실은 같이 살고 싶어요.'

말로 하지 않아도 그 마음이 전해져 왔다. 하지만 나는 굳이 거기까지 아는 척하지는 않았다. 그런 멋대가리 없는 짓은 하지 않는다.

"아가씨는 진짜 상남자구나. 상대의 행복을 먼저 생각하다니, 아무나 그렇게 할 수 있는 게 아니거든."

"중성화 수술은 했지만, 저, 암고양이거든요?"

"당연히 알지. 속이 사내 같단 얘기야. 칭찬이라고. 기분이다! 내가 좋은 먹이터 하나 알려주마. 아가씨니까 특별히 알려주는 거야."

"정말요? 고마워요, 잘린 귀 삼촌!"

"고맙긴."

"그럼, 지금 당장 가요!"

우리는 자리를 털고 일어섰다.

가게가 문을 열기엔 아직 이른 시간이었다. 내가 아끼는 장소들을 모조리 알려주지. 깨끗한 물을 마실 수 있는 곳, 사냥하기 좋은 먹이터, 볕 잘 드는 낮잠 명당, 인간의 발길이 닿지 않는 한적한 쉼터까지 모두 다.

나는 딱 한 번, 고개를 돌려 차가 사라진 방향을 바라보았다.

한 사람과 고양이 한 마리. 아가씨와 유미는 함께 살아냈다.

'왜냐하면…… 유미가, 유미가 웃고 있었으니까요.'

그 말은 아마도 평생 잊지 못할 것이다. 그렇게 말하고 애타게 기다렸던 주인을 가슴으로 떠나보낸 아가씨의 마음은, 내가 대신 품고 가련다.

어디선가 생선 냄새가 풍겨왔다. 슬슬 인간들이 저녁 준비를 할 시간이다.

"음— 맛있는 냄새!"

"이건 꽁치다. 내일 아침은 인간들이 쓰레기를 내놓는 날이야. 운 좋으면 한 토막 건질 수도 있겠는데?"

"우와! 엄청 기대되는데요?"

나는 인간이 남긴 생선을 상상했다. 고소한 냄새를 풍기며 배어 나온 기름과 살이 잔뜩 붙은 한 토막은 우리에게는 그야말로 진수성찬이다.

"삼촌, 침……."

"이런, 실례."

나는 얼른 입 주변을 핥았다. 아가씨가 웃는다. 가을날의 해 질 녘은 너무 다정해서 곤란하다. 나 같은 아저씨도 괜히 센티멘털해지니 말이다.

붉게 물든 꽈리 열매 위로 석양빛이 조용히 내려앉았다.

고양이 파견 클럽 2

초판인쇄 2025년 11월 10일
초판발행 2025년 11월 20일

지은이
나카하라 카즈야

옮긴이
김도연

편집
최미진, 김가원

디자인
권진희

표지그림
별냥이제작소

마케팅
조성근, 주상미

온라인 마케팅
권진희, 주상미

펴낸이
엄태상

펴낸곳
(주)시사북스

등록번호
제2022-000159호

등록일자
2022년 11월 30일

주소
서울시 종로구 자하문로 300
시사빌딩

전화
1588-1582

이메일
emptypage01@sisadream.com

ⓒ나카하라 카즈야

ISBN 979-11-93873-19-9 04830
　　　　 979-11-93873-21-2 (세트)

- 빈페이지는 ㈜시사북스의 단행본 브랜드입니다.
- 이 책은 ㈜시사북스와 저작권자의 계약에 의해 출판된 것이므로 무단 전재 및 유포, 공유, 복제를 금합니다.
- 이 책 내용의 전부 또는 일부를 이용하려면 반드시 저작권자와 ㈜시사북스의 서면동의를 받아야 합니다.
- 잘못 만들어진 책은 판매처에서 교환해 드립니다.
- 빈페이지는 소중한 원고를 기다립니다.